U0866858

THE FREEDOM WRITERS DIARY

街头日记

〔美〕艾琳·格鲁维尔 自由写手 著 李燕 译

南海出版公司

新经典文化股份有限公司
www.readinglife.com
出　品

新经典文化股份有限公司
www.readinglife.com
出　品

关于自由写手的注解

每个年轻人在完成整本日记的工作中都起了必不可缺的作用——阅读、编辑，以及相互鼓励。为了保护他们的隐私，同时也为了让他们的经历更具普遍性，我们决定给日记编号而不是写上作者姓名。

学生们自由分享他们的经验，毫无约束。

目 录

序

莎拉塔·菲力波维克

应邀为《街头日记》这本书写序的时候，必须说我感到极其荣幸和自豪，同时也非常惊讶，惊讶的是，在如此短暂的时间里竟发生了这么多美好的事情。

一九九六年三月，我与威尔森高中的学生们见了面，凭借着奉献、努力和意志，他们邀请到了我、我父母、莫娜（来自波斯尼亚① 的最好的朋友，她当时和我住在一起）来到加利福尼亚州的长滩。见到他们的时候，我为他们的热情和善良而感动。他们都是和我一样的年轻人，和全世界所有的年轻人一样，有一种惊人的潜力，可以成长为真正的伟人、领导者等，可以激励他人的人生。

这些学生和他们的老师艾琳·格鲁维尔选择去读《安妮日记》和我写的书《围城日记：一个孩子在萨拉热窝的生活》，以及另外很多书，并且受到启发，开始写他们自己的日记。他们自发组织起来去做一些

①指巴尔干半岛国家波斯尼亚和黑塞哥维那的北部地区。

不同寻常的事，一些值得纪念的事，一些强有力地体现人文精神的事。他们摒除过去一贯采用的简单的行事方法，选择去写作，去创造，去和陈规旧习抗争，从而真正符合自由写手的称呼。能有机会和他们见面，并对他们的成长产生影响，我十分自豪和开心。

在波斯尼亚战争前夕，我开始写日记，因为我想拥有一份童年的记录，并创造一些东西以便回顾，可以对它笑，对它哭，可以缅怀往事。我希望通过写作看到自己的成长。有些比我大的女性朋友也有她们自己的日记，在读过安妮·弗兰克和艾德里安·莫尔[①] 的日记后，我就百分百确定了写日记这件事是对的。我从来没料到我的日记会出版，当然也没料到它会成为一本战争日记。我也从没想到我的童年会被浓缩在一本书里。这些事似乎太不可思议，人在本性上总认为“坏事”都发生在别人身上，而不是自己身上，当不幸降临时，我们会不自觉地惊诧、迷惑、恐惧、愤怒，并且悲伤。

波斯尼亚战争引发的恐惧摧毁了我无忧无虑的童年，我的日记也不仅限于记录日常小事，它成了一个朋友，每一页纸都乐意接受我不得不诉说的任何一件事，巨细靡遗。日记可以消除我的恐惧，解决我的问题，抚慰我的悲伤。我发现了写作的美妙——一个人可以在一张空白的纸上倾诉，用情感和思想填充它，并让它永远留存。在持续近两年的战争中，我一直坚持写日记。它成为一种疗救方法，帮助我应对正在发生的事。

我看到我和自由写手们有相似之处，因为我们都受制于周围的一些事情，这些事让我们感到自己是牺牲品。生活中的事情有好有坏，

①英国作家苏·汤森所著《艾德里安·莫尔的秘密日记，十三又四分之三岁》等一系列图书的主人公。

人们在自己的家里、在学校、在街上，都有可能感到悲伤或愉快。有时我们会经受磨难，因为很多事无法控制，比如肤色、贫穷、信仰、家庭以及战争。我们很容易变成环境的牺牲品，陷入悲伤、恐惧和愤怒。但我们也可以选择以人道主义方式应对不公平的事件，打破负面想法和力量的束缚，不让自己沉陷下去。记录发生在我们身上的故事可以让我们客观面对周围发生的事，把负面经历转化成积极有用的经验。这个过程需要很多的努力和勇气，但这是可能的，自由写手们已经证明了这一点——他们选择了一条艰难却充满力量的道路。

我离开波斯尼亚之后，战争仍在继续，正如我们最近看到的，科索沃发生了类似的事件。人们问我如何看待此事，我只能说，我感到十分悲伤。现在，年轻的前南斯拉夫人几乎都知道炸弹的威力如何，地下室什么样，都知道缺水、断电或者无家可归的滋味。这些孩子和年轻人并不该对他们所处的环境负责。我只希望他们的愤怒、仇恨和悲伤不会留在心底，而他们可以从这些经历中奋起。如果他们怀着这些可怕的情感长大成人，一旦国家未来的命运掌握在他们手中，就可能会有另外一场战争爆发。因此我相信自由写手们克服和完成的每一件事都意义非凡，应该得到尊重。如果他们选择在愤怒中自我封闭，并仇恨周围的一切，仇恨和恐惧的种子就会和他们一起成长，以后，历史将会在他们的孩子身上重演。自由写手们选择打破这个循环，把他们的经历以积极的方式展示出来，作为给未来一代的教训。

当然，我始终十分敬仰和高度赞赏自由写手的指导者，他们的良师益友，同时也是我的朋友艾琳·格鲁维尔。她从没想到会因为威尔森高中二〇三教室发生的伟大奇迹受到祝贺，也没想到这里面有她的功劳，但事实确实如此。她对于自由写手而言，不仅仅是一名老师，她是那些失去双亲或者无法和双亲沟通的孩子的父母，还是一个相处起来使人愉快的大朋友。她也十分忠诚，关爱她的每一个“孩子”，并为每一个“孩子”斗争。她让他们分享自己的知识、不屈不挠的精神和爱，学生的生活也因此发生了巨大转变。走进教室前，他们可能是公认的“差等生”，但仅仅几年的时间，她就使一切发生了巨大的转变，为他们的成长提供了一个安全的环境，让他们中间出现了作家和令人瞩目的人物。很多老师认为课余时间弥足珍贵，但是艾琳把自己全部奉献给了工作。她全心全意地帮助学生学习知识，认清何为不公正，指导他们使用武器（笔、知识、真理，以及不屈不挠的决心）去和偏狭作斗争。最后，她教他们如何争取自己在这个世界上应得的地位。我知道学生们有生之年都会记住她，也应该记住她。我希望每一位老师都能像她一样，那样整个世界将会变得更加美好。我总说年轻人是世界的未来，如果我们从一开始就和他们在一起，教育他们，培养他们的宽容心，那么，我们和整个世界的未来都将掌握在优秀的人手中。

有多少美好的事能从逆境中产生？我就是一个完美的例子。我本来是萨拉热窝一个幸福的小姑娘，但我的国家被战争摧毁了。突然之间，我便身处拥有话语权、对这个世界有一定影响力的位置。我不想要那种责任，希望我的日记没有出版，如果不是战争的缘故，我没有理由把它和全世界分享。但尽管如此，这件事还是有积极的意义。

安妮·弗兰克的日记鼓舞了世界，她的悲剧产生了积极的影响。她的力量推动她一直前行，随后成千上万人都认识了她，无论老少。幸运的是，那些不再陪伴我们的人遗留下来的伟大精神，依然引导并鼓舞着后来者。

我的日记鼓舞了一部分自由写手，也许还有其他人开始写日记，并开始改变他们所处的环境。我总听人说，重要的不是那些发生在我们身上的事情，而是如何去处理它们——本书中的自由写手是一个完美的例子。他们可以选择以牙还牙，用种族主义去抵抗种族主义，但是他们没有那么做。如果我们都能像他们那样，以人道主义的方式去解决不人道的问题，我们就能改变这个世界，给自己和他人积极的影响。

不幸的是，我们不可能完全消除这个世界的邪恶，但是可以改变对付邪恶的方式，可以从困境中崛起，自立自强，保持本真。最重要的是，我们可以激励他人——这正是人类的特征，它能让我们永垂不朽。我希望这本书能鼓舞人们写下日记或故事，诗歌或书籍，去抵抗偏见，鼓舞他们选择用积极正确的方式处事，鼓舞他们汲取新的经验和教训，并和他人分享。要怎么做，就留给读者朋友们去思考了。祝你们好运！

都柏林

一九九九年七月

高一上学期

一九九四年秋

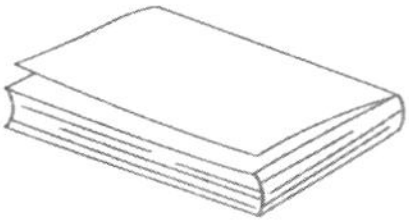

格鲁维尔小姐的日记

亲爱的日记：

我作为一名英语老师的旅程明天早上正式开始。第一印象很重要，我在想我的学生会怎么看我。他们会认为我衣着过时或者太学生气吗？或者更糟，觉得我太年轻，不把我当回事？也许我会让他们写一篇日记，描述一下他们期望中的我和班级是什么样的。

尽管我去年在威尔森高中做了一年实习老师，可现在仍然在摸索这个城市中属于我自己的行为方式。长滩和我成长的封闭式环境有天壤之别。MTV 频道称长滩为“匪帮说唱之都”，还介绍了枪支和涂鸦随处可见的现象。我的朋友们都对这个城市，或者歌手口中的 LBC[①] 有所误解。他们认为我应该穿上一件防弹背心而不是戴珍珠项链。和在史努比·狗狗[②] 的说唱音乐录像带里见到的相比，我在新港滩的住处简直是理想中的乌托邦。电视会不合理地夸大事实。

事实上，学校位于一个安全的社区，离大海仅有几英里路程。地

① “长滩”的英文 Long Beach City 的缩写。

② 20 世纪 90 年代“匪帮说唱”的代表人物。

理位置和声名使它颇受欢迎，很多学生甚至每天转乘两三趟公交车来上学。这些学生来自城市的每一个角落，来自海岸的富家子弟坐在居民村[①]的穷学生边上。学校的院墙之内并存着各种种族、宗教和文化。但自从罗德尼·金被殴引起暴乱之后[②]，种族之间的紧张情绪已经渗透到了校园中。

由于校车接送[③]和帮派活动，威尔森高中传统的白人占相当比例的学生结构发生了根本改变。非洲裔美国人、拉美人和亚洲人占了学生的绝大多数。

我在这里做实习老师的时候非常天真，想超越肤色和文化看待学生，但是第一节课上课铃一响，我就碰到了难题。一个叫沙罗德的学生拍着篮球悠闲地走进教室。他是一年级学生，因为受到处分，从城市另一端一所竞争学校转过来，可以说是臭名远扬。据说他用枪威胁他的前任英语老师。（后来我才知道那其实是一把塑料水枪，但此举令人大为震惊。）起初几分钟，他非常蛮横地表明他恨威尔森，恨英语，也恨我。他唯一的目的就是把“学生气”的实习老师弄哭。但他没料到，一个月后，他自己成了那个哭的人。

沙罗德成了一个恶意的笑柄。一个同学厌烦他古怪滑稽的动作，画了一张带有种族主义色彩的漫画，突出讽刺他夸张的厚嘴唇。这幅画在班里被到处传看，同学们全都歇斯底里地大笑。沙罗德看到它，立马一脸哭相。他坚不可摧的外表第一次软化了。

我拿到这幅画，勃然大怒。“这是纳粹分子在大屠杀时用的宣传伎俩！”我咆哮道。

---

①由政府出资建造的供低收入家庭居住的住房。

② 1991 年 3 月 3 日，非洲裔美国人罗德尼 · 金因超速拒捕袭警，遭暴力制伏。一年后，以白人为主的陪审团判决白人警察无罪，从而引发洛杉矶黑人暴乱。

③美国学校为平衡学生种族比例，用车接送外区学生上学。

一个学生怯生生地问："什么是大屠杀？"

我震惊不已，于是问道："你们谁听说过大屠杀？"没有一个人举手。我又问："你们中有多少人被人用枪瞄准过？"几乎所有人都举起了手。

我立刻决定甩掉精心准备的课程，把消除偏见作为教学的核心。

从那一刻起，我想尽办法把历史带到生活中来，给他们介绍新书，邀请嘉宾来做演讲，还组织他们到校外旅行考察。我仅仅是个实习老师，活动是没有经费的，因此下班后还要找兼职。我在万豪酒店做前台，在诺德斯特龙百货公司卖女式内衣。连爸爸都问我："为什么你就不能做个正常的老师呢？"

事实上，鉴于我上次把事情搞得一团糟，"当个正常的老师"似乎也不错。我把学生带到新港滩观看《辛德勒的名单》，那家电影院的观众主要是白人上流阶层。我震惊地看到女人们个个神色恐慌，紧紧地握住自己的珍珠项链和钱包。当地一家报纸对这件事进行了报道，并放在头版，描述了我的学生如何被不公正地对待。之后我受到了威胁。一个对此不悦的邻居竟然放话说："你这么喜欢黑人，为什么不嫁给一只猴子？"

一切都很戏剧化，我甚至还没有拿到教师资格证。幸运的是，有些来自加州大学欧文分校的教授看到了这篇文章，邀请我的班级参加由《辛德勒的名单》原著作者托马斯·肯尼利举办的研讨会。肯尼利对我的学生印象深刻，几天后我们受邀去环球影城与斯皮尔伯格见面。我简直不敢相信！著名导演要和我们见面，和这个被我称为"如同一盒绘儿乐蜡笔一样绚丽多彩"的班级以及"总挑起风波的新手老师"见面！斯皮尔伯格惊异于这些"无药可救"的学生在一年级的巨大转变，还惊讶地发现他们已成长为一个亲密的团体。他甚至问沙罗德，来年还有怎样的好戏要上演。如果一部电影成功了，会拍一部续集，如果一个班级超过了每个人的想象，那么就解散它！是的，千真万确，这就是结局。从环球影城回来，英语部主任告诉我：“你令我们难堪。”希望破灭了，我怎么令他们难堪了呢？别忘了，他们仍然是那些“坚持不到一个月”，“太蠢”，连高级分阶课程[①] 的书都看不懂的孩子。

她继续说：“这里凡事都要论资排辈。”也就是说，我有这份工作很幸运，来年还要尽最大努力把沙罗德以及和他来往的那帮人留住。否则，我就还要去教一年级——“危险”的一年级学生。那不是我期望的任务。

所以，从明天起，一切从头开始，但是我坚信，如果沙罗德可以改变，那么任何人都可以。我应该做好面对一屋子沙罗德的准备。如果战胜沙罗德需要一个月，战胜一群十四岁大的躁动少年要花多长时间呢？

日记 1

亲爱的日记：

我一直认为“odd”（奇怪）是三个字母，今天才发现它是七个字母，拼成“G-r-u-w-e-l-l”（格鲁维尔）。我的一年级英语老师就站在那儿。我在想她是怎么找到这份工作的。行政人员最清楚不应该让她带这个班，但是我猜她不知道这一点。她怎么管理？班上全是渣滓生，大部分人都觉得我们既不会读也不会写。

也许她开的是新车，住的是三层豪宅，有大概五百双鞋子，似乎更适合教大厅那头的好学生。是的，在那儿她会很舒服，她应该和那

①美国高中学生的课外课程，如果通过考试，可在大学免修。

些所谓的富有才华的白人孩子在一起。他们自命不凡，认为自己比谁都棒。她走了进来，那神情似乎在说："我很温柔，很关心你们。"这一套不管用。我们都知道她会像其他人一样对付我们。最糟糕的是，我十分确信，她认为自己是那个会改变我们的人。这个"太年轻、皮肤太白、不适合在这儿工作"的老师，想凭一己之力改变这帮无依无靠、来自四邻八村、"肯定要退学"的孩子。

不能否认的事实是：这个班级如同电影《警察》的恶化版，有记录可以证明这一点。她可能会按照我们名字的首字母顺序安排座位，尽量避免冲突。现在她可能在决定要把谁转出这个班。我相信她在努力争取教师资格时，没人告诉她我们都是"成绩达不到平均分"的孩子。但我必须承认，这帮傻子中有些人需要改变态度。

大部分黑鬼都带着枪，随时准备朝人射一发。他们倒不至于被抓，就冲那些肥裤子也不会——他们的裤子可以装下我和我的六个朋友，当然可以装下一门火箭筒，别人却毫无察觉。

这个班里不是每个人都该待在这儿。角落里有个白人男孩低头看课程表，心里盼望是走错了教室。此前他一直生活在同类占多数的群体中，可一旦踏进这个教室，就成了少数分子。在这个班里拥有白色皮肤不会得到社会上那样的地位。在这儿，他被绝大多数人鄙视。人们认为他要么是傻子，要么就该在摸底测试那天逃学。

还有一些人，像我，不好也不坏，不是恶霸，但也绝不是随身带笔袋的书呆子。我在想，我怎么会被分到这个班？我不是受罚转学来的，不该属于这里。

我已经看到，我们陷进厚厚的二年级英语书里，甚至连一页都没翻过去就睡着了。这个班可能会有更多的转学生，不，小流氓。我在想她能忍受多久，连我都想离开。有一天她肯定会去找校长请求离开，然后一切恢复旧貌。学校还有什么新招？

“他们一周内就会让这位女士辞职。”朋友们这么说。还有一个人说：“她只熬得过一天。”

我给她一个月。

日记 2

亲爱的日记：

我究竟在这儿干吗？我是这个班里唯一的白人！我坐在教室——这个乱哄哄的地方——的角落里，看着课程表思考：“这真的是我应该待的地方吗？”好吧，我知道，在这所高中会遇到各种各样的人，但这不是我脑子里勾勒出的画面。这就是我的运气，我现在在一个充满了问题少年的教室里，他们都是用校车从不良社区接来的。和这帮人渣在一起，我真的感到不舒服。这里连座位都不够。我的老师格鲁维尔小姐年轻而果断，但是在这个班，她谁也管不了，我打赌她扛不了多久。学校把这种孩子都放在同一个班，简直是自讨苦吃。等着瞧吧，肯定会有灾难发生。

上课前我在学校院子里找了个地方吃了午饭，我注意到，这个区域和所有地方一样，根据种族分隔开来。每个种族都有自己的区域，绝不会混。每个人，包括我，都和同类在一起吃午饭。有个出名的地方叫“贝弗利山庄”，也叫“迪士尼乐园”，所有有钱的白人小孩都在那儿出没。“唐人街”是亚洲人聚集的地方。西班牙人待的区域被称为

“蒂华纳镇”或是“跑向国境线”。黑人区域则称为“贫民窟”。院子中间是怪人秀场，那是为瘾君子保留的地方，也被称为“弹弓场”，针对的是哥特派的孩子们。从我周围发生的事情看，院子中的种族分类明显已经渗入班级。

我所有的朋友都在大厅对面的优等生班级。他们几乎都是白人。那个班级里我唯一担心的是那些酷毙了的红人，他们自我感觉比任何人都好。除此之外，我和我的同类在一起十分安全。我明白这里是强者生存。我仅仅在等待被人袭击，被人“踩”。

我要尽快离开这个班，转到大厅对面的班级，和我的朋友在一起。下课铃一响，我就去和辅导员说，让她把我从这个班弄走。我得撒个谎，告诉她计算机分班系统出了差错，我应该在优等生班，尽管我的英语糟透了，学习能力也不行。我知道她会相信我，因为我是白人。

我不敢相信这里会这么吵。我只想离开这儿。我希望下课铃快点儿响。我在这个房间里一分钟也待不下去了。如果我还留在这儿，那只有两种可能：要么被人暴打一顿，要么无聊至死。

日记 3

亲爱的日记：

放学后，那帮不要脸的蠢货走过来。“操！”我想到的第一个词。我要被人暴扁了，因为那帮人里有五个家伙跟我过不去，包括两个女的。我一点也不害怕。这不是第一次了，也绝不是最后一次。但为什么在今天呢？今天是开学第一天，我真不想应付这种破事！

我不想来这个学校。我的假释官自认为精明能干，发誓是黑帮专家。这个蠢货觉得在长滩发生的事对我待在威尔森不会有任何影响。如果由我来做主，我就不会来上学。但是他威胁我，要么来威尔森，要么去少年看守所。我觉得回学校痛苦可能会少点儿。

我的假释官还没有意识到学校就像城市，城市就像监狱。所有人都被根据种族划分在隔离的区域。在大街上，根据种族或者出生地，你在不同的社区游荡。在学校里，我们把自己和那些与我们不一样的人隔离开来。事情就是这样，我们都尊重这个规律。所以当亚洲人想占据地盘时，我们必须纠正他们的错误。我们必须让他们知道，谁才是真正有案底的帮派成员。就和我之前说过的一样，所有的事情都已注定。很快学校里就会有还没成气候的空想家来教训你，要求获得他们无权得到的尊重。

那就是为什么揍我的时候，他们很恼火，因为我拒绝在他们面前低头。我上上下下打量他们，放声大笑，然后止住笑声，说："我的街区是最好的。"站在院子中央的时候，我想，他们看起来和他们憎恨的人多像啊。他们穿得像我们，言行举止像我们，还想要我们的地盘！因此我看不起他们，也看不起他们舍命维护的所谓地盘。我甚至不懂他们为什么要走过来，问我从哪里来。那群呆瓜应该知道我们挨揍后会怎样——我们会很愤怒，所有地狱之门都打开，会死人。

拉美人杀亚洲人。亚洲人杀拉美人。他们对错误的人宣战。现在就看你长得什么样。如果你看起来像亚洲人或拉美人，就会有人向你开枪或者至少揍你一顿。战争已经开始，现在成了一场为了权力、金钱和地盘而进行的斗争。我们相互残杀，为了种族、骄傲和尊重。他们在我们的阿兹特兰开始了战争，这片土地原本就是属于我们的，我们注定要埋葬他们。

他们可能认为现在把我踩在脚底下就算赢了，但是很快，他们就会全部趴下！

日记 4

亲爱的日记：

妈的！开学第二周，我已经被揍了，就因为和我在一起的那帮家伙。今天爆发了一场战争。我不知道因何而起，发生得太快了。有谣言说，几天前一个一年级的小孩被人扁了，她所在的帮派正图谋报复。我听说有人甚至打算把凶器带到学校。战争爆发的时候，我正和几个朋友在外面闲逛，和校园里其他孩子一样，我想凑近点儿看。我靠得越来越近，最后没来得及闪开，只感到一拳直直地打在我脸上。当有人抡起拳头打你的时候，你会怎么做？打他呀！

几个钟头过去了（但我相信只是几分钟而已），战争继续升级。我的鼻子开始流血，但除了几块瘀青，其他还算好。我盘算着怎么才能不躺在地板上，不被人打得稀里哗啦。正在这时，我听见有人说："当心！"从那一刻起，就像放慢镜头，如同配有劣质画外音的低成本动作片。一个橄榄球头盔击中了我，我顿时眼前发黑，昏了过去。当我醒来时，每个人都在喊："跑，快跑！"跑？为什么？随后，我看见学校半数老师都跑到打架现场。我不打算留下来，因为挑起争端而受到责备，所以爬起来跑了。

当事情不是你的错，而你又不得不逃跑时，会有些哀伤。我是墨西哥人，大概没有人会听我说什么。我不是一个坏人，但有时候会因为一些根本没做的破事挨骂。

我真的不知道该如何度过这天剩下来的时间。见鬼，我甚至都不知道自己是如何上完下一节课的。我无法正眼看人，无法直起背走路。我知道的是，今天这场战争之后，长滩的街上会更加不得安宁。

日记 5

亲爱的日记：

对于很多人而言是新的一天的开始，对我而言，是一个梦魇的继续。每天离开妈妈前，我都手画十字，祈祷自己能平安回家。

去学校问题不大，因为那时整个城市还在沉睡，但是在回家的路上就完全是另一回事了。我今年十四岁，人们认为我应该感到恐惧，因为周围都是暴力，但是在这儿，暴力是家常便饭。走下校车后，我第一眼见到的就是墙上的胡乱涂鸦、塞满垃圾箱的啤酒瓶，还有空的香烟盒以及注射器。

回家的路上，我常常被比我大的傻瓜追，他们拿着棍棒和刀。我尝试走不同的路，但他们总能注意到我，然后追着我打。起初我不知道他们为什么总是追着我不放，后来才明白，原因很简单，仅仅因为我跟他们的种族不一样。

我寻思想个法子，保护自己不受这群傻瓜的迫害。唯一的办法就是弄把枪。学校里，有些朋友在谈论一个老乡被人开枪射击。我问他们那些人从哪儿弄到的枪。他们告诉我有个家伙在卖。回家的路上，想到我的老乡被人射击，想到自己的问题，我决定去弄把枪。弄把枪真他妈的太容易了，容易到就像去街角的便利店买泡泡糖。你需要的只是二十五美元。我可以向父母要钱，声称要去买学习用品。这很简单，因为在社区里，用买双肩包的钱就能买到一把枪，几发子弹，也许还能剩下点钱。第二天，我在厕所与人约见，买了把点二二口径的枪和一个子弹夹。我飞快地把枪藏到双肩包里，随即离开。

在学校里，我一整天都惦记着那把新枪，就像一个得到一件崭新玩具的小男孩。放学后，我踏上回家的路。靠近车站时，我向窗外看去，那帮人在等着。我对自己说："妈的，又来了。"便紧张起来，双手开始出汗。我打开双肩包，把枪拿出来别在腰间，然后慢慢走到后面，等车门打开。

我走下车，他们开始骂我。"怎么了，伙计？""等着，白痴。"

操他妈的黑鬼！我继续走，余光看到其中一个想要追上来。往常我都会撒腿跑，但是这次我有枪了。我知道他们靠近了，于是转过身，伸手拔出枪，用枪指着那个走得最近的人的脑袋。幸运的是，他猫着腰逃走了，我不想开枪打他。其他人还在追我，但当他们看到我有枪时，也逃走了。我把枪重新插在腰间，回家了。没什么大不了的事，又是平常的一天而已。

第二天下午下车时，那群人不在那儿。接下来几天我也没有看到他们。不知道是不是把他们吓跑了，希望是。

然而希望很快破灭了。一天，我正走在回家的路上，一个人穿过马路，疯狗似的追我。我们目光交会，伸手拔枪，同时射击，中间只有一条大马路和几辆停着的轿车。这一幕如同电影画面，不同的是在我这部电影里，主角流出的血是真的。我不记得到底什么时候扣动了扳机，只记得在不停地射击，一直到那个人的子弹打完。最后一颗子弹划破空气后，他消失了。我们俩都跑了，之后再也没有碰过面。

我再也不怕任何人了。现在我就是我自己的帮派，保护我自己，自己做靠山。我仍旧带上枪，以防碰到麻烦，但是现在我不再害怕开枪。和帮派在一起以及持枪可能会制造麻烦，但是肤色也能让你陷入麻烦，所以我不妨有所准备。最近，那些破事少了很多。我只知道，我不会成为下一个被杀的人。

日记 6

亲爱的日记：

几天前我的一个朋友举行了葬礼。

他的葬礼和其他人的葬礼一样。家人都在哭。有人说："别再有下一个了。"然而他的朋友们信誓旦旦地说要报仇："以牙还牙……他们要付出代价！"

葬礼上人不多，到场的朋友和家人都以他为荣。我们都将怀念他，但是有什么意义？死者入土之后，我们的生命将会继续，朋友们不再谈论他，就像他从来不存在一样。当他的生日来临，礼物都将由鲜花替代，放在他的坟头。事情就是这样。

我仍旧清楚地记得我朋友的死。那晚，我在便利店买糖果，正头疼不知道选哪种时听到了枪声。我转身看门外，两个朋友跑进店里。

第一个猛地往地上一趴，另一个也随即倒下，背上和嘴里都冒着鲜血。

几分钟后，朋友的姐姐和母亲冲进店里。我站在糖果架前，看见那个姐姐双膝跪地，把他抱在怀里，号啕大哭，大声呼唤他的名字。他母亲站在她身后，睁大眼睛，震惊地望着这一切。泪珠从她的脸颊滚落下来，但是她没有去擦。她站在那儿，一言不发，似乎悲恸到无法动弹。看见一个母亲站在那儿，无法帮助自己的孩子，我的心都碎了。

最后一辆警车离开后，邻居们还站在黄色警戒带后面，看着地上的白色粉笔线。没有人离开，大家都在谈论“那个年轻的男孩”。尸体已经被医护人员抬走，但是他们有很多事不知道。他们不知道他是我的朋友，不知道他还有大段人生路没走完。他因为在错误的时间出现在错误的地点而被人杀害。我没注意到他们说什么，只是站在那里，看着地上我朋友的血迹。他这一生从来没有伤害过任何人。他父母怎么办？我又能做些什么？

现在很晚了，明天我还要去上学。邻居们看着我的朋友长大，我不知道他们会如何看待他的死亡。我知道那个晚上很多邻居和我一样，睡觉的时候会想：“又走了一个……”大家知道这种事还会发生，只是不知道将会发生在什么时候。任何时候，任何人身上都可能发生。

第二天，我拉起衬衫，别上一把枪。枪是在我家附近小巷里发现的。我讨厌这种金属贴着身体的冷冰冰的感觉。这让我颤抖，进而想到被这把枪夺走的所有生命，但有时候这是唯一的办法。我匆忙去赶公交车，期望枪不会从腰间掉出来。我不担心因为带枪被抓，因为学校老师唯一一次搜查学生是在种族暴乱之后。现在他们只检查十五岁的学生。我要做的就是密切注意，等候适当的时机。

在学校，我没有跟任何人说起过什么。我听见人们在谈论枪杀事件，但他们不知道谁被射杀了。他们不知道整个故事。迟缓的上课铃一响，我就走进教室，径直走到座位坐了下来。我无法摆脱朋友死亡的梦魇。接下来的一天，我一直坐着，一句话也没说，连作业也没写，一直闭着眼睛，看到他的脸。我知道他不管在哪儿，都会一直注视着我。离开的时候，我仍然能看到他。我要做的就是等。

我的朋友不应该死。他应该开心地和我们一起享受生命。他不是我失去的第一个朋友，也不是最后一个。我失去了很多朋友，他们都在不宣而战的战争中死亡。一场在这儿进行了几年的战争，一场肤色和种族之间的战争，一场永不停止的战争，一场使幸存的家人和朋友为死去的深爱之人痛哭的战争。对社会而言，他们仅仅是街角又一个死去的人，仅仅是一个数字。但对于他们的母亲来说绝不仅仅是简单的数字。那意味着更多的生命被终止，更多的鲜花被折下，就像那些搁在坟头的花儿一样。

日记 7

亲爱的日记：

又一次，放在坟头上的鲜花和香烟献给另一个朋友。这些天，我有很多士兵不是濒临死亡就是快要入狱，似乎我们得开始招募新兵了。但是我们不得不十分挑剔。新兵必须懂得服从，必须愿意吃子弹或者扣动扳机，但这些都值得。为了保护我们的同乡和地盘，很容易丢掉性命……我们在这里出生、成长，并且很可能在这里死去。我们把三点式手枪放在你手中时，就意味着强者生存，要么杀人，要么被杀。

难怪他们管这叫疯狂的生活。是真的，这就是他妈的疯狂的生活。一旦你进去了，就再也出不来。有时候我很好奇，他们是否知道自己在做什么。

每次我逼人加入，吸收他成为我们帮派一员时，那就是一场洗礼：他们给予我们的是他们的生命，而我们给他们的，是一种新的生活。他们必须证明自己愿意服从。是男是女都不重要，你会被人踢屁股，不能示弱，无论如何都得通过。倘若进了医院，我们也不关心，因为出院时，你就成了一个士兵。

我记得自己被逼进帮派的情形，那时我在医院待了三个多星期。尽管仅仅断了一只胳膊和一条腿，但我敢说一切都被毁了。我全身上下都是抓伤和瘀青，眼睛肿了，没法睁开。但是这值了。对于士兵们和我而言这都值了。冒着生命危险，躲避子弹或者挨枪子儿，还有，扣动扳机。

这都值了。

日记 8

亲爱的日记：

我告诉朋友们，我要加入一个女生联谊会，因为这“看上去有点儿意思”。我告诉妈妈我要入会，这是一个“社区服务”联谊会，但她大概不信。我力图证明自己做得对，宣称这么做仅仅是因为朋友们都在立誓入会，我并不真的在乎这个傻傻的联谊会。但是，我很快意识到自己正在否认显而易见的事实，我想像其他一年级学生那样适应环境。谁不想成为重要的联谊会，比如“卡帕·泽塔姐妹会”的一员呢？这个联谊会基本上是白人之间的，大部分成员是啦啦队员，有钱人的孩子，偶尔还有一些优秀学生。卡帕·泽塔姐妹会的女孩都穿得好像刚从Gap广告里走出来一样，指甲都精心修剪过，迷人的秀发发梢卷曲。姐妹会的高级会员十分优秀，她们要别人做事时，人们都欣然从命，即使是极庸俗的事。因此，当我收到卡帕·泽塔姐妹会立誓大会的传单时，毫不犹豫就去了。

立誓入会起初真的很有趣。所有会员都很友善，她们赠送我们礼物和印有姐妹会会标的T恤衫，好吸引我们。但是当新奇感退去，事情开始变得有些糟糕。会员举行了一场传统的面试，叫作“质问”。她们把我们两人一组带到一间屋子里，然后问一些无法想象的令人尴尬的问题。我和搭档莎拉等待面试时，看见前面一对对都哭着走了出来。很快我们就知道原因了。幸运的是，我真的很清白。大家都知道我是一个十分害羞、看见男孩就会晕厥的女孩，所以当会员开始问我们的性爱经历时，我并没有什么羞耻的事可说。但是莎拉的男友是毕业班学生，所有的会员都知道那种事，就是“毕业班男生”会搞一年级女生。她们提到乔什的那一刻，莎拉开始大哭大叫，因为她知道接下来她们要问她什么问题。你也许认为她们会竭力安慰她，或者至少停止质问，但她们根本不管她的眼泪。我猜质问的宗旨是要看大家立誓的决心有多坚定（或者有多脆弱），所以她们继续用个人问题和鲁莽的评论试探，对莎拉毫不关心，毫不留情地伤害她。那些人甚至准备了一顶印有“荡妇”字样的棒球帽，有男朋友的女生在学校必须戴上。经过“质问”之后，一大批立誓入会的人都放弃了，包括莎拉。大家骂会员们的父母，或者说联谊会很傻。也许是的，但在莎拉退出后，事情发生了变化。我们不再和她是朋友了。这不是故意的。我猜是因为我要加入卡帕·泽塔姐妹会了，而她没有。

我和剩下的入会者都认为最糟糕的已经过去了，却不知道最坏的一刻其实还没有来。入会之夜是最恐怖的，因为有男生参与。据说不能告诉我们那一天要做什么，但她们还是说了。我们必须听，如果不听，就意味着不许入会。我真的很怕参加那个特别的入会之夜，因为她们要求的衣着很容易惹乱子。晚上八点我们在公园的喷泉前见面。所有人都到齐后，她们让我们躺在地上，“像煎肉一样发出嗞嗞声”。我心想，我可以忍受这个，也许很有趣。我很喜欢煎肉的嗞嗞声。但往右一看，看见朋友珊侬时，我吓坏了。我以为她得到了特别的指示，因为当我们发出嗞嗞声时，她却跪在大卫·奥尼尔面前，那是一个受人欢迎的二年级男生。我无法猜出发生了什么事，我觉得珊侬在哭，一群吵吵嚷嚷的男孩在他们周围聚集起来，她真的开始放声大哭。他们向她大叫。我准备去帮她，但被推回地上，一个声音尖叫道：“你想去哪儿，婊子？我说过你能起来吗？”这是其中一名会员。我随即意识到，这将是一个漫长的夜晚。

那晚回到家后，母亲看到我，几乎哭了出来。我无数次地被人往身上倒啤酒，身上散发出刺鼻的酒味。啤酒和砸在我脑袋上的生鸡蛋混合在一起，又发出腐臭的味道。会员往我们嘴里涂抹食用色素，我们记得她们的名字。色素发出令人反胃的味道，我的衣服和脸都沾上了绿色的污迹。她们还让我们从公园跑到海滩，跑了一英里。我身上满是沙子，大口喘息，上不来气。我开始哭，不是因为臭味或者弄脏的衣服，而是因为无路可退。我已经通过了重重关卡，现在退出没有意义。而且，我不想到头来连朋友都没了，就像莎拉。我提醒自己，很快就会结束，况且她们对我还不像对待有些女孩那样恶劣。我听说有个女孩必须躺在地上，让一个我一直认为很聪明的学长马特·汤普森在她身上撒尿。

我正式入会后唯一担心的就是派对和那种事。所有年龄大一些的女孩都喝酒作乐，放纵的“派对”。但我说过，我真的是纯洁的。我以前从没做过那种事。我猜所有高中学生都喝酒，因此这还不是太糟糕的事。我会习惯的，但愿如此。现在回首过去，感觉都值了。所有的侮辱、羞耻和尴尬……是的，一切都值了。既然一切都结束了，会员们都很友好，我现在可以自由进入卡帕·泽塔姐妹会的派对。我们都要穿上卡帕的T恤衫上学、参加会议和相关活动。假如要被迫去做真正的坏事，也许我会退出，但对这一点还不太确定。问题仅仅在于，你要做到什么程度才能混得开。

日记 9

亲爱的日记：

格鲁维尔小姐刚刚让我们写一段文字或者画一张图来描述我们的邻居。我不敢相信她允许我画画。我在想她是不是知道我有多么厌恶写东西。

我讨厌我的邻居。我周围住的都是黑帮分子和毒品贩子。人生有太多机会我触摸不到。我瞄准什么样的目标？我没有瞄准，因为我没有任何目标，我能做的就是应付将要发生的事。在一个破破烂烂的社区长大，我必须适应周围发生的一切。白天种族之间的紧张气氛笼罩着街道，夜里能听到飞车驰过时发出的枪击声。一天二十四小时，帮派和毒品贩子控制街区，竭力保卫他们的地盘。我无法忽视这些，因为如果忽视，我将会成为问题的一部分，或者成为街道上随时随地可能发生的战争的下一个牺牲品。

我开始四处胡乱涂画，因为我不喜欢打砸、贩卖毒品或者和帮派人员混。我用记号笔在墙上乱画，或者把易拉罐砸到墙上。和好朋友去复仇，抽烟，干点他妈的坏事。我上学，但从来没用心看过书。老师们总是说“我来帮你”，但是到需要帮助的时候，他们从来都靠不住，所以我在学校和在街上做的事一样。每天我都把记号笔带到学校。我逃课，和老师捉迷藏，去厕所乱涂。如果我被抓了，谁会关心呢？妈妈不会做任何事，而爸爸总是很疲惫，懒得跟我说什么。

乱涂乱画令我感到刺激，是发挥才能的机会。听到人们谈论我的“作品”会给我“力量”，让我继续画下去。我从来没有做过课堂作业，上课时，我所有时间都用来在笔记本、宣传单、双肩包，或者视线所及的东西上画画了。我是一个艺术家，喜爱做这种事。我知道这样会破坏财产，但这也是令我感到刺激的原因之一。和好朋友们一起抽烟，然后出去满墙壁涂鸦，才是真正属于我的一天。

日记 10

亲爱的日记：

人人都在谈论一八七号提案和学校计划今天举行的罢课。我听到很多人在喊“停止一八七号提案”，甚至看见垃圾桶横飞过院子上空，课间还爆发了斗殴事件。所有这些为罢课铺平了道路。

拉美人和非裔美国人开始罢课。到处都是警察，似乎我们犯罪了，所以他们必须站在学校操场外面。有些学生被捕，有些离开了学校，到附近一个公园和其他学校的学生联合在一起。

我决定不罢课。我可以在一个人们听得到我的声音并且不评判我观点的地方表达感受。格鲁维尔小姐的教室就是表达这次事件对我的影响的地方。在课堂上讨论局势对我有益。她在黑板上写下“一八七号提案”，然后我们开始讨论这个提案如何对特定国籍的人造成影响。

如果提案通过，政府将取消医疗保险和此外所有向非法移民提供的福利和权利，比如上学。我很害怕，因为这将影响我的家庭，我妈妈就是非法移民。她为了寻找美国梦才来到美国。像我妈妈这样的移民来到这片土地寻求无限的可能性，但是现在，那些可能性看来并不是无穷无尽的。

格鲁维尔小姐的班上有人提醒我们，“一八七”是警察口中谋杀的代码。如果这个提案通过，它会谋杀掉像我这样的移民获取成功的机会。

日记 11

亲爱的日记：

“伦阿叫我。”对于一个十三岁的毛头小子来说，这句话很正常，但我看到的分明是“我叫阿伦”。我总是可以倒着读，而且认为每个人都可以。我甚至倒着拼写。单词“小猫”在我看来可以拼成“猫小”，我不觉得其中有什么区别。我的试卷上充满红色标记。是我愚蠢还是懒惰呢？我自认愚蠢，而且被所有人疏远。

五年级的时候，有一个老师总是当着班上所有同学的面叫我懒猪。她也总会挑我在全班人面前朗读。她知道我不懂如何把书念好或者把字拼写好。我必须慢慢读。所有人都嘲笑我，骂我蠢。我讨厌学校。从那一年之后，我再也没法大声朗读了，因为害怕大家会嘲笑我，骂我蠢。

我发现了自己的问题。我有诵读困难症，这意味着我有学习障碍。我看事物的方式不同，看到的单词和其他人看到的不一样。妈妈知道我对上学有多么不安，于是帮我找到一家招收有阅读障碍的孩子的学校。我遇到一些像我一样的孩子，了解到自己并非那么与众不同。学校帮了我很多，他们教我如何读书，如何做阅读笔记。我学会说深奥的词语，也学会了做数学题。我很高兴，因为我最终开窍了，而且会学习了，虽然读得比较费劲。

阅读障碍学校的学制只有一年，所以我不知道上高中后会发生什么。我知道自己不笨，但是人们仍旧会嘲笑我，我不想再遭罪。

假如体育好，孩子们似乎就不怎么取笑你。打棒球让我感觉很好。我不会背诵莎士比亚的诗歌，但击打棒球的时速可以达到每小时七十五到八十五英里。我甚至在世界青少年棒球锦标赛上得到机会打一垒。我不敢相信在世少赛打出满垒本垒打时，那些曾经嘲笑我、骂我蠢的孩子居然为我欢呼。发现我的英雄诺兰·莱恩也有阅读障碍时，想象一下我有多惊讶吧。

上高中的第一天，我就遇到了格鲁维尔小姐。她是我的英语老师兼阅读老师。我从她那儿学到了很多。她不骂我懒或者蠢。我发觉阅读居然能够带来欢乐。有时候阅读还是很难，但大声朗读的时候，我不再有心结。

格鲁维尔小姐在我真心喜爱的运动方面也鼓励我。她告诉我，很多有阅读障碍的人在体育方面表现杰出，大大补偿了教室里受到的冷遇。现在我知道，如果我在学习和运动两方面都多加努力，很可能在两方面都会成功。

日记12

亲爱的日记：

过去几天来，格鲁维尔小姐的课上，我们都在读一本书，叫作《杜兰哥大街》，写的是一个名叫卢夫斯的非裔美国少年的故事。他刚刚从少年看守所释放出来，离开前向他的假释官保证，不会再惹麻烦了。

班上大部分人都对卢夫斯有同感，即使没有进过监狱，也有亲戚、兄弟或者朋友进去过。读这本书之前，我因为曾进过监狱感到耻辱，怕格鲁维尔小姐会揪住这点来对付我。卢夫斯和一个叫伽瑟斯的帮派有些过节。他们总是找他麻烦。我在读初中的时候也有类似问题。

有一次放学后，我正在等公交车，突然有三个满脸凶相的人靠过来。他们辱骂我，试图把我惹毛。不是他们说的话把我惹怒了，让我生气的是，他们选择来惹我是以为我会忍受他们的辱骂。我不在乎他们都比我高大，必须证明给他们看，他们没有权力因为块头比我大就来惹我。

其中一个人向我挥舞拳头，但没有打中。是他“先找事的”。出拳的气流从我脸上划过，我疯了！我开始踢他的头！我看见他眼球向后翻，似乎要断气时才住手。直到看见警车闪烁的灯光和医务人员，我才意识到自己真的做错了什么。

警察把我带到副校长办公室。副校长打电话给我父母，想让他们来学校把我接走，但是没人在家。警察问还有没有其他人可以接我走。没有人。然后他们问副校长：“你希望我们把他带到少年看守所去吗？”副校长回答：“既然他父母不在家，那也许是最好的办法。”

我到了看守所，发现那里真的很恐怖。他们对待我像对待犯人一样，甚至还拍了我的面部照片。这是我第一次踏入牢房。我和周围的人都不一样。像野兽般关在牢笼里的，都是杀人犯、强奸犯、抢劫犯。第一个晚上是最恐怖的。我听见了之前从未听到过的声音。同一间牢房里的人用力撞墙，打他们帮派的手势，大叫他们是谁，他们从哪儿来。我哭了。

蹲了三天监狱，我才和父母取得联系。每天我都在想什么时候能自由。我在看守所待了漫长而压抑的五天。他们说的是真的——在监狱里简直就没法活。

出去后我患上了妄想症。我不想出门，不想和朋友作乐，仍旧觉得自己是被囚禁在樊笼里的动物。

从监狱释放出来两周后，我不得不出庭。法官告诉我，我被处以缓刑三年，必须在社区服务一个月零两个星期。我还必须赔偿那个被打的男孩一千五百美金。自从那天之后，我再也没有惹什么麻烦。和卢夫斯一样，我改变了命运。

日记13

亲爱的日记：

格鲁维尔小姐有一些惊世骇俗的教学方法。我们班刚刚读了一本书，叫《杜兰哥大街》，现在我们正在演这部戏。书的内容关于一个非洲裔美国年轻人，名叫卢夫斯，他从少年看守所出来后，就在政府建的居民村生活，同时努力寻找生父。

得知要排这部戏时，我和朋友们都想扮演卢夫斯。我想扮演卢夫斯的原因是我自己也住在居民村，和他一样从来没见过亲生父亲。但是怎么也想不通为什么我的朋友，一个干净清秀的家伙也想扮演卢夫斯，他似乎没有任何问题。起初我以为他是喜欢表演。过了一段时间，我终于问了他为什么这么渴望扮演卢夫斯。他告诉我没有什么特别的原因。我不能接受这样一个答案。他大概隐瞒了什么，不想让我知道。

最后还是由我来演卢夫斯，因为格鲁维尔小姐认为卢夫斯和我有很多相似之处。即使我的朋友装出不难过的样子，我还是知道事情有点不对劲。第二天，我又一次问他为什么想扮演卢夫斯。开始他犹豫着不想回答。我们沉默着走了一会儿，他告诉了我第一次看见父亲时的情形。那时他才四岁。父亲向他走来，身穿一件橘红色连衫工装裤，胸口还挂着犯人号码牌，脚上套着脚镣，沉重的链子在身后拖着。他们甚至连说话的机会都没有，警察就把他父亲带走了。

我为他感到难过。我知道成长的过程中没有父亲是多么艰难。我终于理解了他为什么要扮演卢夫斯。他想通过这个角色表达他的痛苦。讽刺的是，格鲁维尔小姐选他扮演了卢夫斯的假释官。

这部戏不仅帮助我们更好地了解《杜兰哥大街》这本书，也让我们相互增进了解。我们开始理解不以貌取人的真正意义。当我们给其他英语班级表演时，很多曾经取笑我们待在英语补习班的学生，开始询问如何能加入我们这个班。

表演结束后，格鲁维尔小姐带我们去看了《篮球梦》。这是一部纪录片，讲的是两个从芝加哥居民村来的男孩，他们都热爱篮球。电影里的角色和书里的人物有很多相同点——但更重要的是，他们和我们也很像。和卢夫斯一样，大多数人都意料不到他们能成功。他们证明所有人都错了。我猜电影想表达的是，如果你有足够的激情，就什么事都做得到。

日记 14

亲爱的日记：

我们开始在英语课上读一个短篇故事《最后的旋转》。这个故事引人入胜。以前我在学校读的东西和生活中发生的事情从来没有关联，这一次不同。故事的主人公蒂戈和戴夫是两个敌对帮派的成员。其中一个帮派砸了另一个帮派地盘上的糖果店。帮派首领决定让蒂戈和戴夫两人对决，而不是在城市中掀起帮派斗争。

蒂戈和戴夫用俄罗斯轮盘游戏来决定输赢。玩游戏的时候，他们开始交谈，发觉他们俩有很多共同点，也意识到靠玩俄罗斯轮盘来解决帮派斗争很愚蠢。他们决定结束游戏，因为他们俩谁也不想死。戴夫结束了最后一轮游戏，然后把枪递给了蒂戈。游戏的结局却是蒂戈结束了生命。蒂戈毫无意义的死让我想起一个邻居的死。

我的四个邻居住在一套公寓里。其中一个人刚从街上买来一把枪。两个年轻点儿的从来没有碰过枪，很想见识一下。枪的主人取出弹夹，把枪递给了他们。不幸的是，他忘记已经把保险打开了，也没有检查弹膛里是否还有剩余的子弹。

其中一个从来没有见过枪的人一把抢了过去，和另外一个人为了抢枪玩打斗起来。突然，枪意外走火，射中了一个人的额头。他当即死亡。大家惊慌失措。其中一个人捡起枪，擦掉了所有的指纹。然后，所有人离开房间，没留任何痕迹。

警察到达时，发现了一具死尸、一摊血和一把枪。因为没有目击者，他们把案件定为自杀。男孩的父母不相信儿子会自杀，不相信警察告诉他们的故事，他们知道自己的儿子不会做这么极端的事，相信他不会自杀。那天之后，再没有人见过那个玩枪走火的男孩。

我认识那天在场的所有人。死去的男孩只比我大一点。我很少和他交谈，因为他常欺凌弱小，也威胁过我。在家门口，他总爱挑年龄比他小的孩子打架。有一次，我差点就和他打起来，但幸运的是，他后来走开了。即便总是欺负人，他也罪不至死啊，何况只是恶作剧而已。

高一下学期

一九九五年春

格鲁维尔小姐的日记

亲爱的日记：

啊，我太郁闷了！整个学期都在煎熬中，从种族暴乱到罢课事件。但我不清楚自己是对学生更失望，还是对整个体系更失望。尽管学生们令人头疼，但他们只是孩子。成年人自成体系，隔离了孩子们，却对他们抱有成见，认为他们“刚起步”。但事实并非如此，他们在很多方面都不同寻常。尽管贴在他们身上的标签一年年更换——从“笨蛋”到“需要补习”，再到“刚起步”——但效果都一样。这些孩子从一开始就留下了创伤。不需要科学家去发现这个事实，假如你告诉孩子们他们很愚蠢，无论是直接还是间接，他们迟早会开始相信。

他们固执得可笑。但我也是。因此我猜事情都是有因果报应的，不是吗？我的报应回来缠着我了。甚至连沙罗德现在都是老资格了，趾高气扬地说：“你的班级很差，格小姐。”学生们每一刻都在试探我。他们讨厌阅读，让他们写点东西更是不可能。家庭作业？拜托！他们根本连“学生”都不愿意当。所以一个孩子为了避免受辱，将交上来的作业揉成一团，因为他曾经为了带文件夹而挨揍。

我很惊愕自己读一年级时是多么不同。过去的我大概会被认为是马屁精。但是这些孩子宁愿踢我的屁股而不是拍我马屁。相信我，我的桌上没有苹果，就算有，他们很可能也在里面放了刀片。

即使很多人放弃了，我还是不相信对他们的帮助注定会失败。通过家长会“返校之夜”的到场情况看，我猜有些家长也打算撒手不管了。

尽管阅读分数表明从传统意义上讲他们“不聪明”，但令人惊讶的是他们悟性很强。谈起流行文化时，他们简直就是一部活生生的百科全书。他们能逐字逐句引用喜爱的电影台词，或者轻松背诵最新说唱CD里的每一句歌词。但是当我问他们什么是悬垂修饰语时，他们回答说：“悬着这个。”其实连我自己都讨厌悬垂修饰语。

我认为关键是巩固他们已经掌握的知识。我一直尝试挑选和他们生活类似的故事，激励他们把故事应用到生活中。我们刚刚读完一本书，讲的是一个住在居民村的孩子应对同辈和帮派压力的故事。有些学生承认这是他们第一部从头看到尾的小说。他们太喜欢这本书了，于是我建议排演一部戏。《街区男孩》就是学生生活环境的真实写照，我想，排练一部戏可以让他们有机会效仿约翰·辛格顿。给他们创作权利时，他们的表现超出我的期望。他们写了剧本，搭了背景，带来道具，甚至还准备了相机。孩子们说这是“大爆炸”。作为回报，我带着一部分人去看了纪录片《篮球梦》，因为书和电影都讲述了一些在城市街区长大的人的故事。

我看到报道说，约翰·辛格顿有部新的电影作品问世，涉及种族冲突。如果我能坚持到六月份，也许会带全班学生去看。他们在教室里都不受我控制，可以想象在电影院里会怎样。我不知道自己能否一个人搞定他们。但也许我不必孤身奋战。有人真心愿意帮我带孩子们去做实地旅行考察。他的名字叫约翰·图，是一位白手起家的百万富翁。

去年我带孩子们去电影院看《辛德勒的名单》时，他就听说了种族主义者的反应，认为我们值得帮助。

为了严格训练学生们，就算吃力不讨好，我也得认真干。我必须和他们站在同一战线上，粉碎他们对我的成见——“贝弗利山庄90210”[①]。不久我就要讲莎士比亚了，我需要让他们相信这个语言风趣的天才“出口能成章”。我需要向他们展示莎士比亚跟每个人都有“某些东西”可以谈。因此，我得把蒙太古家族与凯普莱特家族[②]之间的故事置换到现代黑人犯罪团伙中讲述。他们才是真正的帮派，正如孩子们所说，是有案底的帮派分子，虽然过去的四百年里，语言、肤色和地盘都发生了巨大变化，但故事的主题却是放之四海皆准的。

日记15

亲爱的日记：

格鲁维尔小姐总是尽力给每件事情赋予意义。像今天，我们应该学习《罗密欧与朱丽叶》，不知哪个家伙滑稽地说“汝”这样，“汝”那样，然后不知怎的，她突然说：“凯普莱特家族就像拉丁帮，蒙太古家族就像亚洲帮。”什么？

那时候，我们正在读一个叫茂丘西奥的人被杀的故事，她问了一个令人振奋的问题：“你们认为家族宿怨愚蠢吗？”我像个呆瓜一样上

① 20世纪90年代介绍美国富人阶层生活的电视节目。

②莎士比亚名著《罗密欧与朱丽叶》中两个相互仇视的家族。

钩了，说道："太对了，是的！"毕竟他们相互蔑视威胁，挥舞利剑相击。她不会仅仅想说这么一句话。我知道，接下来她会把这两个家族同这座城市的敌对帮派进行比较。起初我想，关于帮派，这个娘儿们到底知道些什么？但真正不可思议的地方在于，她真的把这些帮派的名字叫了出来。

我并不觉得她知道所有发生在长滩的破事。我还以为她离开学校，就开车回家过她完美的生活。毕竟，这对于她来说算得了什么呢？

突然，她问了一些我们以前从来没想过的事。她问我们认为拉丁帮和亚洲帮相互残杀是否愚蠢。我立即回答："不！"

"为什么？"

"因为这是不一样的。"

"怎么不一样？"这个女人就是不肯放弃！

"不一样就是不一样！"我不想在全班人面前显得愚蠢，但是越这么想，越意识到这很蠢。

蠢的原因是我甚至不知道为什么要和她作对。事情就是这样。为什么他妈的什么事都要问？她总是竭力把你逼到绝境，然后让你相信事情还有另一面，但实际上却没有。我甚至都不记得整件事是怎么发生的，但很明显，如果你来自一个家族，就需要你忠诚，尽力获得回报。如果你是拉丁帮的，便不能和亚洲帮在一起，如果你是亚洲帮的，也不能和拉丁帮在一起。这些敌对与不和不仅仅是传统的问题。谁在乎身后的历史呢？谁在乎历史？仅仅是两派人从很久以前起就相互打击，直到今天还有人因此而受难。

我意识到她说得对，这就像那部傻乎乎的戏剧。我们的理由可能很愚蠢，但是事情仍旧在继续，我有什么资格去改变局面？

日记 16

亲爱的日记：

我们刚读完《罗密欧与朱丽叶》。我不敢相信朱丽叶为了一个才认识几天的男人就刺死自己。我爱得大概没有自己认为的那么深，因为我永远不会为了男朋友做那么疯狂的事。

刚开始读这个故事时，我把自己和朱丽叶比较了一下。我们都年轻，都和一个一天不见都不行的男人相恋，不同的是朱丽叶是一见钟情，而我在认识他两个月后才算开始恋爱。我父母不同意我和男友在一起，对我们来说，私奔是反抗他们的简单办法。然而结果却和我们计划的不一样。

朱丽叶的父母发现她死在男友身边，不幸的是，我的父母发现我活在男友身边。朱丽叶是幸运的，她死了，没有看到父母的反应，也不必受到惩罚。我活着，和朱丽叶的父母不一样，我的父母没有用滑落脸庞的眼泪来欢迎我，相反，他们到达我男友的住处时，母亲第一个冲出车子。当她望着我的眼睛，我感受到了自己带给她的耻辱。她径直走到我男友面前，开始大喊大叫地数落他。我爸爸则大声训斥我。我没料到他竟然给了我的眼睛一拳。然后，他和妈妈换了位置。妈妈揪住我的头发，把我往车里拖，而爸爸朝着我的男友咆哮。我摔倒了，因为我穿着高跟鞋，而妈妈走得太快。她尖叫：“起来！”“我的鞋，我的鞋掉了！”我大哭。她捡起我的鞋，我站起来。她把我推进车里，开始用鞋子打我。我用手护住脸，感觉鞋跟弄伤了我的手。爸爸上车时她才停手。

到家后，妈妈继续对我喊叫：“你竟然蠢到和一个不熟悉的男人私奔！”不知朱丽叶的父母对他们女儿的行为会作何反应，朱丽叶又会如何回应。我一句话不说，进了房间，父母也跟了进来。他们继续对我说不能再和男友见面，随后对我严加看管，不允许我打电话，不可以有同伴，也不能和任何人出去。这就是为什么现在我在格鲁维尔小姐的课上。

妈妈认为最好的办法就是把我送到离她工作地方近的学校，与我以前的学校在不同的区——这里离家起码有一个小时路程。她以为开车接送我上学会阻止我和男友联系，我也会忘记他。但是这没用。

和朱丽叶一样，我找到了见男友的办法。我逃课去校园的公共电话亭打电话给他，直到被一个亲戚逮个正着，妈妈才知道发生了什么。我和男友乘公交车时，姨妈就在同一辆车上。

我妈妈听姨妈说看见我在公交车上亲一个男人，她羞愧难当，不知道该怎么办。最后，父母允许我和男友在一起，但有一个条件，就是男友必须等到我满十五岁。（这是我们的文化传统，一个女孩十五岁时，就是一个女人了，可以承担责任。）我愿意为我们的恋情做任何事，只要不用躲着父母，和他正大光明地在一起就行。我们俩都同意等。所以，在我们班读到《罗密欧与朱丽叶》这个故事的结尾前，我们已经不再见面了。

我不愿承认父母一直都是对的。如果我和男友没有花时间去真正了解对方，怎么会相信我们彼此深爱？不过我太年轻太愚蠢，和朱丽叶一样，早早坠入爱河。幸运的是我没有自杀，结局也不像罗密欧和朱丽叶那样悲惨。我想我还没那么绝望。

日记 17

亲爱的日记：

今天在格鲁维尔小姐的课上，我们玩了“花生游戏”。游戏是在一张纸上描写一颗花生的样子和特质。我写，花生是小小的、圆圆的，还脏脏的。在纸的另一面，我写，即使它看起来很丑陋，却美味极了！根据大家提到的不同外形，我们把所有花生分类。我很快发现花生和我自己的情况相似。

上初中时某一天放学，我坐了校车后排的座位。这是个没人愿意坐的位子，总是空着。下车时，我听见大家在喊：“嘿，胖子！”“你这个大水牛！”一群面目可憎的女孩尖声说出刻薄可怕的话语，我这个“肥胖的”十二岁姑娘，一辈子都会悲伤地记得这一幕。

哦，别，别再这样了！请别再这样！我一边想着，一边站起来下车，尽力不去理会女孩们的辱骂和中伤。既然到站了，我知道下车前不得不面对她们。我必须走过车上那条长长的窄窄的过道，必须面对那些面目可憎的女孩。我站起来。她们也跟着站起来，聚集在一起向我走来，似乎要打我。为什么她们要把愤怒都发泄在我身上呢？我对她们做了什么？突然，女孩们开始不停地对我拳打脚踢。我全身上下都感到疼痛，却没有还手。

她们继续伤害我，似乎没有什么比看见我痛苦更重要。最后那几脚是最痛的，我只想能活着走下车。朋友们盯着我看，希望我能做些什么，让女孩们停手。为什么？为什么我的朋友不帮我？一段无比漫长的时间之后，我终于摆脱了她们的折磨，活着走下了校车。我心想，最糟糕的已经过去了，于是迈步向前。这时，女孩们把头伸出窗外，向我吐痰。我无法相信！她们把痰吐在我脸上！

痰粘在脸上的感觉沉重地打击了我。那东西顺着我的脖子淌下，细菌在脸上积聚，我感到恶心。我听见揉纸的声音，然后她们用纸团砸我。汽车开动，我加快了步伐。当我用纸巾擦脸的时候，仍然能听见女孩们在笑。她们挥手说再见，我的噩梦才结束。

今天，在格鲁维尔小姐的教室里，我意识到即使外壳不同，花生仍旧是花生。有些尝起来更美味，有些看起来更新鲜，但归根结底它们还是花生。格鲁维尔小姐的推论是："不要通过外壳来判断花生，要通过里面的东西来判断。"这句话对我意义非凡。只要我知道自己是人类的一员，便无须担心旁人说什么。最终，我们都是一样的！

日记18

亲爱的日记：

这个游戏太幼稚，我又不是一颗花生！世界和平究竟和花生有什么关系？我努力把花生与殖民问题联系在一起时，这些想法在我脑海里翻滚。这里面有什么信息？格鲁维尔小姐和我的看法相去甚远，更别说达成一致了。我坐在那儿，试图把这两种事物联系起来，但最终什么都没发现。

我坐在那儿，双脚伸出门外，眼泪就快要流下来了。我有些无奈而苦恼地闭上眼睛，脑海里突然有个念头蹦了出来。我记得曾听过这么一句话：“重要的不是传递信息的方式，而是信息本身。”慢慢地，花生开始成形。我不害怕，因为伴随而来的并没有什么高筒礼帽、踢踏舞鞋或者酸溜溜的诗。它们开始有目的，开始设定目标、梦想和抱负。我的花生就在眼前变成了人。矮的、高的、胖的、瘦的，要不就是稀奇古怪的，但仍然是花生。那些人的肤色有棕色的、黑色的、白色的、黄色的，以及这其中任意两种颜色的混合，但仍然是人。为什么我们不在乎花生的外壳，却死盯住人的肤色？

我想得越多，越觉得这种想法有道理。我开始思考自己的人生，我多次碰到过偏狭的人。人们带着偏见判断某件事，完全忽略了“花生”的存在。这听起来有些奇怪，还有点戏谑。我想这是我有过的最重要的认识。世界和平仅仅是一个梦想，因为人们不允许自己和周围的人简单地变成花生。我们也不允许一个人的心的颜色成为他皮肤的颜色、信仰的颜色和自我价值的颜色。我们不允许他成为一颗花生，因此也不允许自己生活在和谐之中。

日记 19

亲爱的日记：

我不敢相信俄克拉荷马发生的事。一百六十八名无辜的男人、妇女和孩子的生命被一个怨恨政府的人终止了。出于愤怒，蒂莫西·麦克维决定把自己的挫折和失望发泄在别人身上，给这个国家敲一记警钟。不幸的是，这是致命的警钟。

格鲁维尔小姐要我们写一篇报道记述俄克拉荷马发生的事。通过写这篇报道，我意识到我们是多么容易受到暴力侵害。但威尔森所有的学生并不是都能意识到这一点。课间和午饭时间仍然有打斗发生，原因都很愚蠢，比如某个人从和他不同的人群中走过。基于种族或穿衣风格的打斗都是愚昧无知的。这无法解决问题，只能让事情更糟糕。

每天，我们周围都有很多蒂莫西·麦克维，令人惊奇的是，这些人是人们常常预料不到的。他们就像行走的定时炸弹，一旦爆炸，后果将是致命的。滴答声常常从贬损的评论开始，却能引发一场爆炸。

无论我们是什么种族、什么民族、什么性取向，或者有什么样的观点，我们都是人。不幸的是，不是所有人都这么想。

日记 20

亲爱的日记：

我今天参加了旅行考察，去了宽容博物馆，观看了电影《校园大冲突》。电影揭露了社会的虚伪和人们的偏见。格鲁维尔小姐认为它和我们在课堂上学到的内容相关。电影结束后，我们聆听了一组成功人士战胜不幸的故事。

给人印象最深刻的是一个日本人，名叫奥井松。他举家迁入美国来追寻美国梦，但是日本轰炸了珍珠港，他们被关进集中营。仅仅十几岁的他和他的家人突然之间变成了“敌人”。松被送到曼赞纳集中营，就是我们读的《再见集中营》一书中讲的那个集中营。

松所在的地方和《再见集中营》的作者珍妮·若月住的地方很近，他可以回答我们所有的问题。即使被拘禁，日本人仍在集中营里成立了一个社区，于是松使珍妮的故事变得栩栩如生。

我很兴奋，因为这是我第一次读到一本真正和自己生活相关的书，我是亚洲人，曾在柬埔寨战争中被关入集中营。

和珍妮·若月一样，我的家人也被剥夺了一切，并被关进一个集中营。虽然我们待的集中营与珍妮的不同，却有很多相似之处。比如珍妮住的小木屋在沙漠中央，而我的小屋是由茅草和松树枝搭造。除了居住条件相当恶劣，身体健康也成为一个大问题。我们吃错了东西，都生病了。珍妮描述了人人难逃的“曼赞纳痢疾”。与我不同，她不必担心哪天会没有食物可吃。就算食物的味道不怎么样，至少他们还有吃的。不幸的是，我们却常常担心一家人能否活下去，因为从来没有足够的食物。我们常常一整天都没有吃的，似乎一直在找果腹的东西。

和珍妮一样，战争把我的父亲和家人分开。集中营剥夺了父亲的尊严，过去慈爱的父母会因为微不足道的小事大发雷霆。父亲和家人分开后，回来时身体、情感和精神都和以前不一样了。他们虐待别人，不在乎是否伤害了对方。

战争给我们带来那么多创伤。它扼杀了我们的灵魂，想尽一切办法夺走我们的生命。这就是偏见和战争的结果——制造了敌人。但是，正如松所说：“我才十岁，怎么就成了‘敌人’？”

日记21

亲爱的日记：

我仍在理解演讲小组讲述的有关多样性的事实和信息。所有的演讲者都有不同背景，但每一个人都因为他们的种族、阶级、宗教和性别而面临歧视问题。尽管有不同的背景和过去，但所有人都在努力地成就辉煌。

丹尼·哈罗，一个来自洛杉矶东部的拉美人，离开了老家，成为一名律师。现在，他是爱德华·詹姆斯·奥莫斯①最好的朋友之一，我们看过的纪录片《生命危机》中也有他。莉莎·莱米雷兹是第一个作为电视制作人和导演荣获艾美奖的拉美女性。她和丹尼一样家境贫寒，是家族中第一个考上大学并实现梦想的人。鲍勃·简特律过去一直被人欺负，因为他是同性恋，但最后，他成为加利福尼亚州第一批同性恋市长之一，同时也是格鲁维尔小姐所在学院的院长。奥井松被迫离开学校，生活在关押日本人的集中营里，最后却成为一名教师。最后的演讲者雷内·费尔斯通在大屠杀中失去了一切，包括她的家人，却仍然来到美国，成了一名成功的时装设计师。

所有小组成员中，雷内的故事最打动我。她谈了她的生活以及在集中营里得到的教训。她谈到在捷克爆发战争前，她和父母工作多么卖力。最后她全家被迫迁入匈牙利贫民窟，随后起程去奥斯维辛集中营。到达那个死亡之营后，她和妹妹与父母被隔离开来。当雷内问一个盖世太保，她能否和家人再见面时，那人指着一个冒着烟的烟囱说，那儿就是她和家人再聚的地方。

①美国电影明星，曾出演过《黑帮大时代》《银翼杀手》等影片。

雷内从集中营出来后，无处可去。她需要从头开始，那就是她来美国的原因，虽然她还不会说英语。她说她离开欧洲时，身上揣着大概二十美元，带着她刚出生的孩子克拉拉——以纪念她在奥斯维辛死去的妹妹。当她到达埃利斯岛时，他们拿走了十六美元的人头费。她带着属于自己的四美元，开始创造美好的生活。

雷内的女儿克拉拉也来到这里，告诉我们父母都在集中营的孩子的生活是什么样的。令人惊讶的是，她说父母含辛茹苦抚养她长大，却要她“身上不要有一块偏见的骨头”。雷内打断了女儿的话，告诉我们，永远不要集中评价一群人——那样很容易把他们搅和在一起，成为一个整体，并给他们扣上帽子，大屠杀就是那样开始的。

讨论过后，我们和小组成员在世纪城万豪酒店吃晚饭。因为格鲁维尔小姐周末在万豪酒店工作，酒店给我们提供了一顿超值的丰盛晚餐。到酒店后，我们走到组员面前和他们握手。

晚餐时，雷内来到我们这一桌和大家说话。她给我们看了胳膊上在奥斯维辛留下的文身。文身看起来像条形码上的数字。她告诉我们他们用的针头怎么传染疾病，以致有些人得了皮肤病。她还告诉我们怎样从皮肤里吸出墨水，一个给她文身的医生悄悄告诉她的。如果她没有把墨水吸出来，第二天就会被带到毒气室，因为她的号码被叫到了。

今天所有的事都和我们在课堂上读过或看过的东西相关。格鲁维尔小姐不辞辛苦地请这些人来和我们聊天，这真令人惊讶。通过和这些人见面，我们在书上读到的内容变得更加有意义，也让我意识到一切皆有可能！

日记 22

亲爱的日记：

现在快午夜了，我感觉自己就像灰姑娘，从舞会中奔回家，心里清楚马车就要变回南瓜了。你可以说我也是从“舞会”回家——我们都盛装打扮，吃饭时用的银餐具比我可能拥有的多得多，我还见到了白马王子。这个王子不会骑白马，也不会骑着任何东西把我带走。那好吧，反正上次从马上摔了屁股后，我再也不喜欢马了！但是为了这个童话，他会骑的。

这个王子就是约翰·图，城堡就是洛杉矶的这家大酒店——世纪城万豪酒店。我在想，格鲁维尔小姐工作的那家酒店是不是也一样棒。到处都是水晶，厕所里还有真正的毛巾。天花板上没有纸团，地上也没有灰，厕所隔门也不会像学校里那样不翼而飞。甚至连厕纸都十分柔软，不像能把学生送去看校医的砂纸。我从来不知道待在厕所里也是如此美妙的事。

但厕所和晚餐相比可不算什么了。菜式比O. J. 辛普森[①]的申辩还多。餐巾像餐桌中间摆设的装饰品，食物美妙得我他妈的都不舍得碰。最棒的礼遇是约翰·图坐在我这桌。和我们在一起的这个人明明有很多话可说，但他却一直让我们说。

自我介绍的时候，我紧张极了。他怎么会注意我呢？别忘了，从来没有人注意过我，包括我爸爸。自从爸爸离开后，我一直回避见人。我觉得自己没有什么重要的事好说。但是，这里有这么一个人真的关注我。他想知道我对电影《校园大冲突》的看法，谁是我最喜爱的组员，

①美国黑人偶像，体育和影视明星，被控谋杀前妻及其男友。

我最喜欢《再见集中营》里的哪一段。

一个不认识我的人怎么会对我这么感兴趣？这个大富翁对待我就像对待舞会之花，但是我的亲爸爸却当我不存在。约翰·图在七分钟里给我的关注比我爸爸七年里给的还多。

一切都很美妙，当我回到家，才意识到自己没有很多东西——不仅仅是梦幻般的水晶吊灯和全套大餐之类，更重要的是和爸爸的关系。奇怪的是，我居然羡慕图的孩子。如果我有他这么个爸爸就好了，我不要他的财产，都留给他自己的孩子好了。我希望他的孩子没有把他做的所有小事都看作理所当然，比如他说“早上好”或“晚安”，或者仅仅只是询问一下孩子们当天在学校里做了什么。那些对我来说是多么美妙啊！拥有一个那样的爸爸将是最完美的“灰姑娘的故事”——没有水晶鞋，只有一句“今天在学校里怎么样”。

日记 23

亲爱的日记：

我在一年级学到很多，得到的一个重要教训就是人总在变，因为我变了。今年一开始，一切都开始改变。我给自己放了“三个礼拜的假”。后来到了学校，格鲁维尔小姐突然问我：“你为什么缺这么多课？”我不知道该说什么。怎么回答呢？我要撒谎吗，告诉她我病了或者讨厌上学，所以逃课？逃课给我力量。逃课的时候我才是我自己。那时我可以做任何想做的事，而且不必回答任何人。况且在学校，也没有人注意过我。

我告诉格鲁维尔小姐："没有人关心我做什么，我为什么要来上学呢？为什么有更好的事情不做，要来学校浪费我的时间？"说话时，我从她的眼神里看出她受到了伤害。"你有什么'更好的事情'要做？"她问。这个问题比第一个问题更难回答。除了在朋友家的垫子上坐着，故作潇洒地抽烟，我并没有做什么。我告诉她："我家里出事了，必须在家帮忙。"我退缩了，不能告诉她我做了什么。她问我："我能帮你吗？要我打电话到你家和你父母谈谈吗？"我立刻说："不用！他们会朝我撒气的。"妈妈当然以为我是去上学了。她根本不知道从上课的第一天起我就开始逃课。

妈妈一直逼我接受教育，因为家族其他人都辍学了——除了她。她能毕业的唯一原因就是外婆给她施加压力。现在妈妈也强迫我。如果格鲁维尔小姐打电话到我家，告诉妈妈，她会发狂的，一定觉得我是个失败者。可成为一个失败者对于我还不算什么大问题。

我最怕的是被抓。在外面和朋友抽烟的时候，警察突然到了。哥们儿，我得离开。我拔腿就跑，跑得飞快，甚至都没有停下来看朋友是不是还跟着我。我就是想离开。到街角的时候才意识到只有我一个人。我跑回去找朋友，结果被抓了。他们把我送到少年看守所。那是我人生中最糟糕的一晚。我和一些女孩待在一个牢房里，她们都想揍我。警官告诉我可以打电话。于是我打电话给妈妈，对她撒了谎。当然，如果我能对妈妈撒谎，就能对格鲁维尔小姐撒谎。

所以，有一天格鲁维尔小姐说我的平均学分是 0.5 分，但仍有潜力时，我有了负罪感。格鲁维尔小姐对我说的话改变了我的一生。她说，她相信我。我从来没有从任何人，特别是老师口中听到这些话……

现在你能理解我为什么愿意待在格鲁维尔小姐班上再读一年了。既然格鲁维尔小姐关心我，我也开始关心我自己。我甚至停止逃课。虽然并不想承认，但我真的开始喜欢学校。我都等不及明年再把格鲁维尔小姐的课上一遍了。你永远不知道将会发生什么令人兴奋的事。

高二上学期

一九九五年秋

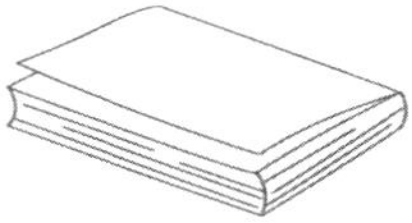

格鲁维尔小姐的日记

亲爱的日记：

自从我开始在威尔森高中实习以来，似乎总有些老师和我过不去。根据他们的说法，我太热情，太不成熟，而且我的教学风格太反传统。他们在教师休息室里批判的学生却被当地的报纸颂扬。事态发展到了极致的时候——我的学生受邀去见史蒂文·斯皮尔伯格，这让一些老师开始狂躁难安。

实习期间我忍受了所有的谣言，去年秋天返回威尔森上班时，我犹豫不决。我被分配去教阅读能力低于正常水平的一年级学生，英语部主任挑衅地对我说："让我们看看你怎么应付这些孩子，能人！"

能人？真希望她知道去教一年级让我多么紧张和恐惧。她甚至没有花时间了解我，就已经给我扣帽子了。就像我保护的学生一样，我也忍受着偏见。穿套装，老师们就叫我首席女歌手；带学生去实地考察，就令其他老师"难堪"；甚至有些人厚颜无耻地说约翰·图是我"傍的大款"。在那一刻，我明白了为什么总有一半新来的老师离职。

在一个老师打印并散发了我写给斯皮尔伯格秘书的一封信后，我开始考虑离开威尔森。那封信只是谢谢那位秘书帮助我组织春天去宽容博物馆的实地考察。一个老师给我看一封书信的复印件——某些部分被着重标出——我失去了理智。我的一位同事打开我的电脑并打印了一封私人信件，还复印了许多份！在我看来，她侵犯了我的隐私，触到了我做人的底线。我所有压抑住的憎恨全部爆发出来，决定离开威尔森。

我参加了另外一所高中的面试，并且拿到了录用通知，差点就能干干脆脆地离开，直到错误地告诉了校长我的打算。当时他吃了一惊，问我原因。

“所有的老师都在斥责我！”我冲口而出。

“但是你的学生呢？”他问，“他们没有签名让你上二年级的英语课吗？如果你在开学的第一天没有出现，他们不会失望吗？”

接下来，我的虚伪击中了我。一整年来我都鼓励学生们不要用标签化的字眼，比如“所有”和其他笼统的概括。我甚至让受过偏见之害的人来描述给别人扣帽子的危险。大屠杀的幸存者雷内·费尔斯通重申了我的观点，她对我的学生这么说：“不要让少数人的行为决定你对整群人的看法。记住，并非所有德国人都是纳粹。”现在我的看法也有偏见，因为我说“所有的”老师，实际上是有一些人讨厌我，还有一些老师是支持我的。

如果让某些老师得逞，把我驱逐出威尔森，孩子们就会成为永远的失败者。他们会认为我和很多人一样，令他们失望。我意识到自己要有始有终。而且，我还没成为一名与学生心气相投的老师。所以我决定留在威尔森，把精力放在课上，而不是进行无关紧要的斗争。

我留了下来，去年的大多数学生也留了下来。除此之外，我会有一批新学生——没人要的孩子！我的班级就像垃圾场，收容受罚转学的学生、改造中或尚在观察中的孩子。如果六月份毕业的沙罗德能够改变命运，这些新来的学生就有希望了。讽刺的是，“希望”是他们字典里没有的词。

我问我的一个一年级学生，他认为自己能否毕业。他说：“毕业？见鬼，我都不知道我能不能活到十六岁生日！”对这些孩子中的某些人来说，死亡似乎比文凭更真实。

他们对宿命的态度影响了我对文学读物的选择。之前的种族主义漫画事件开启了以宽容为主题的阅读单元，现在我打算重新拿它作为主题，并扩大范围。我订了四本关于处在危机中的年轻人的书：托德·斯特劳斯写的《浪潮》、埃利·威塞尔的《夜》、安妮·弗兰克的《安妮日记》、莎拉塔的《围城日记：一个孩子在萨拉热窝的生活》。最后两本是课程重点。

不可思议的是，我的学生们和安妮、莎拉塔有很多相似点。很多学生都是十五岁，莎拉塔也是十五岁，而安妮·弗兰克是在十五岁时去世的。我认为年龄、被疏远和年少时的愤怒等方面的相似才是最关键的部分。

我很自然地选择了安妮·弗兰克的书，也高兴于发现了波斯尼亚女孩莎拉塔的书，评论家称赞她是“当代的安妮·弗兰克”。去年春天，《视野》杂志的封面人物是莎拉塔·菲力波维克，杂志里的文章吸引我去读她关于被战火吞噬的波斯尼亚的日记。莎拉塔从十岁开始写日记。她管日记叫“咪咪”——和安妮·弗兰克叫日记“凯蒂”相似。安妮的生活因为纳粹发生了巨大变化，和她一样，莎拉塔的生活在萨拉热窝战争中也发生了巨变。在此之前，莎拉塔的生活重心是学习和看音乐电视台，后来学校关闭，国家图书馆被破坏。随着战争升级，她在枪林弹雨中长期忍受缺衣少食的生活，并眼睁睁看着同龄人死亡。

一九九一年，莎拉塔十一岁时，看到她曾经和平的家乡爆发了战争；今天，我的学生们亲眼见到洛杉矶在罗德尼·金案审判后燃起大火。当莎拉塔在她曾经玩耍的街道上躲避狙击手的子弹时，我的学生们也在躲避飞车发射的流弹；当莎拉塔看着她的朋友被无情的战争暴力残杀时，我的学生们也看着他们的朋友被无情的帮派暴力杀害。在萨拉热窝，莎拉塔描述士兵如何用“战争的黑笔”在塞尔维亚人身上刻上“S”，在克罗地亚人身上刻上“C”，在穆斯林身上刻上“M”。我想我的学生们也会争着说，有一支同样的“黑笔”，在他们身上做了标记，“W”代表白人，“B”代表黑人，“L”代表拉美人，“A”代表亚洲人。

我想学生们会对我选择的书里的小主人公感同身受。但书一时到不了，我让他们读一些短篇故事，然后让他们扮演相关角色。他们对于生活如何反映艺术大概会很惊讶。

日记 24

亲爱的日记：

早上五点——闹铃把我叫醒时，屋里还是一片黑暗。太阳还没有出来，我决定不起床。但我的闹钟看法不同，一直在响。

我把闹钟扔到地板上，表示对它的感谢。铃声戛然而止。我四处张望，看闹钟在哪里，这时才意识到，原来我自己也在地板上躺着。为什么？因为我没有床。我打开灯，开始自己的一天。我绕过房间里的衣橱镜去拿衣服。镜子里照出我睡觉的地方——一块厚毯子和一个枕头。

从镜子里也能看出，房间不是我的。我感到伤感，快要哭出来了。我从衣橱里抓出衣服，走过长长的走廊到了浴室。淋浴的时候，我哭了，泪水混着热水从脸上淌下来，还有伴随泪水而来的疼痛。这是我应付目前状态的唯一的方法。房间、走廊以及浴室都不属于我。这不是我的家。我妈妈就在大厅的一个房间里睡觉，但这儿仍旧不是我的家。我再也没有家了。

早上五点半，我出了浴室准备出发。我必须提醒自己：今天是我在威尔森上二年级的第一天。得开心起来，一个夏天没见到朋友们，今天终于有机会了。但是，我在想朋友们的暑假是不是和我的一样糟糕。这个夏天是我短短十四年生涯中最差的一段时光，全都缘于一个我永远无法忘记的电话。

我妈妈在哭泣，在祈祷和恳求，恳求别人能多给点时间，似乎她正在竭力呼吸最后一口气。虽然我从来不关心“大人的事情”，这次却全神贯注地倾听。我从不愿看见妈妈哭泣。

挂掉电话，她转身看见我迷惑而恐慌地站着。我还没搞清楚是怎么回事，她就紧紧地搂住我，拥抱我，然后说对不起。她又哭了起来，这次比我刚进来时哭得还凶。她的泪水像子弹一样击打着我的衬衫。她告诉我，我们要被驱逐出去了。她一直在跟我道歉，说她不是一个好母亲。她拖欠房租一个月了。房东又很需要钱，这让情况更糟糕。我只有十四岁，太小了，找不到工作。在街区唯一能找到的事就是卖毒品——我决定试一试。

孩子们还在享受暑假的欢乐时，我把衣服和东西打包到箱子里，寻思最终会到哪里安顿。妈妈不知道该做什么，也不知道去哪里。我们没有家人可以依靠，没有收入，没有工作，没有足够的钱找到其他安身的地方。我们能做什么呢？没有父亲帮忙，只有一个可怜女人和她的儿子。

那晚，在不受欢迎的治安官来我家之前，我祈祷上帝能够给出一条明路，让我们走出这疯狂的处境。那晚，悲伤又沮丧的我试图睡一会儿，希望能发生点什么事。

被赶走的那天早上，重重的敲门声把我吵醒。治安官来例行公事。我们以最快的速度把东西搬出去。我抬头仰望天空，等候奇迹发生。我看着妈妈，看她是否安好，她一直安静地进进出出搬东西。

我们的牧师有个朋友，一个人住着一幢漂亮的大房子。在得知我们的处境后，他张开双臂欢迎我们。一个陌生人的双臂可比治安官的双臂舒服多了。

早上六点，我在等公车。这个暑假的一幕幕在脑海里闪过，好似一首歌一遍一遍地重复。我努力告诉自己，事情有可能更糟糕。以前我从未碰到过这样的事。我开始觉得现在这种情况都是自己的错，因为我在每个圣诞节和生日都会要最好的电子游戏机。我应该要点便宜的东西，一些我们能负担得起的东西。

早上六点四十五，我乘上公车，然后转乘另外一辆直达学校的……为什么还要去上学呢？假如我连睡觉的地方都没有了，上学还有什么用？要是朋友们问我暑假过得怎么样，我该说什么呢？说我从公寓里被赶出来？不。我不打算告诉任何人发生了什么事。我知道大家都会穿上新衣服、新鞋子，剪个新发型。我呢？穿着去年的套装、旧鞋子，发型还是原来的。我不想再尽力表现好或者得高分，那都没有意义。

早上七点十分，公车在学校门前停下。我的胃好像紧缩成一个小球。我想呕吐。我一直在想下车的那一刻会被人嘲笑，可意外的是，去年英语课上认识的朋友和我打招呼。在那一刻，我受到了触动。格鲁维尔小姐，去年开始教我们的那位有点“另类”的英语老师，是唯一真正让我对自己的未来怀有希望的人。和我的朋友谈英语课以及去年的冒险经历，让我感觉好了一些。

早上七点四十五分，我收到课程表，表上第一位老师就是二〇三教室的格鲁维尔小姐。我走进教室，感到生活中所有的问题都不再重要。我回家了！

日记 25

亲爱的日记：

该死！刚开学我又得去医院。这次我要做静脉窦手术，医生说我有一两个星期不能上学了。我希望他们说的是对的。

我常常因为一种叫囊性纤维变性的病住院。囊性纤维变性一直是我生活的一部分。我连呼吸都困难！每五分钟或十五分钟就会狂咳一阵，一般都持续五分钟左右。我无法集中注意力，甚至无法呼吸。缺氧令我偏头痛。我的体重也是一个问题。我无法消化吃下去的东西，所以长不胖，必须用药物来帮助消化食物，并接受呼吸治疗，否则会有严重的胃痛。大多数时候，我的体重都在往下掉。

我的名字出现在等候器官移植患者的名单上已经六个多月了，除非接受肺移植，否则我只有几年的时间可活。我在想自己是否能够幸存下来。我知道我会，但是前方的路坎坷崎岖，让人提心吊胆。任何事都可能发生，希望我能做好准备。

我肯定要缺课了，也不能见朋友们。我真的怀念格小姐和她的课。

她甚至来医院探望我。去年我住院的时候，她带来一张两英尺见方的卡片，上面有班上所有人的签名。

我不知道会错过什么功课，但希望不要太多。希望手术不会让我缺课超过两个礼拜，因为上学是少数几件我喜欢做的事之一。

日记 26

亲爱的日记：

今天，我走进第五节英语课的教室，所有的课桌都靠墙摆放。黑板上写着“十二怒汉”，下面列举了剧中的角色。看起来她要让我们进行角色扮演。以我的运气，很可能成为第一个入选的人。为什么我要转到这个班来呢？

这里每个人似乎都相互熟识。就像那个电视节目《欢乐酒吧》，每个人都知道你的名字。呃，我不想和别人说话，也确信没有人知道我的名字。我想保持这种状况。

哦，我的天哪……她要挑选我演一个角色了，我知道她会……很好，好极了，她正看着我。现在大家都要知道我的名字了。我立刻把头伸向书包，装作分心找东西的样子。我受不了这个，不需要这种关注。哦，她放过我了，我猜这次真的走运了。我讨厌在大家面前说话，而这个老师除了说话什么也不做。她点名让大家回答问题，仿佛他们能不假思索地给出答案。为什么她就不能自顾自地讲课呢？为什么她就不能像其他老师一样无聊呢？

日记 27

亲爱的日记：

谋杀，攫取生命，偷走灵魂，一件你永远无法偿还或者道歉的事。最近谋杀这个词如阴影般盘旋在我的生活中。不管走到哪里，我都能看见电视上在播放 O.J. 辛普森的审判。格小姐正在让我们读《十二怒汉》。今天下午两点，我哥哥的谋杀案就要判决了。我经常想到一间充满敌意的屋子里有“十二怒汉”，试图决定我哥哥的命运。

我的想象中并没有百万美元的辩护，没有梦幻律师团[①] 带着装满证件的公文包，只有一个政府委派的律师，也许连他也认为我哥哥有罪。

我在电视上看到对辛普森的审判。当起诉方用一个强有力的证据来控诉他时，他的梦幻律师团就举出别的东西来削弱证据的力量，软化陪审团成员的心。我考虑了哥哥的案子，认为他唯一的希望就是他的同伴，也就是真正的凶手认罪。

法庭声明道：“被告向一名非办案人员承认了自己的行为，因此他的陈述是无效的，无法用作呈堂证供。”辛普森的律师来了，建议他用第五修正案来申辩——没有声明，无法定罪。他们再一次证明了公正不意味着坏人进监狱，它仅仅意味着有人需要为犯罪买单。

我回忆起《十二怒汉》中的场景，一个乐观的陪审员如何改变另

①橄榄球明星 O.J. 辛普森涉嫌杀人，震惊全美。据说他不惜花费重金，聘请“梦幻律师团”为自己开罪。

外十一位陪审员的看法。我刚开始看到希望，就意识到它仅仅是一本书，仅此而已。

今天下午两点，我哥哥的审判中没有梦幻律师团，也没有安插守护天使的陪审团。他被判入狱十五年。

日记 28

亲爱的日记：

自从上小学以来，我就一直在尖子班。我认为自己很幸运，能够得到最好的教育，有顶尖的老师。我在通往光明的路上，走向最光明的地方。

上初中时，我开始意识到由于一直在尖子班，我只认识尖子班的孩子，没和其他人说过话。这就像一个潜规则。我们不能和那些没有参与天才计划的孩子说话，或许他们也被禁止和我们说话。我知道这不对，但这就是事实。到了高中，我被我们区的最高学术项目组录取。我一直认为这是件好事，直到第一学期的期中。功课成堆地压在头上，我感到脑子乱作一团。家庭作业让我没有时间做任何事。我也很难集中注意力，因为老师说话就像机器人。我相信他们在给我传授重要的信息，但一到家就什么都记不起来了。晚上有很多书要读，一个礼拜安排很多次测试。我没有时间真正去学习。我寻求摆脱的方法，找到了威尔森高中的另一个项目。我祈祷这个项目会更好。

这个新项目叫作“荣誉学者”。我拿到一张清单，上面列有必需的资格。必须有好的成绩，高出勤率，选课比一般同学多。这看似艰难，但我觉得很容易实现。我虚心加入这个项目，但它却不适合我。所有的老师都鼻孔朝天，目中无人，似乎比学校里其他人都高贵。环顾四周，我觉得极不自在。班里的同学全都是白人，富家子弟，对他们来说，第二天要穿什么就是最大的烦心事。他们明确地显示出自己的种族优越感、经济条件和受欢迎的程度，也比其他人要优秀。尽管我是白人，住在相同的社区，选择同样的课程，我却想离开。

当我向一个朋友抱怨时，她告诉我她的英语课的情况，对英语课上的活动赞不绝口。他们在读关于卡米洛特的故事时，老师装扮成桂妮薇王后来提高大家的兴趣。他们还常常照课本表演戏剧，使书中的故事充满生活气息。我从来没有做过那样的事。如果我们能大声朗读就很幸运了。我请求和格鲁维尔小姐见上一面。见到她时，我的的确确对她肃然起敬。

两个礼拜后，她设法把我安排到她的班里。她设计游戏帮助我们学习阅读和词汇，聆听我们的问题，实实在在地关心我们。她说的话我能够理解。做一个真正的人，不被老师小看的感觉真好。

日记 29

亲爱的日记：

最近，在格鲁维尔小姐的课上，我们在学习卡米洛特和亚瑟王的传奇。起初，班上很多人对中世纪发生的传奇故事并不是很感兴趣。

格鲁维尔小姐大概看出我们对此缺乏兴趣，所以决定增加一些小小的激励措施，让整个班级更投入。她宣布，课程结束后全班要进行“考试”，所有通过考试的学生都将获得中世纪酒店的实地旅行考察资格。我们将有机会重温中世纪的生活，享受一顿丰盛的晚宴，同时观赏骑士肉搏战表演。没有比提供直接的经验和些许快乐更好的教学方法了。

不用说，去中世纪酒店考察的提议引起了每个人的兴趣。很快，大家都想了解亚瑟王和他的冒险经历。我们逐渐认识到自己不是因为奖励对课程感兴趣，而是真的发现它很有吸引力。当然，全班人一起外出就餐，开开心心地游玩，这个主意真不赖。

时光流逝，我对课程十分熟悉了，一种强烈的成就感油然而生。想想看吧，我现在能理解并参与和伟大文学相关的讨论。理解是因为我真正去阅读它，而不仅仅是看一两部电影。

测试那天终于到了。上课的路上，我非常不安。但我成功通过了考试，其他人也通过了。我学得很用功，并乐在其中，这让奖品更加甜蜜。但是，稍后发生的一件事却让我扫兴。在我们期待许久的旅行考察前一天，一位老师告诉我和一个朋友，我们不能去，除非我们穿着长裤，打上领带，而不是穿得像个帮派分子。帮派分子？帮派分子什么时候穿过 GUESS ？什么时候穿过衬衫加齐腰的李维斯长裤？我一直以为帮派分子喜欢穿的长裤比他们的真实尺寸要大两倍，并且配上白 T 恤。也许他这么想是因为我的种族。我不明白，我迷惑了。

多可笑，他居然自己制订规则。别忘了，他只是作为监护人看着我们，而不应该滥用权力，飞扬跋扈。没问题，我们想。即使我们谁也没有领带，也要穿上最好的衣服。第二天，我和朋友排队上车，结果被勒令离开队伍，让别人先上。我们被那个老师剥夺了参与旅行考察的权利，就因为没有按照他之前所说的打上领带。我震惊不已。我一直用功学习就是为了等待这一刻，然而此刻却被告知因为衣着不能参加。

我们既迷惑又失望地回家了。第二天是痛苦的一天，每个人都问我为什么没有参加活动。事实上，真正让我沮丧的是大家吹嘘旅行多么好玩。这件事之后没多久，我和格小姐以及那个阻止我参加活动的老师见了面。格鲁维尔小姐居然和他争了起来！显然她认为我和其他人一样，也有权利去，她认为我受到了歧视。虽然那个老师最终为明目张胆的歧视向我道歉。我原谅了他，但无法忘记这件事。一想到因为没有打领带，坚持自己的穿着方式就被剥夺了权利，我便感到恶心。现在，我说话的时候总会心不在焉，想着哪天人们才会不再以貌取人。

日记 30

亲爱的日记：

“四眼田鸡”“瞎蝙蝠”，或者更难听的，比如“可乐瓶婊子”，都是贯穿我整个童年的恶毒评价。每天我都挂着眼泪从学校回家，因为班上的同学甚至陌生人都会骚扰我。我乞求母亲让我转学，因为大家很过分。他们残忍无情的评论影响了我的性格，把我变成了一个害羞安静、缺乏安全感的女孩。我一直都是独来独往，害怕交到朋友后发现她们在背后取笑我。

就在最近，上科学课时，我突然听到邻座的女孩粗鲁无礼地评价我糟糕的视力。有人提到我的视力时，我会十分敏感，她不知怎的感受到了这一点。我尽量不去理会，但她居然在我的夹克衫上写字。我站起来说：“我他妈的受够了！”我不能相信自己会这么说话，因为过去总不把人家的话当回事。她说：“闭嘴，你这个瞎婊子！”我失去了理智，扇了她一巴掌，好像她代表着这么多年来取笑我的小孩。我整个童年积蓄的怒火都在那一刻爆发了。我愤怒得眼前发黑，大脑一片空白。科学课老师把我们分开，我的身体仍不由自主地颤抖，不知道接下来会发生什么事。

我把打架的事告诉格小姐，她告诉我，她有个学生叫沙罗德，因为肥厚的嘴唇而被人耻笑。她找到一幅画着沙罗德嘴唇的卑劣的画，她说这使她情绪激动，在课堂上大吼大叫。这件事唤醒了她，让她决心成为一个更好的老师。或许这个小插曲也能让我变成一个更好的人。

日记 31

亲爱的日记：

上课铃响了，大家走进教室。所有的桌子都靠墙摆放。有张桌子上摆满塑料香槟杯和一瓶瓶苹果酒。我心想：究竟怎么了？我们要开派对吗？我看见格鲁维尔小姐像个疯婆子一样挥舞手臂，但是没有人回应她喝咖啡后的兴奋。我们都知道咖啡因对格鲁维尔小姐的影响。

整节课都令人觉得不可思议。格鲁维尔小姐站在讲台上开始谈“变化”。我想:这个女人想干什么?“变化”是什么意思?然后人们开始哭。大家为什么要哭?我不明白。

格鲁维尔小姐发下一些从巴诺书店买来的书和袋子。当我看见同学们脸上的表情时，高兴得都要蹦起来了。我想立刻就阅读它们。我全神贯注地看着其中一本新书，忘记了我们应该做什么。那些书从来没有被打开过，每一页闻起来都有油墨的味道。我翻开埃利·威塞尔写的《夜》，而且迫不及待地想开始读托德·斯特劳斯的《浪潮》，还有《安妮日记》，以及莎拉塔的《围城日记》。开始我以为一定会写很多读书报告，但格小姐告诉我们这是“为培养宽容精神而进行的阅读马拉松”。

真见鬼，格鲁维尔小姐在说什么?她说我们能从阅读中体会到快乐，这些故事关于一些和我们有相似处境的孩子。我们都是十几岁的孩子，正在渡过生命中的难关。有些人成功了，有些人却没有，这就是现实。我也想成功。

我一直都是需要改变的孩子，不能否认这一点。妈妈帮不了我，因为在她眼里我做的任何事都对。我是“妈咪的小姑娘”，无论在学校表现有多差，无论我试过哪些毒品。爸爸恰好相反。他从来不关心我表现得有多差或者多好。

随着年龄增长，每个人都在改变，变好或是变坏。我猜自己得到了一个并非人人都有的机会。我有机会让生活变得更好。感谢上帝送来一个天使，给我机会改变。

大家一直以为我会变成一个吸毒者，或者在十四岁之前怀孕辍学。现在我有机会证明他们错了。

日记 32

亲爱的日记：

我的两个朋友已经去世一年了。每个人都尊敬他们。他们是街区最讨人喜欢的白人和印第安人的混血儿。我长大后就想成为那样的人。我总想给他们深刻的留下印象。那天我在学校，他们抢劫时被人杀了。想想看，我本可能和他们在一起！

这件事之后，我开始以全新的视角看待生活。我一直走着一条错误的道路。现在我和最好的朋友成了街区最年长的白人和印第安人混血儿。很遗憾，更年长的要么已经入土，要么就生活在牢狱中。日子一周周过去，我慢慢改变自己的作风。不希望当自己成为个失败者的时候，年轻人还以我为榜样。我做了那么多伤害社区居民的事，现在应该做点事帮助他们了。

现在小点的孩子都把我当作模范，所以我尽最大的努力让他们看清事情应有的样子，让他们能够辨别是非。邻居们都很喜欢我。我心底有一种暖暖的感觉，似乎自己是“被上帝选中的人”。但是我明白，最亲密的两个朋友的死亡才让我改变人生，想到这个就很痛心。

改变生活永远都不晚。如果我做到了，其他人应该也能做到。实在点儿说，这取决于一个人想要改变的欲望有多大。我很幸运，有一个机会可以重新开始。

可惜的是那两个混血儿永远没有机会了。

日记 33

亲爱的日记：

“你不能和自己人，和你的亲人作对！”

我走过法庭过道，坐在法官身旁一把冷冰冰的椅子上，这些话一直在脑海中回响。我不停地告诉自己：“振作点，你不想在证人席上说话前后矛盾吧，你好友的未来就掌握在你手中。”我必须撒谎来保全自己人，别人一直都这么教我的。我穿过法庭，目光直视前方，不敢和任何人有眼神交流。四周寂静无声，只能听到我走在大理石地板上的脚步声，以及我的心跳。

坐在椅子里，我感到自己暴露在各种目光的注视下。奇怪的是，那些目光正触摸着我深深埋藏的内心。每个人都在等待我的反应。

坐下来时，我注意到法庭分成两部分。一部分是我的家人和朋友。他们大多来自加利福尼亚最臭名昭著的帮派，大家都来了，因为担心判决之后另一方会对我不利。但即使他们来这儿保护我，我也毫无安全感。我猜是因为他们无法让我从真正害怕的事情中解脱——那就是我内心的罪恶感。我只能看着那些关注着我的人的眼睛，使他们安心。我毫无选择，只能保护好自己人。不管发生什么事，我都必须保护帕克，不管怎样都不会背叛我的同乡。他会毫不犹豫地为我牺牲自己的性命，同样，我也会为他去死。现在我要做的就是坐在这儿，为那晚发生的事辩护。那晚，帕克只是再一次证明他会为了他的心上人做任何事。他只是在保护我，并且警告别人别再来骚扰我。

法庭另一边是那个被冤枉的男人的家人。他的家人和朋友当然愤怒地望着我。我知道为什么，但是不在乎。我不怕他们。他们是我们的敌人，是他们先惹事的。他们已经杀害了我的一个朋友，几个礼拜之前还扁了我一顿。

那边的一个人引起了我的注意。她看上去并不那么愤怒，而是一脸悲恸，这样痛苦的表情让我觉得很熟悉。她看着我，抱住坐在膝头的小女孩，泪水顺着脸颊滚落下来。

我看到她的眼泪，心里一个小小的声音响起："她是不是让你想起你在世上最爱的人？"我竭力忽视那声音，但那声音却越发大了。它告诉我，这个女人是我母亲，那个小女孩是我。我禁不住回头看，想象如果没有父亲，那个女孩的生活会怎样。我在脑海里勾勒出她等候父亲回家的场景，但知道他不会回去了。我想象她去探望他，但却无法触摸，他面前有一扇牢不可破的窗口。我想到她多想打破他的囚笼，但知道她不能。我的父亲也曾在牢狱之中生活，我有这样的记忆。那女人又看了我一眼，我能看出她受的苦与爸爸和哥哥入狱时我妈妈受的苦一样。她们哪里不一样？我母亲是墨西哥人，这个女人是黑人，可令她们哭泣的都是一颗破碎的心。

我总听到同样的话："你不能和自己人，和你的亲人作对。"这句话铭刻心间，甚至坐在证人席上，还一直想着这样的话。"你不能违背你的亲人……"然而，所谓的亲人，所谓的自己人，却置我于人生的最低谷。我的感受和想法开始改变。在走进法庭前，在看到那个女人和小女孩前，我知道自己会撒谎，但是现在不那么确定了。

突然，那个男人的律师连珠炮似的发问打断了我的思绪。他问谁开枪打的那个人。我看了看朋友。他正盯着我看，脸上一副沾沾自喜的表情。他毫不担心，即使有罪，即使知道我目睹了一切。他向那个男人开枪时，曾望着我说："这是为了你。"他知道我会撒谎，知道我以前一直都支持他，现在也没有理由和他作对。我转身看着他，眼睛开始湿润。他很惊讶，似乎这不是什么大不了的事。但这次确实是一件大事。

我瞥了妈妈一眼，她摇摇头，似乎知道我要说出真相。我从来没有告诉过她那晚的真相，但她知道是我的朋友干的。当她问我怎么办时，我告诉她："我要保护自己的……你知道怎么回事。你知道，你和咱们家族的每个人都这样教育我。"

"我知道是怎么回事，但为什么总是这样？"她从来没有这样和我说过话，毕竟，我父亲在坐牢，而大部分家人都是帮派成员。我总以为妈妈会接受现实。你是帮派分子时，事情发展的方向就是那样的。她问我："把一个无辜的人送进监狱感觉怎么样？想想那个把你父亲送进监狱的人，他也只是在保护自己人。"母亲的话有生以来第一次让我相信，我能改变事情的发展方向。我注视着帕克，说道："是帕克。帕克杀了那个人。"

日记 34

亲爱的日记：

你一定对我非常失望。事实上，我对自己更失望，我戏弄了人们，让他们相信我是个人物，但我不是。自从我来到格鲁维尔小姐的班上，每个人都认为我是"好好小姐"。这一点从来没有错，她总是拿我做"好榜样"。我被看作那种安安静静、成绩好的学生，是老师的得意门生。奇怪的是，当周围所有人都因为我们的"为改变干杯"而改变时，我似乎是唯一一个没有任何变化的人。很多人都说我很聪明，能把生活安排得有条不紊。他们有时候希望自己能像我一样。但愿他们了解我内心深处的挣扎。

我生活在谎言中，在和心底的一个秘密作斗争——我是一个“假装正常的酒鬼”。我出门时带着水瓶，装成正常人，因为不能向别人倾诉自己的问题而伤心。我真的想改变,但是太难了。对我来说改变很难，因为我害怕人们不喜欢清醒的我。这种状态已经很久了，它就是日常生活的一部分，就像早晨起床去浴室洗澡、刷牙一样。

我不能继续掩盖自己是酒鬼的事实。我对妈妈、格小姐和所有的朋友隐瞒了这个事实。我知道自己需要帮助，但是怎样做才能得到帮助？这是遗传的，不单我有这个问题，我的爷爷、奶奶和爸爸都有这个问题。我想我迟早会酗酒。

让我告诉你我的一天吧。起床时想喝橙汁加少许伏特加。猜猜我会怎么做？和平常一样，我去秘密的藏匿处灌下最喜爱的饮料——伏特加兑橙汁。我开始怀疑，如果不喝点酒就过不好这一天，我又怎么能做好生活中的其他事情？

当然，妈妈已经上班去了，所以出门时我带上了水瓶，里面灌满橙汁和伏特加，装着若无其事的样子去上学。真正令我烦恼的是到学校后，没有人发现这一点——不仅仅是格小姐，甚至我最好的朋友都察觉不到我喝酒了。我和朋友们、老师们泰然自若地说话，他们什么都不知道。你知道为什么吗？因为我耍了一个小把戏：车子中途在甜甜圈店停下时，我下车买一盒口香糖。很聪明，是吧？

上体育课时，我差点溺水，因为在游泳池里我的腿发酸，力气用完了。大家都觉得是我太累的缘故，但我知道那是因为喝了酒。午饭时我无法忍受，跑到厕所，吐了满满一池。我尽力让自己相信这是因为感冒或者其他病痛。晚饭时，我走在回家的路上，正如大家经常见到的那样，模样甜美、聪明而无辜。

在我们读这些关于改变的书之前，喝酒的事从没有让我烦心过。书让我发现自己的伪善。对我影响最深的故事是纳粹故意伤害安妮·弗兰克那样无辜的人。我是伤害自己的那个人。我选择隐瞒。不幸的是，安妮·弗兰克再也没有获得自由。这让我想到自己是否可以获得自由。

日记 35

亲爱的日记：

今天晚上我刚读完“阅读马拉松”活动中的一本书，名叫《浪潮》。故事关于一个校园实验，展现来自同龄人的压力如何变得难以控制。其中一个主要人物是名叫罗伯特·比林的小伙子。他压迫和恐吓其他少年做现代纳粹。大家像小绵羊一样盲目跟随。读完这本书，我才了解年轻人为什么这么容易受骗：被哄骗去做违背他们意愿的事，就因为他们想混得开，想受人欢迎。那一定就是希特勒能欺骗年轻人的原因，令人吃惊的是他控制了成千上万的少年“褐衫党”。我无法相信同龄人施加给我们的压力可以完全控制一个人的生活，并改变他的为人。但这样的故事都是真的，因为我自己也承受过同龄人的压力。我太想和那群所谓的“潮人”出去游荡，所以被教唆去做一些明知有问题的事情。

一次，我到学校找朋友，一个人正在告诉大家怎样入店行窃后侥幸逃脱。我很好奇他们怎么能不被抓住。我听他们高谈阔论，是因为自己从来没有任何关于行窃的故事好说。他们总说我是一个“大好人”。在这个特别的日子，我应该证明一下他们看错了。那天晚些时候，我和家人去购物，那是噩梦的开始。

我偷了一些化妆品，一边慢慢走向门口，一边想：只要能走出门，一切都会结束。别让任何人看到我……

是的，我在门外了。我成功了，我做到了……我一边想一边穿过两扇自动门。

“不好意思，小姐，我是这里的保安，你能和我一起回店里吗？你拿走了一些化妆品……”

我父母停住了脚步。

妈的，我被抓了，我无法相信，感到血液慢慢从脸上流走。我的父母惊呆了。他们只是用怀疑的眼神盯着我。爸爸看上去想掴我一巴掌，妈妈似乎要杀了我。他们说：“真丢脸！你怎么能这么做？你知道这有多丢人吗?！”

我感到身体在颤抖。我从未做过这样的事。我知道父母恨不得杀了我。“这不可能，仅仅是个梦，只是个梦而已，快醒醒，快点。”我一边走回商店一边不停地对自己说。他们把我带到角落里一间奇怪的小屋子，照明可能很好，却令人感觉阴冷黑暗。

他们让我坐下，父母站在门边低头怒视着我。他们要我把塞进口袋的化妆品拿出来，算了总价，一共是十五美元。保安拿出我藏在商店里的包装，还给我拍了快照。我感觉自己像一个重案犯。

他们拍照片时要我对着镜头，放松点。我让自己陷入了麻烦，他们竟然让我放松点？

我一直问自己：“为什么这么蠢，要降低身份去迎合那些所谓的朋友？他们不能帮我摆脱这糟糕的处境。父母也许永远不会原谅我，或者再也不会相信我。我怎么能这么对他们呢？他们一直都在满足我的需求。”我在一堆文件上签好字后，他们终于放我走了。我不想面对父母。走向车子时，我慢吞吞地跟在他们后面。

到家后，他们教育了我很长时间，让我哭了一整晚。那晚睡觉前，我对自己发誓，以后永远不会再偷东西或者做蠢事。为了违背自己的本性，我不仅给父母带来痛苦，也失去了自尊和好评。

日记 36

亲爱的日记：

起初我问格小姐：“为什么要读和我毫无相似之处的人的故事？我不认识这些人，也不会理解他们，因为他们不理解我！”问她这个问题时，我觉得自己太他妈的聪明了。我暗自想：她不会回答我的，因为这次我是正确的。但她抬头看着我，十分平静地说：“你怎么能这么说？你连书都没打开。自己看看，否则你永远不知道。书里的故事可能就发生在现实生活中。”于是我开始读这本叫作《安妮日记》的书，我想证明格小姐错了。我想证明给她看，她说的都是废话，她的小伎俩在我这儿不管用。我讨厌阅读，换句话说，我讨厌她。

令人惊奇的是，事实证明是我错了，因为书里的故事真的出现在了生活中。安妮的死令我发疯，她快死了，我的一部分也随之死去。她哭我也哭，正如她一样，我也想知道德国人为什么残杀她的同胞。正如她一样，我知道受到歧视的感觉，知道因为外貌被人看不起的感觉。

正如她一样，“有时候我感到自己就是一只囚禁在笼中的小鸟，只想展翅飞走”。读完这本书，我想到的第一件事就是，格小姐是对的。书里的每一页上都有我自己的影子，正如她所说。

日记 37

亲爱的日记：

我开始意识到安妮·弗兰克、莎拉塔·菲力波维克和我有许多相似之处。我们似乎都被囚禁在某种囚笼之中。安妮的囚笼是她和家人藏身的密室，以及她度过大部分时光的阁楼。莎拉塔的囚笼是地下室，是她用来躲避炸弹的避难所。而我的囚笼是我自己的家。

和安妮以及莎拉塔一样，我也有一个敌人，他有强烈的独裁意识，那就是我的父亲。在我看来，他并没有真正适应一个父亲的角色，所以称他为“我的精子捐赠人”。詹姆斯不许我们叫他“爸爸”或“父亲”，或者任何充满感情的称呼。他说称呼不是他的名字，所以我们不能那么叫他。

不幸的是，谈到父亲，我不能对安妮·弗兰克以及莎拉塔·菲力波维克感同身受。从我读到的内容看,她们的父亲似乎十分爱她们。不过，我依旧同情她们身处的环境。我很容易就把詹姆斯看成希特勒，把我的家人看成犹太人。虽然和希特勒引发的战争不太一样，但我家里的战争也同样是由无知和愚蠢引发。所有战争都一样，会有敌人，有无辜的牺牲者，有毁灭，有无谓的暴力，有流离失所，还有赢家和输家。

我读到过二战时集中营里那些残忍的事，读到过纳粹如何折磨人，让他们挨饿，残害他们的肢体，把人切割得面目全非。我也看到我母亲被詹姆斯打得半死，看到血和着泪水流下她的脸庞，她同样面目全非。我感到无力、恐惧和愤怒，同时知道自己什么也做不了。我看到他从母亲的钱包里偷钱，变卖家当去买毒品。

我很悲伤，他本该是我尊敬的人，我本来可以向他这个做父亲的寻求值得信赖的建议。但我却只记得他醉醺醺地用皮带狠毒地抽打我的背和腿的刺痛。至少是最近，我不会再向他征求任何意见。

我和安妮、莎拉塔有同感。和她们一样，我也有一本日记，在里面写着：因为你的身份，嫌弃和仇恨就集中在你身上，这样的滋味如何？我能做的就是等妈妈摆脱他。令人惊讶的是她还没有。如果她能一心去做她想做的，就会成为一个坚强的女人。我知道我不会再让男人把手放在我身上，不会再忍受任何人虐待我。我想和安妮、莎拉塔一样，我必须等到战争结束。我会更加坚强。

日记 38

亲爱的日记：

我们一直在谈论波斯尼亚战争，以及某些事件和大屠杀有多相似。我们读到一个名叫莎拉塔的小女孩的故事，她被很多人称为当代的安妮·弗兰克。莎拉塔和我似乎有很多共同点，因为莎拉塔经历过萨拉热窝的战争，我则经历过一场不同的战争——洛杉矶暴乱。巧合的是，当我们的城市被包围时，莎拉塔和我都是十一岁。我能理解她看到城市在烈火中坍塌时的恐惧，因为我的城市也在燃烧。

萨拉热窝的问题开始于一名狙击手在和平大会上向人群开枪。人们惊慌失措，战争由此爆发。在洛杉矶，数名警察因殴打一名叫罗德尼·金的男子而接受审判，但“无罪释放”的判决让人发疯。人们开始疯狂抢劫，打架斗殴，制造交通事故。

我和莎拉塔都必须为自身安全藏匿起来，这令我们十分恐慌。她困在地下室，能听到炸弹爆炸和人们的尖叫。我则困在教堂，人们开枪，砸窗户，为了生存大喊大叫。

我和莎拉塔都失去了童年的纯真，被剥夺了做孩子的权利，比如上学、打电话聊天，甚至到外面玩耍。建筑物在燃烧，人们仅仅因为肤色、信仰或种族就被殴打。很不幸，我们都因为他人的无知而遭受磨难。

最后，联合国来到波斯尼亚的大街上维护和平。而在连续多天的混乱之后，国民警卫队成为洛杉矶的维和部队。即使联合国和国民警卫队成功地阻止了暴乱，令人无法容忍的事情也仍然存在。

我无法相信，一个住在千里之外的陌生人，居然和我有如此多的共同之处。

日记 39

亲爱的日记：

我不理解！我的意思是，这不对，然而我们说话时这种事仍在发生。

我无法相信。这种事到底有多恶心？

为什么女人会被猥亵？为什么有那么多人会被猥亵？

今天我在《名利场》上读到彼得·马斯写的关于波斯尼亚的文章，它就像一声枪响，惊醒了我大脑中丢失的记忆。波斯尼亚的妇女们被士兵猥亵、骚扰、强奸，甚至怀了孕。他们只想通过污辱对方来感受自己的强大。

为什么？

读完这篇关于波斯尼亚的士兵暴行的文章后，我回忆起来了，一切恍如昨日才发生。我六岁时，在父亲的一个朋友家被性骚扰。直到今天我还没有告诉父母。把这个秘密藏在心里十分艰难。有几次我想，必须跟谁谈谈，但是不知道对谁说。读了这篇文章，我感到自己不是唯一一个孤单的人。虽然和波斯尼亚隔着千山万水，但我仍然希望能做些什么。

一想到这点，我就想莎拉塔和她的家人有多欣慰，因为她们都幸免于难。同样的事可能发生在莎拉塔身上，也可能发生在任何人身上。

故事唤醒了我的记忆，仅仅这个事实就让我浑身直起鸡皮疙瘩。从学校回家的路上，我真想和随便哪个有类似经历的人接触。站在公交车站时，我甚至觉得身边的女性可能都曾在人生的某一刻被猥亵和骚扰，甚至怀孕。

乘车回家的路上，我开动脑筋，一个个问题就像发射出来的子弹。第一发——如果坐在我对面的那个年老的女人小时候被她叔叔骚扰，她会怎么办？第二发——背后站着的男人呢？他是否曾经骚扰过一个小姑娘？

一想到那个故事以及妇女们面对的伤害，我就思绪翻滚。我很高兴，因为彼得·马斯揭露了一个事实，一个我们都需要知道的事实。而且，我还意识到我们不是孤单的。

他写故事是要揭露波斯尼亚的战争如同一场大屠杀。人们被谋杀、成千上万的妇女被强奸的事实令人震惊。这让我既难过又生气，因为历史的确在重演。

日记 40

亲爱的日记：

几天前，我加入了格鲁维尔小姐的班级。我不知道是否应该在年中加入。哦，好吧，只要努力跟上他们在课堂上讨论的内容就行。到目前为止，我听到的都是关于一个叫莎拉塔的女孩的故事。刚进班级时我还不知道莎拉塔是谁，所以问了我的朋友安娜。

安娜在格鲁维尔小姐桌子后的盒子里搜寻了一通。很快，她拿出一本书，书名叫《围城日记：一个孩子在萨拉热窝的生活》。

我竭力跟上班级讨论，主题通常都是莎拉塔。班里人谈论她时，就像认识她，就像他们知道她在战争中经历过什么。但是他们怎么能知道，我想他们从来没有经历过战争之类的事件。刚成为班级一员的几天里，我学到了很多。我的一些同学正在经历一场战争，一场不宣而战的战争，一场降临在正要长大的无辜孩子身上的战争。社会对年轻人不再关心，即使我们代表着未来。

我读完了书，开始理解他们讨论的内容。作为作业，我们要写信邀请莎拉塔来长滩。大部分学生，包括我自己都做了这个作业。我们想着这只是作业而已，但当一个同学问格鲁维尔小姐，莎拉塔是不是真的要来，格鲁维尔小姐的眼里闪现出一丝光芒。我认为她并不是真的要寄信给莎拉塔，但是既然有了这个主意，为什么不实践呢？

我第一次见到一个老师煞有介事地对待这类问题。她真的想用飞机接莎拉塔来美国和我们见面！我们从哪儿筹钱呢？莎拉塔究竟住在哪个角落？我们无法回答这些问题，但是格鲁维尔小姐说："我什么时候让你们失望过？"

我写了一封温暖的邀请函，然后配上图案，让它面目一新。我仍旧不确定格鲁维尔小姐是不是要动真格的。可是"我什么时候让你们失望过"这句话在脑海里回荡，我开始盼望莎拉塔来见我们。现在，我和同学们能做的就是继续写信，继续祈祷。

高二下学期

一九九六年春

汤米的信

亲爱的莎拉塔：

他们说美国是“自由的土地和勇敢的故乡”，但是当无辜之人惨遭杀害时，这片土地还有什么自由可言？我叫托马斯（汤米）·杰弗逊，在加利福尼亚长滩的威尔森高中上学。我是一个十五岁的男孩，我的生活和你的如出一辙。你在日记中说听到枪声就提心吊胆，我则对帮派分子怕得要命。你的朋友们死于枪击，而我的朋友，十五岁的理查德，以及我十九岁的表哥马修都死在枪口下。奇怪的是，我的国家并没有沉陷在战争中。（或者已经在战火中？）

理查德被一个打算偷他妈妈车的偷车贼开枪击中心脏。他死在妈妈的怀抱里，最后的遗言是“我爱你”。他死于一九九五年十二月八日，离圣诞节只有几个礼拜。圣诞节我看到他妈妈时，都不知道该说什么。对一个刚死了儿子的母亲，我能说什么呢？

我表哥马修，在一九九六年二月八日被墨西哥帮派分子打死，头部中了五枪。马修当时正在回家的路上，突然，一群帮派分子把他拉上车，带到铁轨那儿，毒打了一顿，然后冲着他的头连续射击。一想到他的死，我就十分痛苦。

我在乎他们，但他们相继无谓地死去。他们的死报纸没有报道。为什么？没有任何人关心吗？我关心！他们的家人也关心，但现在，他们的母亲留下了终生的创伤，她们再也无法看到自己的儿子，听到他们的声音了。有时候我真想拿枪去报仇，但那能证明什么呢？那能证明我有多么爱他们吗？那能证明我在为他们辩护吗？不！它唯一能证明的就是我有多傻。然而我并不傻……

莎拉塔，我写这封信的主要原因是，我知道你也曾经处于这样的境地。你的经历感动了我，让我这个健壮的足球运动员哭泣。（我不常哭的。）所以请告诉我，莎拉塔，我该如何对待这样的人间惨剧。

读了你的书后，我了解了波斯尼亚发生的事。希望借此机会让人们对我的"美国"发生的事也有所了解，因为只有这场"不宣而战的战争"结束，我才能自由！

你的朋友

汤米·杰弗逊

格鲁维尔小姐的日记

亲爱的日记：

在“为改变干杯”活动之后，我的学生们顿悟了。那些曾经对此缺乏兴趣的人似乎也变身为有良知的优秀学生。他们的学习热情如此之高，简直令人惊叹。当汤米告诉我，他读完了“阅读马拉松”活动中的所有书籍时，我早晨喝下的咖啡都差点喷出来。

“汤米，你已经全部读完了？”我问。

“是的，我被禁足了两个礼拜，只能读书。”

读书？等等，这还是以前讨厌读书的汤米吗？汤米和沙罗德一样是受罚转学的学生。为表明对副校长工作的支持，他转到了我的班级。显然，他的上一任英语老师怕他。事实上，开始的时候我也怕，但是当他向我要更多的书的时候，我禁不住给了他一个拥抱，然后打电话给他父亲。

这是我第一次打电话向家长报告好消息。显然汤米的父亲也是第一次接到这样的电话，因为他一开始就说：“好吧，这次汤米又做了什么？”他听到汤米是我的明星学生，顿时惊呆了。

然而并非只有汤米一人是这样。不管是不是闭门不出，他们都变成了贪婪的书虫，甚至把巴诺书店的塑料袋子晃来晃去，炫耀他们的新书。他们称它为“炫耀”。我称它是奇迹。

他们的兴奋激励了我。我想让大家真切地了解发生在波斯尼亚的大屠杀。我并没有理性地思考过这个问题，就傻乎乎地建议写信给莎拉塔，邀请她来我们班。这是为了让他们写信的手段，但没料到他们把我的话当真了。我低估了建议的力量。有些人真的以为，如果写信给莎拉塔，她就会来，似乎这是个会自动实现的预言。

他们的信如此令人信服，我把它们带到学校的计算机房打了出来，然后在金考[①]把它们装订成一本书。我把汤米的信放在最前面，因为他把波斯尼亚的战争和无谓的帮派暴力作了对比。他在信的开头写道：“他们说美国是‘自由的土地和勇敢的故乡’，但是当无辜之人惨遭杀害时，这片土地还有什么自由可言？”

在世界的另一边，他指出他们生活有多相似：在萨拉热窝，无辜的孩子被狙击手开枪打死；在长滩，孩子们被飞车上的人射杀。莎拉塔的朋友妮娜被手榴弹炸死；汤米最好的朋友被谋杀。汤米在信的结尾写道：“读了你的书后，我了解了波斯尼亚发生的事。希望借此机会让人们对我的‘美国’发生的事也有所了解，因为只有这场‘不宣而战的战争’结束，我才能自由！”

战争？在美国？一想到汤米这样的孩子觉得自己仿佛活在战火中，我就感到悲哀。我从未想过国内会发生战争。战争只是在报纸上、在晚间新闻里看到的东西。我天真地认为战争发生在遥远偏僻的不知名的地方，不会发生在长滩。

无论是否宣战，长滩的街头巷尾正进行着一场战争。虽然没有坦

①联邦快递的子公司，能进行图文处理。

克在街上行驶，但是有乌兹冲锋枪、半自动手枪和其他武器。一个学生甚至说：“帮派不会灭亡，格小姐，它们会繁殖。”眼下似乎没有出路。

战争的伤亡——无论是由纳粹士兵，还是萨拉热窝狙击手，抑或是美国街头帮派成员引起的——是全球性的灾难。一个学生绝望地说：“莎拉塔在战争中幸存下来，但是恐怕我做不到。”我相信莎拉塔会读孩子们的信。这种想法愈加清晰，我开始惊慌。我不知道把信送到哪儿。事实上，我甚至不知道莎拉塔住在哪儿，不知道她是否会说英语，或者把她请到这儿来得花多少钱。还有，我们得把她的父母、翻译或者随行人员也请来吗？有太多的事我不知道。

我小心翼翼地试着打消大家邀请她的念头：“如果你们想让她来，那么必须筹集资金。”但没能阻止他们。

第二天，一个学生带来一个空空的小水壶，把它放在教室中间。他宣布：“我们要开始为莎拉塔筹钱了。”然后放进一些硬币。他的态度十分严肃，我都没敢告诉他，我们也许需要装满几个这样的水壶，才能买得起一张飞机票。

几天后，水壶底部装满了硬币，还有几张散落的美元。那个学生问：“格鲁维尔小姐，如果我们筹够了钱，而莎拉塔不来怎么办？”我已经习惯被为难了，但还是被问住了。我飞快地回答：“如果她不来，我们可以用这些钱买更多的书，或者再去校外进行旅行考察。但是如果她来，你们的生活将会改变！”

我有了主意……最好联系上她，至少把信寄给她。她不回复也罢，至少我们努力了。

整个圣诞节我都在打听莎拉塔的事。我不知道从哪儿开始，只知道她逃到了欧洲某个地方。

我从宽容博物馆着手。他们认为她可能在法国。雷内·费尔斯通告诉我，莎拉塔可能搬到爱尔兰去了。保险起见，我往两个国家都寄了包裹。然后我用上了在酒店礼宾部学到的工作技巧。我拿到了机票的报价，请求当地酒店赠送礼券，如果她接受我们的邀请，我工作过的酒店答应提供两间客房。一切安排就绪，我们现在要做的就是等待。

正当我们焦急等待莎拉塔的回音时，一个名叫盖尔达·西弗的好心女人——来自波兰的大屠杀幸存者打电话告诉我，米普·吉斯要来加利福尼亚庆祝《安妮日记》面世五十周年。米普是奥托·弗兰克的秘书，当年是她找到了安妮的日记。米普今年八十七岁，将从阿姆斯特丹飞过来。这件事的负责人的住处正好离我很近。我们碰了面，并且一拍即合。他愿意改变米普的行程，方便她来和我的学生碰面。哇，和像米普一样的传奇人物见面，这比我们期望的还要棒！

为了帮助学生们做好准备访问米普，我请盖尔达和学生们分享她在二战中的经历。少女安妮躲在一个秘密的藏身处度过生命的最后时光，盖尔达则在一间没有窗户的地下室，坐在一个木头箱子上挨过恐怖的日子。学生们不仅会同情盖尔达，他们还会懂得安妮·弗兰克心中的感受。

日记 41

亲爱的日记：

当我们开始学习种族间互相包容的重要性这门课时，我并不知道这会是一次改变人生的经历。读完《夜》和《安妮日记》，我猜你们会说我了解了大屠杀，但是我对今天要面对的事并没有准备。

格鲁维尔小姐一直说有位叫盖尔达·西弗的大屠杀幸存者要来。今天，我们真的见到她了。和安妮一样，她是犹太人，在波兰出生，不符合希特勒的“纯种”标准。二战时期，盖尔达的父母让她和一家天主教徒躲藏起来。她被迫生活在一个站不直身子的地下室，能听见党卫军士兵在外面巡逻，等候下一个牺牲者。她是家中唯一一个幸存者。很幸运，她没有被送进集中营。

安妮被困的时候，盖尔达也被困住了。盖尔达和安妮都无法过正常的生活。在无法控制的环境之下，她们失去了纯真。犹太人必须戴上一个黄色的大卫之星标记，把自己和其他人区别开来。她们时时面临被盖世太保抓走的危险。她们被迫去特殊学校上学，和其他的孩子分隔开。在战争期间，她们饱受嘲笑和折磨。

我太清楚无法出门的滋味，不是因为盖世太保，而是因为帮派。我出门时，通常都要扫视街道两边，看看周围有什么人站在那儿。我感到和大家格格不入，但常常装作很混得开。也许我的模样和行为看起来像是和他们一伙的，他们就不会和我作对了。看着帮派分子的眼睛是不敬的行为。想象一下如果集中营里的囚犯侮辱了一名盖世太保，下场将会怎样——他们会立刻被处死。听到盖尔达的故事后，我保证不会再重复别人犯的错误。

我自己都很惊讶，竟会对安妮·弗兰克和一位大屠杀幸存者产生同情。我很高兴能从盖尔达那里听到关于过去的事情。她是历史活生生的证明。她们的经历传递给我关于宽容的信念，安妮为了宽容而死，盖尔达为了宽容而活。

日记 42

亲爱的日记：

我是一个十五岁大的孩子，读到过的英雄只有那些穿着色彩绚丽的紧身衣四处飞奔，为了取乐朝对方扔大楼的人。但是今天，一切都变了。一位真正的英雄跳出书本，将要对我们班进行特别访问。她的名字是米普·吉斯，是安妮·弗兰克在日记里写到的人。我不敢相信，负责安妮·弗兰克的阁楼生活的女人会来和我们见面！

我走进布鲁林·丹青少年活动中心时十分激动。昨天放学后，很多人都留下来做欢迎标语，装饰墙面。有些同学今天很早就来学校，帮助准备一顿丰盛的自助餐。我们希望事事都能完美。

格鲁维尔小姐做了恰如其分的介绍后，米普入场了。她走进大厅时，大家都站了起来，欢呼声四起。看过电影里她的形象，读过书本里她的故事，看到她本人，我的心情特别激动。不需要色彩绚丽的衣着，她是一名真正的英雄。

米普坐下后，说能见到我们，她很开心。她向我们描述自己怎样帮助安妮的家人躲起来，不被纳粹士兵发现，以及如何发现安妮的日记。当她说到盖世太保抓住安妮，并且不允许米普和她道别时，我们大家都很伤感。她告诉我们，她想贿赂官员放了她的朋友，但是他们却威胁要杀了她。

坐在我身边的朋友在哭。自从我们接触有关大屠杀的事以来，他一直想着那些被杀害的熟人。他最好的朋友意外失手射杀了自己，直到今天，他仍旧会做噩梦。

米普告诉大家，她没有一天不想安妮。

米普说到这里，我的朋友站起来说，她是他的英雄，然后他问米普有何看法。我们希望她说是，但是她让所有人都吃了一惊。她说："不。你们，我的朋友们，才是真正的英雄。"英雄？我们？听到她这么说，我第一次意识到自己的同学有多么特别。正如她所说，我们才是英雄，是我们让年轻一代知道目前正在发生的事情。这辈子只有一次，我认为自己和朋友做了一件正确的事，这样的感觉很好。

讲话结束后，我们都有机会和米普拥抱或者请她签名。我们是多么幸运！大部分人也许永远不能像我们一样，听她本人讲故事。一个女孩留下的遗产被她带来，传递到新一代的年轻人身上，让他们有机会和安妮一样创造奇迹。

见到米普后，我可以真诚地说，我的英雄不是捏造的角色，是真实的人。

日记 43

亲爱的日记：

"你能长生不老，但不能改变任何事情，或者你的生命在眨眼之间就会陨落，但能改变万事万物，你们将如何选择？"这是格小姐在我们读完下面这首诗后问的问题之一。

瞬间

让他祈祷他的生命
因为石头的悲哀在于
永远不知道生命的第一段历程
永远不知道冰的疼
当水晶慢慢成长
针刺痛在心上

永远生存
而无法感受任何事物
等候无数个轮回
最后腐蚀变成沙子
希望不要成为石头
而是成为火焰
仅仅存在片刻
却改变万事万物

哦，成为闪电吧
转瞬即逝
然而就在那一瞬间
把世界展现在每一只睁开的眼睛前
哦，成为雷鸣吧
去拍打回响
轰隆隆驶入记忆

进入思想和脊柱

使人害怕，震颤大地
甚至将沙子
拍打成碎片
又或是高山
这股力量阴郁压抑、即将灭亡
却在致命的一刻聚集起来
足以将高山之巅从地球上铲除
哦，为了一眨眼光景的生命，什么都没有留下
但在你之后，一切都变了

文森特·格里安诺
一九九一年一月九日

格小姐给了我们这首诗，作者是她的大学同学。讽刺的是，他写这首诗后不久便溺死在旧金山的海湾里。读完这首诗后，格小姐把它拆解成最简单的形式，不想有任何一部分被误解。她希望这首诗成为我们班的座右铭、我们生活的准则。

她告诉我们，要成为那种有足够的热情改变世界的人。如果我们让自己成为火焰、雷鸣或闪电，我们就能改变一切。

我们都认为格鲁维尔小姐的课程真的有震撼力。但是我们？闪电和雷鸣？不太可能。这些不如一般人、必然会辍学的孩子？拜托，自从有记忆起，我们就被打倒在地任人踩踏，现在突然就有潜力改变世界了？还是留给格鲁维尔小姐吧，好让她想出什么疯狂的狗屁

办法。

她竭力让我们相信我们能胜任任何事，但是直到米普来访，这句话才最终有了意义。我记得我们谈到多么佩服她不顾一切去照顾安妮和她的家人时，她说，她这么做仅仅因为那是一件“正确的事”。

有人站起来说，米普是他的英雄。

“不，你们才是真正的英雄。”她回答。这个在任何时代都最具英雄特质的女人对我们说，我们才是英雄！

“不要让安妮白白死去。”米普最后如此总结道。她想让我们把安妮留下的信息传递下去，要我们记住它。米普和格鲁维尔小姐一直有同样的目标。她们要让我们抓住机会。格鲁维尔小姐想让我们意识到，我们可以改变事情的发展方向，米普想让全世界的人都了解安妮的故事。

那一刻，所有的事情都变得清晰透明。安妮传递的有关宽容的信念将被我们继续传递下去。

那一刻，我似乎变成了火焰，或者闪电，或者雷鸣。

日记 44

亲爱的日记：

我不敢相信莎拉塔·菲力波维克要来，我们的信真的起作用了。读了她的书之后，我就把她的生活和我联系在一起。有一个人和我年纪相仿，经历了如此可怕的劫难，在战争中寻求避难所，这真是一件有意思的事。尽管我没有亲身经历，但我的家人从尼加拉瓜来的时候，幸运地避开了一场战争。枪弹炮火的声音也曾响彻我的国家。

老实说，我压根儿没想到莎拉塔真的会回复我们的邀请。我以为写信给一个名人，最终能收到的回复就是一封来自经纪人的信，说声“谢谢”，然后寄一张签名照片。但莎拉塔的回复令人惊喜。她不仅亲自给我们回信，还说来见我们让她很开心。我感觉会见到一个与我有共同感受的人。

日记 45

亲爱的日记：

一九九六年三月二十四日是迄今为止令人最难忘的一天。我兴高采烈地和家人一起去新港滩万豪酒店见莎拉塔·菲力波维克，以及她的父母马利克和艾莉西亚，还有她最好的朋友莫娜。为了这个场合，我父母穿上了最好的衣服。我穿了一身西装。

我们开车前往酒店，并不知道这一晚会发生什么。当我们走进万豪酒店时，立即感觉自己成了贵宾，兴奋不已。一名摄影师给我们拍照，身穿晚礼服的侍者戴着白手套，从银托盘里拿出开胃菜。他们甚至用盛在香槟酒杯里的鸡尾酒招待我们。因为格鲁维尔小姐在这里工作，她尽力让每个人都把我们当作贵宾。

当莎拉塔来见我们时，我们都围在她四周。她是个名人，我们都想和她合影，问一些关于她的问题。看到一个和我们年纪相仿的女孩成为楷模，这很有意思。她居然真的出现在我们眼前，让人无法相信。

我发觉自己和她有很多共同点。我们都喜欢听音乐，喜欢和朋友在一起。莎拉塔给我留下了如此美好的第一印象，我永远不会忘记她。我们为她举行了一场正式的晚宴。食物美味可口。每个人起码有五道菜，刀叉都换了好多副。幸亏格鲁维尔小姐事先让我们练习过使用刀叉的顺序。

晚宴结束前，格鲁维尔小姐告诉我们，这只是开始，还有更多可以期待。我怀着美好的心情离开了万豪，对我们的未来满怀憧憬。

日记 46

亲爱的日记：

我和玛丽的友情让我想起莎拉塔和莫娜。因为种族和信仰问题，她们经历了一场战争，但仍旧是最好的朋友。她们与我和玛丽唯一的区别是，她们的家人并不想阻挠她们的友情。我们这个国家并没有战争，我却不能和朋友去看电影，因为她是白人。为什么这一点还那么重要？我以为我们在新世纪，正在解决种族问题。是的，不错！我生活在一个奇妙的大千世界。人们还没有克服因为种族之类无关紧要的事情带来的仇恨。

玛丽是这世界上最好的朋友。她很有趣，很聪明，不仅仅听我说话，而且用心听。我们有太多相同之处，然而……她是白人。这不是错误，不管怎样，对我来说这不是问题。但对于其他人，这就是个问题，尤其对我的家人而言。更确切地说，是对我的父亲来说。

我一和她待在一起，父亲就发怒。他说：“为什么你就不能有黑人朋友？”或者，“所以你要再去那些白佬儿的家？”喂，现在谁还用“白佬儿”那样的字眼啊？他警告我小心，因为那些白人总是在背后捅你一刀。他根本不知道她是什么样的人。我无法相信他居然如此无知。我想是因为他成长在一个种族歧视的年代吧。更糟糕的是，他在南部长大，看到的是赤裸裸的种族歧视。但这样就可以把他的愤怒发泄在我和我的朋友身上吗？我不这么认为！

我父亲认为玛丽把我变成了一个白人女孩，因为她是我最好的朋友，我老和她在外面逛。可是，她从来没有做过对不起我的事，即使做了，我也不能认为白人都做了对不起我的事。

我们一起逛街的时候，完全忘了肤色，我们有更重要的事考虑。

日记 47

亲爱的日记：

知识以奇怪的方式来到身边。我从来没料到一个万里之遥的人能够影响自己，但今晚就是如此。莎拉塔和我们在一起四天，我们已经对她很了解了，她和我们没什么两样。当我见到她时，发现我们穿着一样的鞋子！我不敢相信她穿着马丁靴。我们谈到相同的事情，比如珍珠果酱乐队，埃迪·维德多么可爱。如果我不知道她是莎拉塔·菲力波维克，“来自饱受战争折磨的波斯尼亚的著名少女作家”，会以为她是一个平常的女孩，喜欢购物，喜欢和朋友们闲逛。最让人欣慰的是，她曾经是一个正常的十五岁女孩。

萨拉塔到来后，我们受邀去她将要举行演讲的克罗地亚大厅。我们不想空手去，所以收集了一些医疗药品、衣服，甚至是旧玩具。这些东西都将被送到波斯尼亚。这将是我们第一次和在波斯尼亚受到迫害的人接触。我们对某些人没有太多期望，只希望他们能接受一切，能宽容对待一切。我以为他们不会太在意我们的肤色、教义或者种族。不幸的是，有人证明我错了。

当莎拉塔在从克罗地亚来的人面前演讲时，他们都在点头。“是的，是的。”他们这么说。她谈到一个人为了一个简单的标志或信仰经历的不公；她谈到一个十四岁的孩子在战火纷飞的波斯尼亚的经历；谈到失去朋友对她来说是多么难受，就因为他们外表不同，或者信仰有别。对这些，我们都点头同意。

但是，那一晚有一件事给我留下了深刻的印象。在她回答问题时，有几个成年人问她是什么民族，克罗地亚人还是塞尔维亚人？我感到不安，他们没有领会她竭力传达的信念，反而对她的民族问题过分在意。这些人真的反对种族歧视吗？他们还是一分钟前还在赞同不必在意标志的观点的人吗？莎拉塔环顾四周，然后盯着我，轻松地说道：“我是一个生活在地球上的普通人。”

那正是我们所有人的属性。我们本可以简单地把每个人当作个体来认识，却花费很多时间，想弄明白这个人的种族。我很想反问他们：这个问题很重要吗？有什么重要意义？

她给我们上了最有价值的一课，然而想想看，她只有十五岁！自从那天起，我努力不去接受社会强加的标签，而是和它们作斗争。

大家一直教育我，要以自己是拉美女孩为荣，要以是墨西哥人为荣，我也确实是这样做的。比起做一个人，我可能更以有“标志”而自豪，这是我们大多数人接受的教育。自从来到这个世界的那一天起，我们就是一个标志、一个数字，这是事情原本的样子。但现在如果你问我是什么种族，和莎拉塔一样，我会轻松地回答：“我就是一个生活在地球上的普通人。”

日记 48

亲爱的日记：

今天我和莎拉塔去了克罗地亚大厅，在那儿碰到一个名叫托尼的小男孩，他生活在梦魇中，只因为他是克罗地亚人。一天晚上，他还在睡梦中，塞尔维亚士兵便闯入他家，朝他脸上开了一枪——近距离射击。一个住在洛杉矶的波斯尼亚妇女资助托尼去美国做下巴修补手术。当我们见到他时，他正靠着一块金属板支撑下巴。

看到托尼时，我很感谢家人在我们可能被伤害前——或者更糟糕，被杀前——离开了秘鲁。我想到三岁大的弟弟，想象他就是托尼，在讲述这个可怕的故事。和我们一家人一样，托尼的生活被恐怖的战争永远改变了。他是种族大清洗的幸存者，而我们从一场转变为恐怖活动的暴动中幸存下来。波斯尼亚战争是一场关于种族和宗教的战争，就如同把我的国家洗劫一空的恐怖主义一样毫无意义。它迫使很多人流离失所，生活动荡。

尽管发生在秘鲁的恐怖活动起因是好的，但这场战争把很多人的生活变成一场噩梦。就连走过一辆停着的轿车，你都会禁不住想后备厢里是不是藏有炸弹，它会不会在你身旁爆炸。

记得我爸爸说过："所有事情都会变好的。美国有更多的机会、更好的工作，而且没有恐怖主义。"爸爸说这话时，我还不能真正理解它的意思。我那时仅仅十岁，只想着家庭作业，好吃的，想着看电视以及出去和朋友们玩耍。

我以前来美国看望过亲戚，但从来没想到最后竟留下来在这里生活。爸爸告诉我们要搬家，四个礼拜后，祖母来接我们。爸爸到美国大使馆填申请绿卡的表格。我们将会在到达美国三个月后拿到社会保险号码和绿卡。

在飞往美国三个礼拜前，恐怖分子炸毁了我家旁边的房子。爆炸声惊醒了所有邻居。我猛地睁开眼睛，一股热浪扑到脸上。我爬下床，发现窗外浓烟滚滚，灯光闪亮。我看见妈妈尖叫着奔向我，但听不见她说什么，只听到脑袋里嗡嗡的回响。她抓住我摇晃，把回响声从我耳朵里晃走。我听见邻居乱成一团。妈妈把我带了出去，我的双脚因为踩在被炸碎的窗户玻璃上流血了。消防员告诉爸爸，二十管炸药中有一半都爆炸了。如果全都被点燃，我家将会被夷为平地。我这才意识到发生的事有多严重，幸亏我们要搬到美国去。

在美国学校的第一天十分痛苦。我一个英文单词都不懂，所有事情都完全不同。我在秘鲁也上过英文课，但根本不像这样。这里每个人说话都那么快，很难跟上他们。所有的字母听起来都像"R"和"S"。我没法说英语，或者读和写。在学校的第三天，一些墨西哥人开始和我说话。我们交谈和玩耍，他们教我英语。

和我在美国的开头几年一样，托尼也不懂英语。我和他沟通的唯一途径就是和他玩。尽管他也有悲伤的故事，但他的欢乐情绪能振奋人心。微笑会使他感到疼痛，但他还是开怀大笑。尽管不懂我们说的每一个字，但他明白我们感受得到他的痛苦。我们都很清楚在战争中生活是什么滋味。

当初看到莎拉塔写波斯尼亚的孩子变成了“士兵”，士兵变成了“孩子”，我不懂她的意思。听完托尼的故事后，我明白了。战争中，孩子的天真无邪不见了，士兵们尽管觉得他们做的是有价值的事情，但在实现目标的过程中却表现得如同孩子般执拗。

想到一个成年人进入孩子的卧室，毁灭了他的纯真，我感到悲哀。他们偷走了托尼的欢乐。托尼脸上刻着战争永久的伤疤，正如我的灵魂上也刻着伤疤一样。

日记49

亲爱的日记：

昨天我实在累得筋疲力尽！我们和莎拉塔、莫娜待了一整天。我们的“马拉松日”从早晨七点开始，直到晚上十点才回到家。或许是十一点？即使累趴下了，我还是迫不及待地想和她们再待上一天！

这一天开始于“梦之队妈妈”做的早餐。这些妈妈都乐于助人，将我们这个班的孩子视如己出。早餐过后，我们乘巴士去洛杉矶。这是我第一次坐旅游大巴。巴士上配有空调、电视和录像机，我们在座位上就能控制电灯开关，还有一个洗手间呢。和我们的校车真是大不相同。

很快就到了宽容博物馆——我们的第一站。很多人都是第一次来，但我是第二次。一年级时，我们班去博物馆剧场观看过《校园大冲突》。这一次我们是到博物馆参观。

博物馆重点展示了偏见、种族灭绝、不宽容等历史主题，还用连环画展示了一些事例，讲述人们如何被误解，以及负面的想法如何引发暴力。除此之外，展品中还有些穿破的鞋子，每一只都代表了一个大屠杀中的罹难者。

我拿到一张通行证，上面有一个孩子的照片和姓名。你要在博物馆里找出他们最后的命运。我进入每一个房间时，都会在电脑上刷一下通行证，它会告诉我那个孩子的命运。有些朋友通行证上的孩子已经死去。参观中很多人都哭了。

走出博物馆，雨后的地面湿湿的。雨水仿佛是那些死难者的眼泪，似乎在向我们哭诉他们的悲痛。

参观结束后，我们去劳瑞斯牛排餐厅用午餐。餐厅坐落在贝弗利山庄。我不敢触碰任何东西，以免打碎什么。餐桌上放着鲜花和一根蜡烛，餐巾以最精美的方式叠好放在桌上。座椅都是由真皮制成，它们不像我去过的一些餐厅里的椅子那样黏糊糊或者发出臭味。劳瑞斯像对待贵族一般对待我们，大厨推着装食物的加热推车来到我们这里，让我们享用牛排。这儿甚至连洗手间都用鲜花装饰。有一件事是肯定的：比我们学校的洗手间好多了。学校的洗手间常常有香烟的气味，镜子和水槽上总有化妆品的污渍。有时候你会发现水槽被纸巾堵塞，或者天花板上垂下成团的厕纸。

我们饕餮了一番后，又返回博物馆去观看一场私人放映的《辛德勒的名单》。奥斯卡·辛德勒起初也是一个戴着纳粹金别针，并引以为豪的人。但他很关心那些挤在运畜拖车上被带走的犹太人。在一次驱逐犹太人的行动中，他看见一个身穿红裙子的小女孩，在人群中十分醒目。她从骚乱中逃走并躲了起来。几天后，辛德勒发现了她的尸体，和一堆人的尸体在一起，就要被扔进大火里。从那时开始，他决定用他拥有的每一分钱去拯救每一个犹太人。最后，他救了超过一千位。

电影《夜》《浪潮》和《安妮日记》都十分让人震撼。我的一位朋友竟然说，他想起一个朋友的死亡。他说小女孩的红裙子让他想起了朋友的鲜血。这让我意识到，毫无意义的暴力不仅仅发生在历史书或电影中。

观赏完电影，我们前往世纪城万豪酒店，去参加一场为大屠杀幸存者和我们自己举行的欢迎会。

我们这桌的幸存者展示了他的文身，我在想他是不是曾竭力把文身藏起来不让别人看到。我想知道：在集中营的每一天他都在想什么？他最害怕什么？他有没有想过自杀？我想问一问他，但是我太紧张了，并且觉得自己的问题有些愚蠢。

晚餐快结束时，学生们介绍和他们坐在一起的幸存者，告诉我们他们经历中最有趣的部分。我的一些问题也确实得到了解答，但是还有更多的疑问。

读书让我们对这段历史有基本的了解，但是今天的“博物馆马拉松活动”、电影，尤其是和幸存者的会面让我对大屠杀有了更多了解。我很高兴他们活了下来，说出他们的故事，并把接力棒传下去。我的指尖现在仍在激动地颤抖！

日记 50

亲爱的日记：

对不起，日记，今晚我本打算试着不碰它，但是那一小袋白粉在呼喊我的名字。我把那块小白石头放在特殊的化妆镜上研成细粉时，开始回想和莎拉塔在一起度过的日子，以及我们那场“为改变而干杯”的活动，还有干杯后发生的事。

莎拉塔今天走了，我不禁为自己最近的所作所为感到内疚。他们都朝着更好的方向改变，但我却朝着更坏的方向发展。整整一个礼拜，人们都把我们当作改变生活的少年楷模看待。当地报纸都报道说我们把莎拉塔带到了这里，以及我们的生活如何有了具有纪念意义的改变。那倒是千真万确，但是我呢？我真的很烦恼，因为我不诚实，尤其对莎拉塔不诚实，什么都不说是否也是撒谎？

假如格鲁维尔小姐发现，一定会很失望。现在我肯定什么都不能说，因为那真的会让事情变得更糟糕。我不知道她会怎么做，尤其在莎拉塔来过之后。这时候我不妨守口如瓶。她大概不会再那么信任我了。我是说，假如连我都无法信任自己，她又怎么能信任我呢？她不该再相信那些从家人那儿偷钱、向朋友讨钱、翻箱倒柜找钱，就为了继续吸毒的人。我的想法有些变态——我希望自己被抓住，这样所有的谎言就会被抛在身后，成为过去。但是看到可卡因条就在面前，我还是没忍住诱惑。真的，我还没准备好改变。我知道应该停止，但为别人而停止是错误的。当我听到那些粗鄙的陈词滥调，什么“勿近毒品”，“聪明点，别开始”，吸毒的欲望就更强烈。废话！废话！废话！得了吧，真实点，多烦人！老实说，我还没有准备好戒毒。

我就是你们口中所谓的初涉者。说明白点，就是快速吸一口过过瘾的人。没人知道我的秘密，尤其是莎拉塔，我想维持现状。这不是值得吹嘘的事。我现在可以在众目睽睽之下掩盖这个秘密。莎拉塔和格鲁维尔小姐根本不知道我正因吸毒而兴奋。在我们和莎拉塔去环球影城之前，我也处于兴奋状态，但尽力装得若无其事。甚至在行程中谈论我们最喜欢的乐队时，我也觉得她并不知道我的秘密。

我最开始因吸毒获得快感时，觉得神经紧张，坐立不安，但是现在学会了控制，我能掩饰。你一直吸毒，自然而然就会这么做了。人们永远看不清眼皮底下发生的事，我恰好利用了这一点。

最糟糕的是，我已经每周两天在门诊进行康复训练，但还在继续吸毒，次数越来越多，剂量越来越大。这一切的开始非常具有讽刺意味。在我们“为改变干杯”后，我因为私藏大麻被送进康复中心，虽然正在做康复训练，吸毒成瘾却在加剧。这哪里谈得上“改变”？大家都在改掉旧习惯，我却正在养成新癖好。

我最害怕的事情就是自己会上瘾。我是说，像我这样的人会染上毒瘾吗？一说到瘾君子，我想到的就是一个走在大街上，向人乞讨零钱，为了购买毒品进行口交，把活着的孩子扔到垃圾桶里的人。我自己好不到哪里去。我是所谓孩子的榜样，是个好女儿，格鲁维尔小姐最好的学生之一，现在却有了一个令人惊异的新朋友。但是我对妈妈、格鲁维尔小姐和莎拉塔撒谎，我确实不是当好孩子的料。

现在我猜，你可以叫我瘾君子了。试卷上再也没有A，再也不会给老师带苹果（我也没这么做过）。我将会乞讨、偷窃或者欺骗，仅仅为了得到一小条可卡因。毒品当然是危险的，但是你知道他们怎么说——“好奇害死猫。”

直接吸渐渐变成通过玻璃烟管猛吸一口。浓度越高，快感越强烈。

我喜欢那种派对道具——玻璃烟管。这让我有点恐惧，因为从来没有想到自己会走到这一步。还有机会回头吗？我是不是正驶入一条黑暗的隧道，没有亮光，也没有出路？

我很欣慰，这个礼拜莎拉塔和所有的关注都结束了。那些事情不烦人，实际上很有趣，但是我不配。我把这一切抛在脑后，迅速拿出吸管，坐在马桶上，确定卫生间的门锁好了，把吸管送到鼻子里吸。燃烧的毒品显然表明我正在到达下一次高潮。哦，那一定很爽。再也没有头疼，身体的疼痛，或者胃疼，直到快感过去。当然，我首先得去找最好的朋友，它叫作冰毒。

日记 51

亲爱的日记：

为波斯尼亚举行的篮球赛是值得记住的事情。格鲁维尔小姐和她的学生们在大学里举行了一场锦标赛，为波斯尼亚的孩子们募捐各类食物和药品。总共有五百人参与，除了篮球，还有一个欢乐营供小弟弟和小妹妹们玩，中场休息时还有才艺秀。虽然我不在格鲁维尔的班，但参赛了。我所在的队叫“安妮的天使”（为了纪念安妮·弗兰克），我还打算留着那套运动衫。没有人真的关心输赢，我们仅仅是玩个开心，帮助需要帮助的人。

现在，我特别想进格小姐的班。这不仅仅是一个“班”，而更像一个家庭。格鲁维尔小姐很聪明，但也很简单。我感到自己已经是他们中的一分子了，因为没有人在乎我是什么肤色，或者长什么样。他们关心的是能否为了共同的事业走到一起。被人接受，不被人耻笑，这样的感觉很棒——但我还不习惯。

它唤起了我的很多回忆。在原来的班级，我从来没有真正舒服过。我一直是古怪的人，从来没感到被人接受。但我一直都想证明自己属于集体。我想要那种感觉。

我在成长过程中一直被肥胖的人包围。妈妈超重，哥哥超重，姐姐超重，阿姨，没错，你猜对了——也超重！我总是想，为什么是我？为什么我要超重？为什么我是那个因为超重不能参加体育活动的孩子？我不能攀爬软梯，不能荡秋千，也不能做引体向上。没有什么能改变我的体重，这就是我应该有的命——肥胖！

我跳绳的时候，其他孩子惊叫："地震了！快跑，找掩护！"这话真的很伤人。人们常常告诉我："为什么你允许别人那样和你说话？去为你自己申辩啊。"但是我没有勇气这么做。我害怕说话，唯恐别人说："闭嘴，你这头胖猪！"我想避免这种尴尬。

六年级简直如同地狱！我几乎没有朋友，也不能勇敢地直视任何人。我能想到的只有食物。六年级结束的时候，我的体重超过了两百磅。对于一个六年级学生来说，这个重量真他妈的惊人。我的衣服尺寸超大，对自己完全没有信心。我认为自己丑陋无比！我没有男朋友，也不去派对，没有社交生活。我自我封闭，不和别人交往。当无知的孩子看见我吃午饭，会说："你这头肥猪不需要吃屎！"我不理睬她们，但是她们一直在说，我无法不理会。我很难相信，别人夺走我的自尊，是为了获得自尊。我没有踢爆她们枯瘦的屁股的唯一原因是，不想让大家认为我不仅胖，而且还欺负人，到那时候就没有人和我说话了。

我感到孤单、羞耻，被孤立。放学后我就回家，脑子里想着想对她们说的话，但是从来没有勇气说出来。我讨厌她们和我自己。我感到自己在一个壳里，没有出路。

我不想总为自己感到难过，于是专心读书，让自己感觉好些。突然，我成了全优生，学校允许我爬出自己的壳，虽然十分缓慢，但是一定可以爬出来。

为波斯尼亚举行的篮球赛实际上是一次重生的机会。我的所有不安都飞出窗外。锦标赛结束后，我们组成了一支“灵魂列车队”，在篮球场上跳舞。我无法相信自己有勇气穿过人群，并在五百人面前献舞。大家都乐疯了，她们为我欢呼，挥手。我感到人们需要我，就像我是家族的一员。我在班里也不再戴着另一张面具了，我有机会表达自己，并且成为明星！

莎拉塔的来信

我亲爱的朋友们：

距离和你们一起度过那个疯狂而短暂，同时也非常隆重而特别的礼拜，已经有好些日子了。但是我仍在回忆那些时光，在脑海里重放记忆的电影，回忆你们所有人。读你们的来信，聆听你们给我的磁带，看着礼物，看着飞溅的饮料在我夹克上留下的污渍（开个玩笑！）……你们给我的一切将会永远陪伴我，令人无法忘怀。我要感谢你们每一个人，为了一切，为了你们的友谊和理解——那是人类急需的东西。你们一定会把自己的想法和远大的抱负联系在一起，你们想要把世界变得更加美好，并从自己做起。你们是真正的英雄！

同时也想谢谢你们为我的国家，为孩子们和年轻人所做的事，他们真的需要像你们一样无私奉献的人，凭着纯粹的高尚为他们做些什么。谢谢你们没有忘记他们，谢谢你们让他们淡忘被抛弃的感觉。他们会十分感激，感激你们给予的一切，那无关数量，仅仅是这种姿态就已经足够。伸出援助之手是伟大至极的事。

好了，为了不让这封信太长，我祝福你们好运，并且玩得开心。祝愉快。因为你们，朋友们才能更多地了解波斯尼亚，喜欢波斯尼亚的美女（哈哈）以及其他人。

别忘了——力量来自于你们自己。你们有力量，而且可以选择努力的方向。不要忘记这一点。

再一次为所有的事感谢你们——以我，以所有来自波斯尼亚、需要你们帮助的人的名义。同时我要把特别的感谢献给你们优秀的、令人惊奇的老师（让我听听喝彩的声音）……

我爱你们，也十分想念你们！

献上我所有的友谊……盼很快见面。

真挚的莎拉塔

附：最热情亲切的问候，给充满阳光的洛杉矶人。“我们必须学会如兄弟般共同生活，否则我们就会像傻瓜一样一起灭亡。”——马丁·路德·金博士

都柏林，一九九六年六月四日

日记 52

亲爱的日记：

我的生活正在走下坡路，速度快得我无法把控。让我们从头开始说。

那一天姐姐和我翻看我们在父母房间里找到的一些照片，发现了这张照片：一个老头和我妈妈在一家旅馆里。他们身穿浴衣坐在一起，搂着对方。可那时我父母已经结婚了！我们俩想不通。这对我的冲击比对我姐姐的更大。然而我不知道是该放声大哭还是仅仅发出尖叫。妈妈正在破坏家庭。我们把照片拿到妈妈那儿，问她那个男人是谁。她不肯承认，叫我们离开她的房间，说我们没有权力翻她的东西，照片上那个人仅仅是一个朋友。我根本不相信。如果仅仅是一个朋友，她不会如此不安。她上个星期和“工作上的朋友”出城，其实就是和这个人在一起！也就是说……她在出轨！我们谁也不能对爸爸说，于是决定闭嘴。但他很快就会发现。我的家庭开始崩溃，虽然还没有垮掉，但我知道很快就会了。

我指望格小姐的班级能替代我的家庭，但是慢慢发觉，这不是一个好主意，因为明年我们可能就不是一家人了。尽管明年格小姐还想教我们，但其他英语老师不愿让她教。他们说，一个仅仅在这儿教了几年的老师没有权利挑选学生，并且一直教他们四年。有一小拨老师在抱怨。现在我们面临明年不在一个班级的危险。

这种事怎么会发生在我身上。现在我的两个家庭都崩塌了。没人会和我在一起，我们要分入几个不同的班。我无法接受这件事，不能同时失去两个家庭！这个班是我的全部。想想看，那仅仅因为其他英语老师的嫉妒！我们现在得到了全面关注，报纸上的文章都是关于我们的。一些老师几年都没有创新，现在我们尝试新鲜的事物，他们就心生嫉妒。他们力图压制我们，分裂我们，阻止我们发挥作用。这个阴谋不会得逞！

格小姐尽了最大的努力，她与每一位愿意听我们取得的成就的人交谈。终于，我们有了一些进展。他们在商议让我们的班级保持完整。每个人都很担忧。我见过一些孩子因为这件事哭，事实上也许有人不只一次看到我在哭。我一门心思想着我们不在一起了，该怎么办？我们还能指望谁？高中生活似乎并不艰难，但这会使难度增大十倍。目前我还有自己的舒心之地，有一处容身之所。这里每个人都接受我，我也接受他们，接下来的两年我不能没有它。

对每个人来说，这都是一个艰难的过程。我们必须继续努力，尽管不知道明年是否能够在一起。这些老师不能打破我们的纽带，我们是连接在一起的，不是手牵着手，而是心连着心。我们会一直在一起。我感到害怕，非常害怕。希望一切都会好转。

日记 53

亲爱的日记：

这学期就要结束了，我刚知道明年我们还会和格小姐在一起！这对所有人来说都是好消息。她努力抗争才把我们留在一起！有她继续教课，我很幸运。妈妈说我中了彩票。她是我遇到过的最好的老师。她真的在乎我们，从来不以貌取人。现在我二年级了，仍然在她班上！

我有很多朋友在英语荣誉班，对我们班最近的活动很感兴趣。他们一直在问我们校外旅游考察和晚宴的情况。这么多年来，朋友们都让我觉得自己愚蠢，现在他们却对我的班级感兴趣。别忘了，他们以前叫格鲁维尔小姐的班是“犹太人班”，因为班上大多不是白人。他们一直让我觉得自己是一个迟钝的白人男孩，因为我不在荣誉班级。哟，现在看起来他们才是失败者，因为他们根本不知道这个班有多棒，也正因为这一点，我交上了很多好朋友。我们请过许多嘉宾演讲，也去过许多博物馆，参加过一些社交聚会。有了新的经历，我看事情的观点和朋友们大相径庭，但他们仍旧是我的朋友。

我告诉朋友们，格鲁维尔小姐的班上还有位置，可以再容纳几个学生。后来发现，他们第二天就在等候名单上签名，要加入她的班级。如果朋友们被接受，我希望他们能尊重格鲁维尔小姐和其他同学。如果他们做不到，我就得管一管了，他们得在我的“犹太人班”里接受观察。

米普的来信

亲爱的同学们：

我衷心地感谢在贵校度过的美好时光。老师和同学们表现出来的兴趣和洞察力给了我极深的印象。毫不犹豫地说，这次访问是我最特别的经历之一。

你们当中几个人的脸庞已经深刻在我的心中。

致上我温暖的问候

米普·吉斯

高三上学期

一九九六年秋

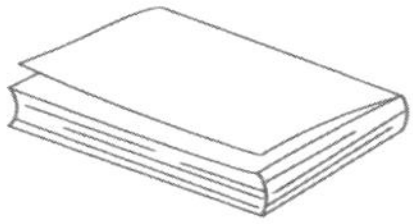

格鲁维尔小姐的日记

亲爱的日记：

真不敢相信明天就开学了，飞机在法国的跑道上滑行。早晨我一定会因为时差有不适感，但也值了。尽管不能带上学生们一起进行为期两周的艰苦跋涉，我还是很想把欧洲的部分片段带回去，因此我收集了书本、博物馆手册，以及所有我们在课堂上了解过的地方的风景明信片，比如伦敦塔和安妮的阁楼。我迫不及待想把荷兰的木屐、爱尔兰的巧言石，以及所有的照片给他们看。

接下来有十二个小时的飞行，我有足够的时间去回忆这个夏天。像莎拉塔所说，我会“在脑海里重放记忆的电影”，把这个夏天的故事从头播放一遍，并且在最精彩的地方停顿。

夏天似乎是从很久以前开始的。我并没有真正的暑假，因为假期在一所大学里教书。国立大学一位教授的儿子在我班上读书，他邀请我去教一个研讨班，课程是关于如何鼓励十几岁的孩子读书。那两个小时里大家的情绪跌宕起伏。研讨会开过一半，人们开始哭泣。最后，国立大学的院长给我提供了工作机会。

我工作日教两个教学班，周末在万豪酒店工作，这让我攒下了足够的钱去欧洲看望莎拉塔和米普。

我的第一站是荷兰。在万豪酒店做服务员的好处之一，就是可以在其他连锁酒店享受员工折扣，因此我住进了阿姆斯特丹中部的万豪酒店。那是我第二次去阿姆斯特丹，自从遇到米普，看过纪录片《安妮·弗兰克的回忆》，这个城市对我来说更意义深远。

我在酒店见到了米普和她的朋友柯尔，给了她学生们送的爱心包裹，其中有一件为波斯尼亚举行的篮球锦标赛的运动衫，上面印有“米普热潮”字样，还有装帧精致的米普来访照片，以及登着她和学生们合影的《人物》杂志。显然，他们给她留下了深刻的印象，她甚至说：“你的几个学生的模样已经深刻在我心中。”

我们也谈到了安妮。尽管安妮逝世已经五十年了，但米普没有一天不想到她。她谈起她们的特殊关系，以及两年逃亡生活中所做的牺牲，听得我惊愕万分。她还讲了故事：在冰天雪地里骑车数里，就为了挖几棵芜菁，安妮让她在阁楼里过夜。米普不仅慷慨大方，还十分勇敢。她描述了朋友被捕后，自己如何闯进纳粹司令部，力图贿赂盖世太保。藏匿犹太人是死罪，她有幸没有被处决。尽管没能救出朋友们，她却救出了弥足珍贵的安妮日记。现在，人们一想到大屠杀，就会想到安妮。

给我印象最为深刻的是她的谦虚。尽管受到无数人的称赞，她却并不认为自己的行为英勇，觉得甚至连非凡都算不上。她告诉我，她期望人们从她的经历中认识到，“每个人，甚至是一个非常普通的家庭主妇或秘书，都能发挥影响力”。我迫不及待地想和我的学生们分享她简单的哲学，这样他们也能够有所作为，就像安妮和莎拉塔一样。

当我告诉米普，我要飞往都柏林见莎拉塔和她父母，米普很激动。

她在几年前巡回签名售书时见过莎拉塔，说她有“安妮的眼睛”。

在阿姆斯特丹，我努力用安妮的眼光去看世界。几天后我飞往爱尔兰看望莎拉塔和她的父母。他们刚从克罗地亚海岸度完暑假回来。从一九九三年冬天逃离战争以来，这是他们第一次返回巴尔干半岛。莫娜的父母很想念女儿，于是莫娜计划今年留在萨拉热窝上学。莎拉塔和莫娜自从离开波斯尼亚就不曾分离，她们都将度过艰难的适应期。

莎拉塔说，战争开始后，萨拉热窝变化巨大。我们花了不少时间看战争爆发前一家人的照片。一九八四年举办奥运会足球比赛的场地如今已满是墓碑。尽管建筑物正在重建，莎拉塔的父母还是觉得重新和人们取得联系需要花很长时间。当地仍旧充满仇恨和对抗。

莎拉塔在书中阐明了波斯尼亚发生的问题，但直到离开，她才意识到这场战争的扩张。因此我们花了好几个小时一起讨论政治，看照片，预测美国士兵全部撤离时会发生什么。

尽管莎拉塔和我的学生们一样大，但她似乎更睿智、更聪明。有时候她十分冷静，具有哲思，除此之外她就是个平常的年轻人。我们吃了一顿典型的波斯尼亚大餐，谈论了几个小时的政治，之后她想带我去都柏林购物，炫耀一下她的第二故乡。她带我去看一支朋克摇滚乐队，帮我挑选马丁靴，和朋友达拉夫为我的学生们制作录音带。

我离开的时候，大家都哭了。

离开都柏林后，我迅速游览了伦敦，之后迫不及待地去了巴黎，去见莎拉塔的表姐妹梅利卡。去爱尔兰之前，莎拉塔和莫娜、梅利卡一起在巴黎上学。我们在埃菲尔铁塔见面，见面时我觉得如同见到了亲人。和米普、莎拉塔在一起，观光是次要的，主要是分享彼此的故事和照片，建立联系。

这次旅行的确有助于把“世界文学”带到生活中，我必须想个聪明的办法把“美国文学”带进生活。我在想，今年我们是否能和某位文学大师成为朋友，或者去看看历史遗迹。去年的成就有些难以超越。

日记 54

亲爱的日记：

我出生时，医生一定在我的额头上盖了戳，写着“黑人的官方发言人”。这个戳只有我的老师们能看到。大部分老师似乎都把我当作黑人的罗塞塔石碑，好像我——也只有我——掌握着非裔美国人是怎样的神秘生物这个答案。这种情形一直持续到我转进格鲁维尔小姐的班级。在那之前，情形永远是这样的：“所以乔伊斯，黑人对平等权利法案的看法如何？”接着是一脸严肃的表情：“乔伊斯，你能告诉我们黑人对于《紫色》的看法吗？”

也许我这么想完全错误，也许应该感到满足与荣幸。我是说，我被寄予厚望，承载数以万计的人的呼声。是吗？错了！我并不感到荣幸。见鬼，我怎么会知道黑人对平等权利法案或者《紫色》的看法？这算什么，魔法？黑人只要读书，啪，就能奇迹般得出同样的结论？我唯一可以给出的有把握的观点，就是我自己的观点。

我知道有些人会说：“乔伊斯，如今人们并不是每天都能遇到一个非裔美国人处于领先位置，进尖子班。”因为我在这种班级里，大家就认为我应该比任何人知道得都多。似乎我没注意到，或者说，我忘了自己是这里唯一的黑人。嗯，我一定是忘记这一点了。

我记得格鲁维尔小姐之前的那位老师。作为一名教师，她并不是十分通情达理。我得应付她各种各样带有偏见的粗鲁话语，但是一天她说得实在太离谱了。当时我正在浏览这一年的阅读书单和我们的论文，突然注意到一个令人悲伤的现象，这些书目和论文缺乏多样性。于是我问她为什么，她的回答是："在这个班上，我们不读黑人文学，因为它们充满性、乱伦、毒品和粗话。"喂，慢点，女士，一句简单的"它不合适"就行了。但是，她一定要走极端。我一直都不理会她嚣张无知的言论，但是有必要当着全班同学的面这么说吗？真过分！

我不说话了。中午吃饭的时候告诉了我的朋友，她的反应是，我应该告诉妈妈，告诉校长，告诉监督人，只要告诉某个人就行。我一回家就告诉了妈妈。我想以一种冷淡随意的方式告诉她。于是我坐在餐桌边，周围一片吃鸡肉和吞咽花椰菜的声音。餐桌上的聊天不经意地开始了。

"今天怎么样，乔伊斯？"

"不知道，老样子吧，我觉得。"

"说说看嘛。"

"好吧，我和艾莉莎一起吃的午饭，然后有个化学测试。哦，顺便说一下，我的英语老师是个心胸狭窄的人……"

短暂的停顿之后，传来刀叉碰撞的叮当声和嘴巴张开的声音。她直直地看着我，然后问我做了什么。我想告诉她："什么屁事都没做！"唉，事实上我不能当着妈妈的面说粗话，所以我说："没事。"第二天，我被叫去校长办公室，妈妈也在那儿，还有一张书单，上面的书都是由黑人写的或者是写黑人的。我被告知已经联系过那个老师，校长本人为她的言论道歉。妈妈给了我书单，然后送我去班上，她亲了我，并且给了我拥抱。

好吧，我该怎么做？拿着书单，面带微笑走进教室，把它当作一个闪亮的红苹果呈现在老师的面前？“偏执夫人，我想把这张完美的书单呈现给你。我希望它们中间没有毒品、乱伦、性和粗话。除此之外，我想让你知道我并不恨你，我真的期盼接下来的两年里你的课能有所启迪！”对，没错。我想不出其他的词来形容这个女人，只要我待在英语荣誉班上，以后的高中生涯就会一直成为发言人。

我告诉艾莉莎自己的困境，她告诉我她的英语课是什么样。她说她的英语老师是名副其实的教育者。她把所有的事物都带到课堂上，关心并且聆听大家的话语，最重要的是，她拒绝区别对待和歧视。我对其他事不太感兴趣，只知道不必再给全国的黑人发放盖洛普民意测验问卷了。

这就是我为什么会在格鲁维尔小姐的班上开始二年级。这是我个人的故事，掺杂着神秘和疑虑、仇恨和英勇、丑闻和牺牲的故事。呃，事实上，这个故事说的是一个无视刻板印象的女人，把我额头上“帮助黑人同胞摆脱困境的官方发言人”的印记抹掉了，换上了“乔伊斯·罗伯兹的发言人”。

日记55

亲爱的日记：

上个月，我们一直在学习不同的美国作家，比如拉尔夫·瓦尔多·爱默生和亨利·戴维·梭罗。爱默生写过《论自助》。他曾写道：“要成为一个人，必定不能墨守成规。”我们班的人真的被爱默生激发起了兴趣，因为格鲁维尔小姐鼓励我们要成为独立思考的人，要向权威质疑。我很惊讶爱默生的哲学这么适合我。过去的四年里，我一直因为无法控制的事情而自责。那是一些突如其来的悲剧，我一转身就给我当头一棒。

对于祖母的去世，我一直不停地自责。祖母去世那年我只有十二岁，她死于严重烧伤，据说是我父亲加害了她。她从头到脚都被烧伤了。有人说，我父亲把煤油倒在她身上，然后打开了厨灶。她身上立即着了火。我见到祖母时，她上身起了水泡，头发被烧光了，皮肤已经烧黑并且脱落，脸颊上甚至还挂着泪水。她全身都皮开肉绽。我能闻到她身上肉烧焦的味道。

我感到心脏就要爆炸，胃也在翻腾。我想呕吐，因为有一种感觉，她就要死了。想到要失去世上最爱的两个人，我的心仿佛死去了。

直升机来了，把祖母送到医院。姑姑和我站在那儿，直到飞机消失。我虚弱到几乎无法站立，看看姑姑，她全身发抖。我不想回家，但知道最后还得面对爸爸。我走到家附近，看见一群愤怒的民众蠢蠢欲动。我看到爸爸手拿弯刀站在窗前。我讨厌他。他让我恐惧而颤抖，因为我知道他企图杀死祖母。人们在冲他叫喊，他也冲对方叫喊。

最后，警察来了，敲门进来。我想要离开，这样爸爸就看不到我了，但是双腿失去了控制，它们不让我走。眼泪顺着脸颊淌了下来，我一直望着眼前这一幕。他们用手铐铐住我父亲，向他宣读权利，把他押进警车。我看着车子驶走，离开了视线，知道我的人生将永远改变。

我环视每一个人，竭力掩藏写在脸上的难堪。“他为什么要这么做？什么令他如此疯狂？”我问自己。我有那么多问题，但没有人能够回答。我甚至认为爸爸也无法回答。他曾威胁要杀死我，却杀死了祖母。

祖母死后，我只能低头看着地面。无论什么时候，我走路时只能看到地面。家人不停地提醒我祖母已经死了。我想找到停止伤害的方法，不停地问自己诸如此类的问题：“爸爸怎么能做出那样的事？他怎么能把内疚留给我？我很好奇他在想什么，他会想到我吗？”

爸爸在监狱只蹲了三个月。有时候我很迷惑，甚至不能确定他是否真的杀了祖母。也许只是因为他是我父亲，我才很难接受这个事实。

当爱默生用“要伟大就会被误解”这句话结束散文时，我想到有多少人总是误解我。没有人真的了解我的感受。他们都太专注于对我的看法，而没有真正关心我。他们甚至不曾努力理解我，这一点最让我困扰。在内心深处，我就是一个受了惊吓的小女孩，容易被别人误解。也许被人误解也不是很糟糕。现在我该学会坚持自己的观点，学会自力更生了。

日记 56

亲爱的日记：

一盒牛奶被扔出去，有人大叫“去你妈的黑鬼”，一大群人聚集起来，斗殴开始了。有人用拳头打人，有人相互扔东西。似乎过了三个钟头那么久，但这样的情景一定只持续了三分钟左右。我最终挤出了人群，既不打人也不扔东西。我没有必要打架，因为打架的原因很愚蠢。我站在人群之外，看见老师和警察把他们分开。迟缓的铃声在一分钟后响起，表示午餐时间正式结束。大家不情愿地走回教室，想看看那些挑起斗殴的人会得到什么处置。

两个人走进了校长办公室，一个是非裔美国人，另一个是拉美裔美国人。校长给他俩暂时停学的处分。他期望尽快解决问题，但是这个决定让问题更加严重。两个人的朋友现在也相互恨着对方。

放学后，我独自走到车站，注意到有些拉美裔美国人聚集在那里，还有一些非裔美国人正在那儿等车。车到站时，大家都上了车，于是又一场斗殴开始了。这是第二回合。有个人挥舞着一根从学校艺术班拿出来的棍子。每一边都至少有二十个人参与了车上的斗殴。我下了车，站到一张长椅后面。车上人太多了，车子甚至开始前后摇摆。司机说她要报警了，于是非裔美国人下了车。

他们等候下一班车时，一个拉美裔男孩横穿大街来到车站。他没有看到一场恶斗刚刚结束，但经过车站时确实看出了人群中愤怒紧张的气氛。当他经过时，有人走到他面前问："你说什么？"其实那个男孩根本什么都没说。男孩没有回答，他只是想走过去。但站在他面前的人突然朝他脸上打了一拳。他倒在灌木丛中，失去了知觉。大家立刻冲了过去。二十个愤怒的男孩攻击一个。一个人抓住他的脖子，把他拽到街上。他们开始踢他，朝胸侧、脸上以及任何能打到的地方攻击。有人拿起一个金属垃圾桶朝他脸上砸去。交通堵塞了，一辆巴士穿过街道，开进车站停了下来，司机下车想帮助那个孩子。他喊道："住手，你们这群流氓！"一个人转过身来，朝司机的脸上揍了一拳，巴士司机跑到附近一家商店报了警。一名女士走出她的车子，也想帮助那个男孩，但脸上也招来了一拳。女士刚回到车里，警察就到了，结束了这场斗殴。

男孩躺在那儿，不省人事，胳膊、腿还有背部全受了伤。我看着他被送往医院，看着这帮肇事者被捕。

"为什么我没有去帮助他？"我问自己。也许因为害怕后果——我很可能会被他们暴打。尽管有可能受伤，我却真心希望自己做些什么。

假如格小姐发现我仅仅站在一旁，什么都没有做，她一定会瞧不起我。毕竟，我没有真的“自助”。我期望她不知道这件事。

日记 57

亲爱的日记：

今天我终于知道了自力更生的真实意义。格鲁维尔小姐在班上发了一张自我评价表。她要我们写上自认为应得的分数，以及简单的评语，说明自己为什么觉得应该得到那个分数。我毫不犹豫地写上“F”。

我家里一直有些麻烦，最近被迫缺了很多课。我刚知道妈妈得了狼疮病，这种病对她的肾有影响，使她虚弱到无法照看我的小弟弟们。因为这种病，她什么也不能做。她需要我，所以我常常在家帮助妈妈，不能上学。不管原因是什么，我想格鲁维尔小姐对我一定很失望。我悲伤而尴尬，但也因为自己的诚实而有点自豪。

我坐在椅子上，对自己的处境感到失望。我并不知道事实上这仅仅是个开始。格鲁维尔小姐走近我，叫我去走廊和她聊聊。起初我以为她会赶我走，既然我已经在其他老师口中的“笨蛋”英语班了，还有什么地方可去？我猜她会和别的老师一样简单地说教：“你在退步！我知道你很聪明，所以跟上大家的节奏，好吗？”有时候我会说：“别胡扯，我在退步？我怎么改变这一点？”但因为受过很多次打击，也被人打发过许多次，这一回我把这句话藏在了心中。我走到走廊，她立刻转向我。“这是什么？”她在面前晃了一下我的自测表，“你知道这表示什么吗？”

我没有回答，不知道该说什么。就在我以为她已经怒火中烧的时候，她的愤怒又升了一级，她说道："浑蛋！这就是它的意思！它表示你是浑蛋，我是浑蛋，曾关心过你的人都是浑蛋！"谈话仿佛变成了通往地狱的自驾游，而我就坐在副驾驶位，被抛了出去，感到混乱又震惊。

在生命中，从来没有人如此大胆地告诉我这些事实，也从来没有像这样的"鼓舞人心的谈话"。下巴似乎回到正常的位置之后，我开始渐渐明白她说的话。接着她说，在我有胆量直视她的脸并叫她滚开之前，她不会让我退步，那意味着她要每天去我家监督我做作业。我无法叫她滚开，只能站在那儿，眼里噙着泪水。

格鲁维尔小姐今天告诉我，一个真正自助的人不会依赖机会，而是要自己争取一切。她告诉我借口不会带来成功，不能让逆境伴随你左右，而是要越过障碍。只有你允许，阻力才会存在。链条的牢固程度只由它最薄弱的那一环决定。一个真正自力更生的人会发现自己的薄弱环节并修复它。我想做一个自力更生的人，不论是现在还是未来。

日记 58

亲爱的日记：

我们班正在读《麦田里的守望者》中霍尔顿·考尔菲德谈论他朋友的自杀这一部分。霍尔顿平常对任何事、任何人都不在乎，却似乎因为朋友的死坐立不安。以前我从来没有想过自杀的后果或者对其他人的影响，只想到我自己输掉的战争。

我有一个问题。过去的两年里，我一直受到一种家族遗传病的折磨。我四岁时，母亲被诊断出因为化学物质失衡患上了“临床抑郁症”。幸运的是，她寻求帮助的时间比较早，否则就没救了。她开始接受药物治疗，服用阿米替林。

现在，这种疾病，我们家族的公敌，回来寻找下一个倒霉鬼了。我被送到“监狱”，这违背了我的愿望，我没有犯罪却受到惩罚。最可怕的噩梦现在成为现实。自杀这件事我一直放在心上，每时每刻，没有哪天敌人不往我脑子里投入自杀的念头。我受到了伤害，感到迷惑。不知不觉中，敌人控制了我的思维和身体，我成了傀儡。我的思想和感情被改造，达到最恐怖的状态。我开始毫无原因地大哭大叫，常常因为积聚心底的无可名状的愤怒而发火。我感到自己毫无价值，没有生存的希望。

有一次我甚至想要自杀，就在母亲和我大吵一架的那一天，因为觉得没有其他选择。现在回头想想，实在是太不真切了，就像那些平淡无奇的电视节目。吵架后，我不知道该做什么，最后去了厨房。走进去时，我感到一阵冷风吹过。于是我站在那儿，在黑暗中拿起一把厨房用刀，举到手腕处。当我伸出手臂时，心开始狂跳。我拉起袖子，露出手腕。大脑一片空白。但低下头，我发现刀子割不进皮肤里。那把刀太钝了。

日记 59

亲爱的日记：

我要告诉你们几天前我卷入的疯狂的麻烦事。故事开始于一个月前，老师给我们布置作业，读《麦田里的守望者》。我好好看了一眼朴素的白色封面，然后把它扔在布满灰尘的桌子上，心想，这本书能教我什么？我真的没想读这本书，但不知怎的拿起了它。和往常一样，我先读了结尾部分。我看了一眼杰罗姆·大卫·塞林格用的词，立刻就被吸引了。这书适合我！我立刻对作者尊重起来，因为他的写作方式独一无二，更别提没有加入愚蠢的说教了。（你知道，想拯救年轻人的尝试。）蜜糖、香料和一切美好的东西，那种类型的结局让我想吐。

哇哦，我竟然读完了整本书。很惊讶我和主角霍尔顿这么相似。当格鲁维尔小姐大力宣传这本书时，她提到我们班上满是霍尔顿。现在我懂她的意思了。和霍尔顿一样，我认为周围的每个人都很虚伪。我和一群老古板一起上学，满眼都是完美人类的复制品。老师则是控制思维的工厂的操作员。

父母认为我的每一个动作都是在故意激怒他们。看他们对我说话的样子，好像我是一个乳臭未干、不谙世事的小丫头。我觉得应该离开这儿，对所有强加在我身上的规矩厌烦透顶。我不想玩他们低劣的老把戏，所以这就是摆脱“体系”旅程的起点。好吧，也算是一个尝试。

一天晚上，我和几个女性朋友坐在一起看电视、聊天。你知道，就是女孩之间的事。然后电话铃响了，是我母亲。她打电话来问我什么时候回家。我发誓她是个可恶的侦探，总是跟踪我。我告诉她一个小时后回家。就那样。嗯，然后一个小时过去了，我显然不想回家。我和朋友们决定都不回家，而是开车去海滩。我们不知道怎么去，然后不知怎的停在了拉斯维加斯，朋友家和海滩之间的地方。我猜我们一定开错了方向。不，我只是开个玩笑，只是应付母亲的解释。不幸的是，她不吃我这一套。事实是我最好的朋友从来没有去过拉斯维加斯，在那一刻这似乎是个好主意——我们到了拉斯维加斯，看太阳从赌场背后升起。我们到处游荡，拍照，拍了很多很多照片，真的太多了。倒不是说我能去赌博，因为我只有十六岁。不久，我决定打电话回家。我累了，而且整晚没回家，我想妈妈有点生气。她气急败坏，甚至威胁要打电话给拉斯维加斯的警察，报告我朋友的车牌号码。这完全破坏了我们的旅程。和我亲爱的老妈倾心交谈后，我们决定尝试那一晚之前从来没做过的事——在拉斯维加斯一家五星级饭店“汉堡王”吃一顿精致的早餐，之后我们回家了。

和霍尔顿不一样，我免受了“制度”的惩罚，即使我哀求妈妈。我说：“送我去任何地方，管教所之类。任何地方都行，只要不是这儿。”“但是你没有错。”她坚持说。然后我说：“我就是要离开这里，我对所有事和所有人都烦死了！”

她送我去的最远的地方，就是我那可恶的房间。

日记 60

亲爱的日记：

今晚，最不可思议的事情发生了：约翰·图给了我一份工作！我不敢相信我要为一个百万富翁工作了。得到这份工作的经历说来很不寻常。

我们在布鲁林·丹青少年活动中心和所有家长举行了一场派对。格小姐已经真正成为我们的家人，我们经常举行派对，所有家庭都会参与其中，享受充满爱意的集会。现在她的爸爸、继母和哥哥事实上已经成为我们家的一员。这个派对对我们来说，也是一次见到约翰·图、感谢他的帮助的机会。

派对结束后，我问图是否要我载他一程，去他的停车位。那里大概只有五条街的距离，但我不想让他在深夜和妻儿走过我们的社区。他是个百万富翁，我担心他被抢劫。

没想到他会真的答应。当他说“好的”,我立刻想到的却是“该死”。我呆住了，因为我的车是一辆一九七八年的奥兹莫比尔——和他那辆顶级梅赛德斯没法相提并论。他上了我的车，我真的很尴尬，因为车子前厢只有一个座位。乘客座被偷了。司机座旁边只有一个破烂的大缺口，连收音机和后视镜都没有。前窗上还有一条他妈的大裂缝。它把我的表现从 A 降到 B。

可是约翰上了我的车后，叫道:“哇，这真舒服！就像一辆豪华轿车！”他伸手去摸车上的装饰品。我的后座材质和真皮相差甚远，但是他跷起二郎腿，好像他才是这辆破车的主人。然后他说真希望在我这个年纪时就能拥有一辆这样的车，但是没有，那时他只骑着一辆自行车。哇，他并不像我想象的那样天生是个富翁！事实上他也是通过努力工作才挣到钱。这一点真的吸引了我。他似乎在告诉我，不要仅仅停留在我这个水平，开一辆二百美元的“破车”，我可以争取开梅赛德斯。

我们来到他的车子前，他不仅谢了我，还问我是否有兴趣在他的电脑公司工作。工作？我以前从来没有工作过。他说我会学到一些新东西……现在我已等不及要开始新的职业生涯了，然后彻底改变我的生活！

日记61

亲爱的日记：

今天我们在课堂上讨论了男女之间的双重标准。我们谈到男人总能得到他们想要的，而当女性做同样的事，就会受人蔑视。格小姐介绍了一个词“厌女症”，班上每个人都迷惑不已。角落里，一个男孩甚至说：“厌女症？你是说给我按摩吗？”然后他开始狂笑。

格鲁维尔小姐组织了一场辩论——“厌女症还是故意伤害”。一开始，她让我们分析说唱歌手史努比·狗狗的唱片封面，上面画着一只公狗和一只母狗的卡通形象。公狗趴在狗屋屋顶上，母狗则在屋顶底下，屁股撅了出去。漫画中，母狗被看作荡妇或者妓女，在最后的插图中，他们把母狗踢出狗屋。所有的女孩都感觉这一系列漫画展示了男人如何凌驾于一切之上。我认为到男人该尊重女人的时候了，不该像这样把女人贬低到令人无法容忍的地步。我不知道女人为什么允许男人给她们洗脑，并且把她们的身体当作物品使用，而不是当作宝贝珍惜。除非女人开始尊重自己，不然一切都不会改变。

如果你想要一些厌女症的例子，我的家人是最好的例证。我的表哥们是这么被教育的：“记得戴套！”或者“尽量多搞女人！”因为我是家族中唯一的女孩，我得到的唯一的建议就是把腿并紧。当我失去贞洁时，世界末日就到了。

我和男友在一起两年后，我们才决定发生性关系。当我心中的特殊时刻到来时，我以为会有爱抚和热吻，结果却只有五分钟的“速战速决”。结束后，我看着他，问道：“这就完了？”我原以为失去贞操是一件有价值的事。但是现在，它成了令我后悔的事情。

现在我不再是一个处女了，似乎每个人都认为我是荡妇或者妓女。当然，如果我是男人，就会为此得到恭喜。我希望事情能不一样，但是并没有。

日记 62

亲爱的日记：

今天是我人生中的转折点。我一走进格小姐第二节课的课堂，就拿起《紫色》，一本由艾丽斯·沃克写的小说。我先是读了一点，然后又读了一点，接着不断读下去，发现无法把它放下。书中的情节紧张而复杂。我慢慢读来，心中思忖她是谁，她去了哪里。以前我从未见过她，也从未去过她曾去的地方。然而，在这些问题中，席莉意外地让我感到十分熟悉。席莉的生活很艰难，但是她知道如何生存。她什么也不需要就能活下去。仔细想想，我的确认识一个席莉这样的人……

我叔叔乔和其他叔叔都不一样。他人很好，会关心人，是一个忠实的听众，也很善解人意，长得英俊潇洒，最最好的是在我感到悲伤的时候，他总是知道该说什么。当我需要一个热情、亲切而又深情的拥抱时，他总是在那儿。他就是我的英雄。我真心诚意爱我的乔叔叔。

我们住在一个小公寓里，所以乔叔叔、弟弟们和我都睡在起居室。那一晚，月光撒满我们的小屋，一棵刚砍下的圣诞树散发出的清香飘进我的鼻孔。生活不可能更美好了，我想……

“唔？那是什么？谁在碰我？”不管是什么，我都不喜欢……是乔叔叔。他在对我做什么？不管是什么，我都希望他住手。我开口叫他停下来，但是那些话却说不出来。似乎有一吨重的砖头压在我身上，把空气从肺里挤走，让我无法说话。

我感到他的身体就在我旁边，他的呼吸也越来越急促。他摸着我当时还不知道肮脏的地方。我动也没动，身体像石头一样僵硬。他慢慢把手滑上来，到了衬衫的位置，抚摸我的背和胸部。他一直想让我改变睡姿，但没有成功。

他越来越近。我能感到他的皮肤触到我的皮肤。他的汗水和嘴唇触碰在皮肤上的感觉让我想哭。一个巨大的硬块卡在我的喉咙里，至今我也无法将它抹去。乔叔叔对我并不粗鲁，这让我很难判断他对我做的事到底有没有错。想到他对我造成伤害，我的心几乎被撕碎了。我仅仅是个小女孩，但知道他对我做的是不对的。为什么？乔叔叔是我遇到的最正直的人……在侵犯我之后，他起来喝了杯水。我听到厨房里的水声，对他的仇恨骤然而生。他自己得到了满足，却让我感受到世间最肮脏的东西，他似乎因此才感到口渴和劳累。

我必须飞快地思考。“怎么办？怎么办？”在他回来前，我起身睡在躺椅上。我不想让他对我有更进一步的举动。乔叔叔回来了，他把背心脱掉。看到我在躺椅上，他问我怎么了。我看了他几秒钟。“没事……我就是睡不着。”我想大哭，想让全世界的人都知道我很害怕。我需要被人拥抱，想去死……但是我能找谁倾诉呢？我唯一可以交谈的人正在伤害我。

我在那儿坐了好久，乔叔叔睡着了。我连眼睛都不敢眨一下。第二天，我听见父母起来了，准备去上班。当母亲和我吻别时，那种绝望的感觉我至今都没有忘记。乔叔叔每天都照看着年幼的弟弟和我。

但是今天不同了。可他表现得好像什么都没发生过，他仍旧是“充满魅力”的乔叔叔。

我气得无法冷静思考，拒绝做任何他要我做的事。他似乎要打我。我的脸因为愤怒而发烫，跑进起居室大哭，声嘶力竭说我有多讨厌他。并不是因为他改变了我对自己的感受，而是他毁掉了我唯一信仰的东西——我对他的信任。

他只得道歉，我再一次被他迷惑了。他的眼睛真诚而亲切，他真的认为自己没有做错。时间似乎没有尽头。我唯一的宽慰就是妈妈回家了。只有那时我才敢去洗个澡,用力擦洗掉身上永久的污秽。洗完澡，我把妈妈拉到她的卧室里，告诉了她一切。我和乔叔叔的关系从此和以前截然不同了。

席莉被人侵犯、折磨、羞辱、贬低，经历了这一切，但她仍旧是无辜的！席莉从恐惧中获得了勇气，去做更多的事，去笑，去爱，以及——去生活。

现在我清楚席莉是谁了。席莉就是我，一直是我……心中有了这个想法，我就能活下去。

日记 63

亲爱的日记：

如果你看着我的眼睛，你会看到一个深情的女孩。

如果你看到我的笑容，你会觉得没有什么不对劲。

如果你看到我的心，你会看到痛苦。

如果你捋起我的衬衫袖子看着我的胳膊，你会看到青青紫紫的瘀伤。

我们刚开始读《紫色》这本书，格鲁维尔小姐朗读了这段，我就想哭。

席莉的情况让我想起和男友之间的关系，这改变了我的生活。我变得和木头一样。每次走进家门，妈妈问我："玩得开心吗，宝贝？"我就会简单回答一声"嗯"，然后走进房间，看着自己遍体鳞伤的身体，那伤痕诉说着我刚刚玩得有多"开心"。

有时候我爬进被窝，躺在那儿，努力回想刚才发生了什么。我努力想自己到底做了什么，才导致这种状况。为什么我会令他如此疯狂？我当时应该怎么做？什么时候才能停止？我该划定什么界限？是在他第一次推我，第一次打我耳光，还是开始骂我或者使劲拧我的胳膊，让我的手臂上布满鲜红手印的时候？

他刚开始虐待我的时候，也就是轻微地推搡或者扭一下我的胳膊。渐渐地，虐待越来越厉害。每次他更用力地推我或者拧我的胳膊，手指掐得更深，我都以为他只是胡闹，他这个人有点攻击性。但当他开始朝我大呼小叫并辱骂我时，声音十分骇人，他的话语像利刃划进我的身体。他的声音令我颤抖，令我恐惧到无法动弹。

只要有一件事做得不对，他就会成为一颗定时炸弹，随时可能爆炸。爆炸时，他会打我，摇晃我，推我，拧我的胳膊，嘴里还喊着："你这个愚蠢的婊子，什么事情都会做错！"

当我们争吵时，他会叫道："我想狠狠揍你一顿！"通常，我如果做了什么让他生气，他的声音就变得令人恐惧，眼睛放出疯狂的光芒，然后打我一顿。有时候他正要再甩出一拳，会突然停下来，看着自己的拳头，然后又看着我说："哦，上帝，宝贝，太对不起了。"他会搂着我说他有多么抱歉，我呆在那儿，震惊不已，动也不能动。

当殴打不再有效时，他开始控制我，把我锁进车库或者浴室，这样我就没法离开。有时候他把我推出前门，叫我离开，但是当我沿街走开时，他又在后面追赶我。我回来后，他会表现得好像什么也没发生过。我总是回去，总是——回到他的房子，和他在一起，继续受他虐待。

我们会用力地接吻，然后他兴奋起来。他想做爱，我总是告诉他我还没准备好。他却开始扯我的衣服，说："我们来做这个！"然后他停下来，把我推到一边，命令我把衣服穿上。

他让我紧张到生病，真的是生病。他打电话过来，我听到他的声音便觉得恶心。如果我去他家，事情会更加糟糕。胃里翻江倒海，我不得不让开车的人停在路边，这样能呼吸点新鲜空气。离开家之前，我甚至呕吐了几次，在他家也吐了两次。他觉得我的胃神经过敏。他永远不知道这是为什么。

我仍然不明白为什么会发生这种情况，事情怎么会变得这么糟糕，到了我不知道该怎么办的地步。我不能告诉任何人。每次我们在一起，事态似乎都会更加糟糕。最可怕的一次，他拿着一把杀猪刀在我身后追赶，还叫着："我要杀了你！"

整个过程就像是一场噩梦，一场无法醒来的梦。不幸的是，我们给了对方自己缺失的东西。他内心积聚的怒火需要发泄在某个人身上，我是一个容易情绪激动的人，一直寻找着某个人来爱我。他就是我找到的安全港湾。

我们就像一个火三角，他是氧气，我是火焰，我们的关系就是燃料。

我们在一起变成一团火，需要彼此来继续燃烧。最后，好像有个人把水浇在我们这一团火上。事出突然，没有预兆。

和开始一样，这团火很快熄灭了。

日记 64

亲爱的日记：

读《紫色》这本书真的让我不舒服，因为席莉总是被米斯特殴打。每次我读到席莉被打，就想起母亲最近被醉酒的继父殴打。

我清楚自己必须小心谨慎，保护妈妈，因为继父是一个典型的酒鬼。他身材矮小，但是一旦喝醉，身材就不重要了。他什么都不在乎，全力毁掉任何阻碍他的东西。他喝醉时真的令我害怕，所以我想尽力阻止他。不幸的是，我总是失败。

他们之间开始充满敌意，所以我留意尽快从学校赶回家。一天回到家时，妈妈告诉我事情已经无法控制，他一直朝她大喊大叫。我们去了阿姨家吃晚饭，好让他冷静下来。

那天晚上，我躺在床上想以前在格小姐课上读到的东西时，我想到另一个房间里的妈妈。我的母亲和席莉一样，无法抵御一个醉鬼。我想我应该保持清醒，听听隔壁的动静，也许会发生争吵。

突然，我听见母亲在叫我，书里的情节发生在了现实生活中。几秒钟后，我听到“砰！啪”以及“放开我”等声音，她在叫我。我打开门，看见父亲抓住她的胳膊，扇她，揍她。我想也没想就冲过去，把他推开。妈妈跑出门时，我飞快地瞥了她一眼，她眼里充满泪水和恐惧，这让我既光火又焦急。

我能感到自己的胃在翻腾，双手和胳膊不停颤抖，以前从来没有这样过。我的情绪和身体都快要爆炸了，这个人渣正在伤害我最爱的人。我问自己：“我该怎么做？转身揍扁这个人渣吗？但是如果他攻击我怎么办？或者应该把妈妈和小妹从这个鬼地方带走？”只有几秒钟的时间作决定。我决定先把妹妹安顿好，把她放进车里，然后回来找妈妈。

席莉和我母亲几乎有着相同的命运，但是没有人帮助她。看见妈妈那么恐惧，我想到了和席莉一样的女人，没有人去拯救她们。看到妈妈眼里的恐惧之后，我发誓不会再让任何人在身体或精神上虐待她。

在去阿姨家的路上，我又看到了那种颜色，它缠绕着我。继父打了母亲的眼睛一拳，那儿变成了紫色。就是从那一刻起，我开始明白，紫色不仅仅是一种颜色或一本书的名字。

日记 65

亲爱的日记：

我不能相信自己今天做的事！我把一切都告诉了他们！好吧，不是所有的，但几乎是一切。难以置信我说了那么多。我有一种感觉，格鲁维尔小姐要跟我过不去。我知道她要让我站起来和大家说话。我就是知道！

格鲁维尔小姐带了一些威尔森高中的学生，去参加她任职那所国立大学举办的高校多样性研讨会。我们要与研究生讨论教室里的多样性问题，因为他们即将成为未来的老师。我们不知道自己正在进行一场情感治疗，一场在心理学家的办公室花钱也买不到的治疗。

我仍旧很吃惊。我一直被教育不要告诉任何人发生在家里的事，但今晚却泄漏了秘密。我知道因为我们正在讨论的话题，格小姐要挑选我。至少还有两三个人和我的情况差不多，但是她选了我。我害怕得从椅子上滑下去，躲在前面的人身后，心中期盼格小姐忘了我在哪儿。但没有这么幸运。她环视一圈，然后问道："她在哪儿？哦，你在那儿。为什么不站起来，告诉大家你无家可归的经历？"

我站起来时，双腿在颤抖。我不知道要对着一屋子陌生人说什么。为什么她一定要挑上我呢？我觉得他们不会听我的故事，即使听了，一到家就会忘记。我打算说几句便坐下。我不会详细描述生活的细节，只想说如"无家可归并不好玩，如果我是你，可不会去尝试"之类的话。当然，说这些话，格鲁维尔小姐不会放过我。

所以，我决定告诉全班关于父亲的事。我还告诉他们，我觉得他不配拥有上帝赐予的那身人类的皮囊。我告诉他们他怎样让我母亲出去，却不愿挪起屁股找份工作养活我们。我解释"出去"的意思是：母亲站在街角，身上挂着"无家可归，为食物而工作"的牌子。她挂着那牌子在外面站几个小时，希望人们给她几个钱来养她的孩子。她在最热和最冷的天气里出去，就是为了让我们有东西吃。母亲回家后，他竟敢抢走她的钱去买啤酒和毒品——更确切地说是可卡因。母亲必须撒谎，说她挣得很少，这样才能买点我们当天吃的东西。我不知道她为什么要容忍这个渣滓。她受过教育，能找到不错的工作。要不是我父亲，她不会去碰毒品，她能做比站在街角要钱更好的事。

我继续说：“你们知道他做了什么吗？他收集啤酒瓶卖给回收的人，好去买更多的啤酒。”呃，你还不能说他不是在保护环境。他把我们充饥的食物卖了，这样能买更多的毒品。把自己的生活像一本书那样摊开时，我无法控制自己，终于崩溃地大哭起来。谈论父亲让我意识到生活有多么压抑难受。这一晚之前，我从来没有因此而困扰，还以为自己适应了这种生活，从来没有想过有另外的活法。

那一刻，我歇斯底里般号啕大哭。我没法控制，其他人也一样。我注意到角落里有几个男生走出教室，我猜他们“眼睛进了东西”，但是还得继续说下去。

“他是个自私的浑蛋！”我喘着气说，胸口起伏不平。他谁也不在乎，除了自己。他宣称自己关心宝贝儿子，却不努力找工作，不能让他的儿子衣食无忧，也没注意他的宝贝儿子穿着已经穿了一个礼拜的衣服去上学。他没看见我们只能用洗澡的肥皂洗衣服。他不关心我们睡在街上，无法付住旅馆的费用。他不关心他的儿子或任何家人——他关心的只有毒品。

我已经气得火冒三丈，不在乎人们说了什么关于父亲的坏话，只是一吐为快，那种感觉真他妈的太好了。我接着告诉他们，父亲猥亵我妹妹，而母亲发现时却无动于衷，这让我气愤不已。事实上，母亲还怀疑我妹妹说的不是实话。那表明父亲对我母亲的影响有多大。

秘密保守了许多年，我的心就像一颗手榴弹。它威力十足地爆炸了，让我的情绪得以宣泄。我感到轻松，但同时也很恐惧，因为我把生活的每一个细节都告诉了这些陌生人。

讲完我的故事，我重重地坐回椅子，因为几乎站不住了。身边的朋友把我揽入怀中，恰到好处地给了我一个拥抱。格鲁维尔小姐在大学里的学生如此善解人意，他们不再像陌生人。

我不能相信自己今天做的事情。我把所有的事都告诉了他们！好吧，不是所有的，但几乎是一切。难以置信我说了那么多。我知道她要选我的事例，我就知道……但是很高兴她这么做。

日记 66

亲爱的日记：

今晚，当我坐在国立大学格小姐的班上，聆听其他学生讲他们家中的故事，不禁想到我的家庭。我听不下去，看着窗外，盯着来往的车辆，我想到了一年前弟弟凯文的死……

那时，凯文因为一个误诊的肿瘤，在儿童医院接受脑活检手术。手术进行了一整晚。那晚我就在医院的七楼望着黑暗中巨大的好莱坞广告牌。我看见人们坐在车上四处奔波，忙于生意，并没有注意到刚刚经过一家医院，里面全是生病或者濒临死亡的孩子。我能做的只是坐在等候室里等待。

第二天一早，凯文就出了手术室。他被安置在加护病房，每次只允许两个人去看望。当我和母亲进去时，我不知道自己期盼看到什么。他被各种各样的机器固定着，一部分头发被剃光了，头上绑着绷带。这情景令人毛骨悚然。他还没有醒过来，看起来一团糟。我不知道该做什么，就站在那儿看着他。我害怕碰他。

凯文苏醒后，身体左侧瘫痪了。他被送到理疗病房。病房在医院的六楼，那里光线明亮、色彩鲜艳，看起来令人愉快，而住在里面的人却并不愉快。那些生病的孩子无法行走，甚至不能玩玩具。现在，凯文将要变成其中一员。他在理疗病房待了三个月。他希望能再次站起来行走，但是再也没有成功过。看着他试图完成一个简单的动作，却无论如何也无法完成，我心里十分痛苦。

每天母亲都开车去医院，然后待在那儿。我和她一起，整天看着凯文躺在床上或者接受理疗。一有机会，我就马上离开。我跑到屋顶看着这个城市，心里想着凯文。我也想到了爸爸。我想让他把我带走，离开这里。不幸的是，我父亲根本不知道凯文还在医院，因为我的父母离婚了。他们两年没有说过一句话。我母亲认为我们最好不告诉父亲凯文的病，而我想告诉他，这样能让我感到一切都会好起来。但是事情不会好起来——这个秘密是我的枷锁。

从医院屋顶上，我能看到远方蓝色的海洋，仍然是那片我和弟弟以前玩耍过的海洋。我已经将近一年没看到那片海了。我想念它。

凯文出院后，我们住进了一套一居室的公寓。邻里关系很差。凯文参与了当地的收容所计划。在某种程度上说，参与这个计划让我们更轻松些，但是凯文并没有好转，他仍然有很多夜晚要在医院度过。

凯文卧床不起，常常发作癫痫，而且会出现幻觉。不管情况有多糟糕，不管医生多少次告诉我他快要死了，我都听不进去。

我知道凯文在忍受折磨，也许不仅是身体上的，还有精神上的。一个人怎么能面对这样的事实——好好地走进医院，四个月后却坐着轮椅出院。我坐在那儿看着他，猜他在想什么。医生和护士对他的心理状态一无所知。他神志清醒还是患有妄想症？如果他是清醒的，还真是交了好运，但是如果不清醒怎么办？如果变成植物人怎么办？他知道我是谁吗？他真的能认出我吗？我有这么多的问题，但是没有答案。我害怕睡着，因为不知道凯文什么时候会发作。我最害怕睁开眼时发现他已经死去。仅仅这种想法就足以让我整晚保持清醒。

几个月过去了，凯文度过了他生命中最后的圣诞节，那是我们最难过的一段时光。我们在医院里度过节日，看着他被食物和水噎住。节日过后几天，凯文开始失去生命反应，甚至不能吞咽唾液。我们什么也做不了，无法帮忙。我们不知道接下来会发生什么。

我最后一次看见凯文是在急症室里。他睡着了,看起来像一个天使，没有发作癫痫，也没有哽噎。就这么一次，他似乎很好。我想噩梦就要结束了，再也没有医院、医生、药丸或者痛苦。现在他能走的只有两条路，或许上帝只允许他走这两条路。一条是康复之路（除非某种奇迹发生），另外一条是死亡之路。

第二天，我们走进凯文的病房，尸体的恶臭令我窒息和震惊。凯文的尸体被安置在加护病房，和五个垂危的病人在一起。他已经死了！护士拉开他身上的盖布，把凯文失去生命的身体展示给我们看。护士们已经“清洁了他的身体”，并把他放进一个白色的尸袋，只有头露在外面。我母亲号啕大哭。我站在那儿，无法相信……他死了。

凯文死了。

高三下学期

一九九七年春

格鲁维尔小姐的日记

亲爱的日记：

我刚和莎拉塔通完电话，告诉她，她是我们最近写作的灵感之源。学生开始编辑他们写的日记，做成一本合集。莎拉塔仍旧在写自己的日记，并说很荣幸把这根接力棒传递了下去。

莎拉塔说，写作在战争期间拯救了她，使她保持清醒和明智。她认为写作可以成为一些学生逃避恐怖环境和噩梦的好方法。即使他们没有被监禁在阁楼或者在地下室躲避炸弹，但发生在大街上的暴力也同样恐怖，同样真实。

对于一些学生来说，我的教室成了他们为数不多的安全港湾之一。二〇三教室是他们躲避伤害的地方。在教室的墙壁之外，任何事都可能发生。

很多学生都说他们生活得战战兢兢，常常得提防身边的人。对他们来说，一直待在教室做作业到晚上七八点钟很正常。如果时间太晚，我便有责任把他们送到家。有几次我真的害怕极了。我看到妓女当着学生的面和男人调情；还有一次一个毒贩子靠近我的车，想要卖可卡因。

我看见帮派混混在大街上闲逛喝酒，或者玩多米诺骨牌。学生们似乎总能指出最近那些受害人的临时祭坛，血迹斑斑的水泥地上装饰着鲜花和蜡烛。

把他们放下，前往新港滩时，我总有一种罪恶感。虽然相距不远，却感觉咫尺天涯。一些学生家用上了安全门，每扇窗户都装有安全护栏，而我甚至连前门都不锁。我从来不担心毒品贩子在街角游荡或者头顶上有直升机巡逻。公园里也没有撒满注射器针头或者碎玻璃。

但他们的害怕合乎情理，我需要让他们匿名写作。有些孩子的日记有关谋杀和性骚扰。我们编辑时使用数字而不是名字，我想这会让他们感到更舒服。对于所有人来说，这样做也许更安全。为确保不为了引起轰动而对故事润色过多或者夸大处理，我要让他们签订诚实守则。

这个计划让我感到某种责任——和米普·吉斯对安妮家人的承诺一样。现在我终于明白了米普的意思，她说："我只是做了我必须要做的，因为那是正确的事。"这个写作计划就是正确的，它值得让人作出一些牺牲。尽管我没有像米普一样在雪地里挖芜菁，却挖到了一些公司的赞助。我邀请了一些有权势的人帮助这个计划顺利完成。

约翰·图是第一个承诺支持我们的人。他也认为要保护学生，匿名是个好主意，但他担心大家会认出笔迹。针对一些可选方案讨论了几个钟头后，他提出给班上提供电脑，准确地说是三十五台。图书馆里的电脑室只有二十台过时的电脑，供所有学生使用。我惊讶之余，想到一个办法。"为改变而干杯"活动把很多孩子的过去都一笔勾销，他们的成绩也从 D 和 F 升到 A 和 B。约翰和我想出一个协定，规定电脑到位后，成绩排名前三十五的学生在毕业后能够获得一台电脑。有了电脑，一切皆有可能。

为帮助我签订诚实守则，约翰建议我从律师那里寻求意见。他意识到我没有足够的钱买教学用品，更不用说支付律师费了，于是建议我向一家大的法律公司求助，他们有时候会参与公益活动。公益活动是一个有技巧的术语，意思其实是“免费”。约翰的想法是对的。在别人的帮助下，我在国内一家大公司找到一位资深律师，他愿意帮助我们。我告诉他，我们可以募集资金，来支付他的咨询费用，但是他笑着说：“艾琳，我是一名律师。谁会捐钱给一名律师？人们认为我们都是些贪婪凶狠的鲨鱼。”我们的律师打消了人们对律师的成见。孩子们喜爱他，因为他爱戴棒球帽而不是穿制服。他告诉我的一名学生，他有“暴力反抗机器”的演唱会票，学生转向我，小声说：“他没有意识到他就是机器吗？”

在电脑运来的途中，诚信守则也被拟定出来，我将以一场特别的访问开始我们的日记编辑工作，访问的是两个在安妮·弗兰克的日记里被人们铭记的人物。我安排孩子们见了安妮·弗兰克最好的朋友约菲和汉内丽（也就是“丽思”），她们是她书中写到的好友。希望孩子们见到约菲和丽思后能够兴奋起来，开始我们新的写作计划，再次发现文字的力量。

日记 67

亲爱的日记：

我妈妈总是说：“沉默对你的生活没有好处。”今天的事证明她说对了。我有机会为安妮·弗兰克的好朋友约菲和丽思唱歌，却没有唱。需要两个人唱《英雄》这首歌，但是我从来没有告诉任何人我会唱。我真的很想唱给她们听，因为安妮·弗兰克是我的英雄，这首歌将会很完美，但是想到要告诉别人我会唱，我就胆怯了，所以让那个机会白白溜走。

姑娘们唱歌时，我心中涌起一股悲伤，因为我本来有机会唱，却没有把握住。大家都在欢呼，我却为自己没站在舞台上而感到极其失落。其中一名女孩是自告奋勇去唱的，她在合唱队，但不在格小姐的班上。她甚至没有读过那本书，所以并不知道这首歌的意义。但我知道，所以为自己没有站出来感到羞耻。

歌曲唱罢，约菲和丽思告诉我们她们认识的安妮是什么样。在安妮藏起来之前，她们和安妮一起上学。她们本来十分亲密，有点像三剑客，直到战争把她们分开。约菲幸运地不必去集中营，但是丽思得去。讽刺的是，丽思进了贝尔根－贝尔森集中营之后，反而找到机会和安妮说上了话，当时安妮因为饥饿、疾病和悲伤就要死了。她们之间隔了一层铁丝网。安妮患上了斑疹伤寒，一直在说："我什么可依靠的人都没有了。"丽思从带刺的铁丝网上方扔了一袋食物给安妮。尽管她自己都没有东西果腹了，还是冒着被纳粹杀害的危险给了安妮。她不在乎，因为安妮需要帮助，她们是朋友。有人抓到袋子跑了，安妮恐惧至极。几天后，安妮便离开了这个世界。丽思从集中营出来后，发现安妮的父亲奥托是弗兰克家族唯一的幸存者。丽思也没有了家人，于是奥托把丽思当作养女一样看待。约菲和丽思读了安妮的日记后都相当震惊。她们从不知道自己对于她有这么重要。

我听了她们感人的故事后，有一种罪恶感。约菲和丽思为了朋友可以冒生命危险，而我甚至没有勇气为她们唱歌。也许我不配站在那儿，因为我没有她们勇敢。虽然明知被发现后会被杀死，丽思还是要帮助她的朋友，没有人会因为我说想唱歌而杀死我，但是我的懦弱胆小把事情搞砸了。

因为人们自己封锁了信息，坏事才会发生。女人们被丈夫殴打，没有人能帮她们，因为她们从来不说。孩子们受到虐待，我们却一无所知，认为一切都很正常，因为他们看上去没什么问题。德国人知道集中营里发生了什么事，但是全世界发现得太迟，因为德国人封锁了消息。还有很多悲剧本可以不发生，只要我们能说出来。从现在开始，我将不再沉默。

日记 68

亲爱的日记：

今年是格鲁维尔小姐教我的第一年。我是一名转校生，或者说“幸运的人”，在“格鲁维尔的名单”上。但是，如今我进来了，却害怕了，因为觉得自己的写作能力和其他同学不在一个水平线上。他们的写作经验比我多，写文章或者写信给莎拉塔和米普这样的人。他们知道从格小姐以及她疯狂的写作计划中能得到什么，我却不知道。

今天格鲁维尔小姐布置了一个新的写作计划。我们每个人都要选择自己最喜欢的一篇日记，然后把它们编入一本书中，就像他们之前送给莎拉塔的信一样。格鲁维尔小姐希望我们选择一篇关于改变生活的日记，对我而言合适的只有一件事，但是我想忘记它。不是因为令人尴尬，而是因为它令人痛苦……

我希望在我有生之年，哥哥能待在我身边，这个想法很愚蠢，但我还是忍不住这么想。我有一个哥哥，我想和他一起读高中，看他获得第一份工作，和他一起变老。但是事情没有这样发展。他已经死了九个月。现在，老师想通过写一本书让我打开记忆的闸门，任由情感释放出来？我就是不能那么做。我不想回忆！

沉默是我保持强大的方式，为了哥哥和我自己。我想忘记所有的事，锁上记忆之门，把钥匙藏在没人能找到的地方……把这件事写出来，只能让事情更糟糕！

日记 69

亲爱的日记：

格小姐想到一个新的写作计划，她认为这个任务能把班上的同学拉得更近。我们要创作出一部作品集，里面记载的是改变我们生活的事件。同学们想到能效仿安妮和莎拉塔，都感到十分兴奋。有人甚至建议我们把故事装订成一本书。和其他人不同，我对新任务不感兴趣。我第一次感到和班上其他人生疏起来。

我对安妮·弗兰克写的阁楼生活十分崇敬。我住的地方和她的阁楼有点相似，但宁愿写点虚构的东西，因为我不愿想起自己是从哪里来的。写我从哪里来，会让很多压抑在心中的东西跳出来。

我仰头看着天空，似乎有一块乌云在头顶徘徊，甚至出现在阳光最灿烂的日子里。我想象自己回到明亮美好的家里，外面围着尖尖的篱栅，但是，我描绘的画面开始慢慢地褪去。空气里弥漫着大麻的气味，毒品贩子叽里咕噜地推销，恐怖的枪声划破空气，触目可及的胡乱涂鸦比文森特·凡·高的作品还要流行。我周围充满暴力，因为我住在居民村。

居民村和小说《脱线家族》里描写的环境相差甚远。在《脱线家族》里，孩子们在后院安宁和谐地玩乐，所有的草坪上都铺着绿油油的小草，邻居们甚至一起露营。父母们在一起比较孩子们的成绩报告单，帮派暴力只是在报纸上读到的东西。

但在居民村，小孩子们都很可恶！他们不会好好玩耍，总在搞破坏。他们烧垃圾桶，敲敲别人的门然后跑走，把邻居后院的水龙头打开让后院淹水。我家附近大部分的孩子连字母都不认识，但是可以一字不差地唱一首说唱歌曲给你听。说到草地，草都死了。活着的草只有他们吸的烟草。但是烟草不是他们唯一吸的东西。我看到过瘾君子吸水烟吸到兴奋过度。事实上，我都不向邻居们借糖。和邻居关系好的结果就是家里被抢劫。父母们比较孩子们的成绩单？有聪明的头脑和好成绩会让你遭到居民村住户的驱逐。如果告诉某人我在考试中得了好成绩，就会被打掉牙。不用在报纸上读帮派暴力的新闻，我就是你们在新闻上看到的“将目击事件告诉记者的孩子”。

十六岁时，我看到的死尸可能比殡仪馆工作人员看到的还要多。谋杀在我的生活圈里有巨大的影响力。每次我踏出前门，都冒着被枪击的危险。就在最近，我正在酣睡，突然被枪声吵醒。时间是凌晨两点半。枪声停止后，一个女人尖叫道：“救救我，请救救我……为什么？为什么？为什么？”我从卧室窗户望出去，一个男人头部中枪，伤口和二十五美分硬币一般大小，鲜血从头上渗了出来，就像亨氏番茄酱从瓶子里渗出来。

除了帮派暴力，家庭暴力和虐待配偶的问题也很常见，平常到人们都忽略了它，挨打后，再转过另一边脸让对方去打，或者若无其事地去睡觉。我看见男人用手枪殴打女朋友，或者抓住她们的脑袋朝车窗上撞。妈的！我看了太多疯狂的事情。谢天谢地，那些事不是发生在我身上。

我假装不住在那里或者对那些事视而不见，这样更容易。我来到离家如此远的学校上学，这样就能逃避现实。和安妮·弗兰克一样，我生活在囚禁于自己房子里的痛苦中，因为我不想在战争——发生在卧室墙外的帮派战争中受伤。我坐在房间里，希望自己能远走高飞，离开所有疯狂的事。写我的痛苦只能让痛苦更深重。

日记 70

亲爱的日记：

约翰·图捐赠给我们班三十五台电脑，它们起了多大作用啊！格小姐说我们不仅仅可以在英语课上用它们。她允许我们上学前、放学后，或者在其他课上也使用电脑。最令人惊奇的是，格小姐和图先生拟定了一份合约，上面规定从现在起到毕业，谁的成绩好，谁就将赢得一台电脑，供上大学使用。那就是说，假如我一直保持成绩进步，就有机会得到一台电脑。不知什么原因，我感觉会比过去两年做得更好。

有清白的过去感觉很好，因为大多数人似乎都会以一个人的过去来评判别人。其实这样并不对，教育体系倾向于以孩子的过去来评判他们，而不是根据他们的潜力。这么多年以来，只有格鲁维尔小姐采取行动帮助我提高学习能力。事实上，我在初中时告诉过一个老师，我觉得自己有阅读障碍。他告诉我说，那其实是懒惰。哦，对！我懒惰？每次词汇测验或者做重要的作业前，我都会预习一遍。我会花一个礼拜努力记单词，但无论我怎么做，都无法正确拼写。考试那天，我交上试卷，然后得到一个F。我只能期望下次考得更好。

高中时事情更加糟糕，那时有更多的拼写测试和论文写作，单词也更加复杂，看起来根本无法记住。最后我想：为什么还要努力呢？反正到头来还是会得“F”。似乎“F”代表了我的下场。要参加一场论文测试时，我特别绝望和沮丧。我想做好，但是无论如何努力，总不能正确拼写，还是不及格。我不能去问旁边的人怎么拼一个单词，也不能突然拿出词典，那样会被认为是作弊。我总是讨厌交论文，因为老师看我的眼神似乎表明他知道我会不及格。在一次论文测验的时候，社会学老师甚至对我说，他“不指望我能做好”。他说这话时，我感到绝望，因为我无法证明他错了，至少当时不能。

当听说我们要写故事时，我说不出的高兴。我开始想象自己拿着字典整晚查单词的模样。格鲁维尔小姐是我的新英语老师，我不想让她和其他老师一样觉得我愚蠢。这次是我证明其他老师看错了的机会。可是接下来却听到了不好的消息：她希望我们几天内就写完一个故事。朋友说现在对我来说更简单，因为我们有电脑了。但我仍旧很害怕，因为不想任何人知道我不会书写。我打开电脑，不知道比尔·盖茨的发明创造能否帮得到我……

那天，我很惊讶地发现写故事时不必再用一个词代替另外一个不会拼的词。感谢拼写检查，现在我感到自己的想法和感受没有限制或束缚了。坐在电脑屏幕前，手指放在键盘上，我在某种程度上感到前所未有的强大。

日记 71

亲爱的日记：

为了激励我们实施新的写作计划，格小姐给了我们一封她在阿姆斯特丹之行后收到的米普的来信。这鼓舞了全班同学，也给了我们希望，因为一切皆有可能。

亲爱的艾琳和同学们：

艾琳带到阿姆斯特丹的惊喜真让人高兴！我非常喜欢这些精美的镶框照片，现在很期待看到即将送给我的照片簿。艾琳还送给我漂亮的鲜花，最棒的是她满怀热情地告诉我，你们正在勇敢地获取你们自己的未来。尽管很多人经受了许多磨难，但你们不放弃，而是努力争取一个更光明的未来，我对此印象深刻。你们都是优秀的人，对社会，对建设一个更美好的世界会有很大贡献。

你们很多人我都还记得，记得你们的眼睛、笑容、话语和热情。谢谢那段美好的经历。非常遗憾，那些处于困境的人总是抱怨他们的不幸。我要传达的信念是即使遇到困难，你们也是完全无辜的。想想安妮·弗兰克。她真的十分悲惨。她应该遭受那些吗？不，她是无辜的。因此，安妮·弗兰克象征着无辜，那是身处困境的人们的无辜！

祝好！

米普·吉斯

全班同学都很感谢米普·吉斯花时间写信给我们。我敬佩她为安妮·弗兰克做的美好的事。我想我们很相似，因为我们都有无辜的朋友死去。虽然五十年过去了，米普仍然想念安妮以及她在秘密阁楼里经历的一切。她没有一天不想安妮。

我有一个朋友眼睛中了枪，被残忍地杀害。他死去一年了，和米普一样，我没有一天不想他。我自问："他白死了吗？"没有，我必须做点什么，因为他还只是个孩子。现在我想写写他的故事，这样其他人就能知道他没有白白死去！

日记 72

亲爱的日记：

"当他侵犯我的时候，我脑子里想着他答应给我的爆米花……"读到这句话时，我开始想这个故事的作者是谁，同时想：妈的，我也经历过同样的事。坏事总是发生在错误的人身上。我反复读这句话，然后扫视教室，看有没有谁用肢体语言揭示是谁写的这个。但没有人给我任何暗示。

无法相信我要阅读并编辑一个我原本会说出来的故事。我低头盯着这些文字，开始回想自己被家人施加暴力的情形。我感到一丝安慰，原来别人也受到过调戏，也有故事要说。我本该编辑一下这篇文章，但是读了一遍又一遍，觉得这些文字需要保持原来的样子。文字自有其力量。

这个故事像一吨重的砖砸在我身上。有人知道我被骚扰？也许格小姐知道。也许是其他人。哦，妈的，如果他们都知道怎么办？为什么似乎每个人都在看着我？该死！都这么长时间了，难道我的小秘密被人发现了？

格小姐决定大声朗读文章，这样每个人都知道我们的故事中加入了多少个人特质。她告诉我们这是机会，可以把生活中发生的悲惨事情说出来。有些女孩离开了教室，她们情绪激动，无法待下去听剩下的故事。一些人待在教室里哭泣，但我没有哭。我很冷静，泰然自若，连肌肉都没有一丝颤动。我甚至都不呼吸或者眨眼，只是纹丝不动地坐在那儿，问自己：我们为什么一定要做这该死的编辑工作？

看这些文字越久，我就越发意识到，从别人的不幸中能得到更多的安慰。也许有人知道我的经历后也有同样的感受。我想向她伸出一只手，让她知道她不孤单。我想告诉她，我知道她的感受，想表达同情，想成为她真正的朋友。我从来没有找到她。但是现在，我知道了自己不孤单——这就已经很重要了。

日记73

亲爱的日记：

今天又给了我们一个该死的故事来编辑。传到我手中时，我就想：哦，哇，又是一个。嘿，太棒了！我真希望每天都能做这个。开始阅读后，我吃了一惊："我坐在手术台上，浑身发抖……我朝后躺，双脚放在马镫形脚垫上，胃在翻江倒海。"我怎么这么幸运，拿到一个关于流产的故事？这是我的秘密，它又找上了我。似乎潜意识在和我说话，告诉我所有尘封在内心的往事。

这个故事生动而又令人难受，它描述的细节我以前从来没有想过。我在想，我的女朋友是不是经历了这个女孩在故事中经历的一切。作者写到一个法律顾问如何走进来，握住她的手。"如果你需要，就紧紧握住我的手吧。"法律顾问紧紧抓着她。我在想我的女朋友是不是有人陪。我很难过，当时没在那儿握住她的手。诊所里是不是寂寞而阴郁？作者说："我想把这个地方从记忆中抹去。"她脑子里有这么多可怕的想法吗？他们怎么能让这些地方如此黑暗沉闷？光是踏进诊所就足以让姑娘们心如死灰，因为她写道："我没出生的孩子死了，我的一部分也死了。"

我希望女朋友告诉我这些事。如果我早些知道她怀孕，事情不会那么糟糕。我怀疑过她有了，但在知道真相前，她就把孩子打掉了。即使是她作的决定，她也应该知道，无论她的选择是什么，我都会支持，我只希望事先知道这件事，这样至少能陪她一起去。

现在我坐在教室里，想象她所经历的。我能说的是，我很高兴我们还在一起。和往常一样，突发状况没有把我们分开，反而把我们拉得更近。我总是回过头想——如果我们要了这个孩子会怎样？我现在又在哪里？生活中总会出现难题，然后再有暂时的解决办法，那即使是正确的办法，也总会引发其他问题。

读完这个故事，我感到不孤单了，班上有人和我一样拥有这个秘密。我也给作者一条匿名的注解，简单地写道："我能感受到你的痛苦——你不孤单！"

日记 74

亲爱的日记：

我妈妈总是对我说："一个人可以发挥作用，改变整个世界。"这句话我无法相信，一个人可以成为改变世界的催化剂？她还告诉我，她年轻时，也就是六十年代，有许多人物做出重要的改变，影响了她的生活和她周围的世界。罗莎·帕克斯就是其中一位让人难以置信的人物。

罗莎·帕克斯是一位非裔妇女，居住在实施种族隔离政策的美国南部。有一次，她结束了一天的辛劳工作回家，坐的是公交车。那时非裔美国人不允许坐在公交车前面，而且，当前面的座位满座时，他们必须把后排的座位也让给白人乘客。罗莎·帕克斯那天就坐在车子后排的黑人区域。当白人区域坐满了，司机命令她站起来，她拒绝了。此前从来没有人挑战过种族制度，但是她疲惫不堪，双腿疼痛，就是不想站起来。她是一个遵纪守法的市民，但强烈地感到应该坐着，所以她拒绝让座，然后就被捕了。

她勇敢的行为令许多人震惊。他们相信，如果这位势单力薄的非裔妇女可以勇敢地表明立场，那么他们也可以。许多人都认为她没有做错，所以他们开始抵制乘车。连续几个星期都没有人乘公交车。罗莎·帕克斯开启了那个时代最著名的抵制运动，并引发了民权斗争。我从她的行为中明白了母亲是正确的。

听完妈妈讲的罗莎·帕克斯的故事，我想到了罗莎拥有的力量。挑战种族隔离和坚持信仰都是正确的力量。罗莎·帕克斯是真正的催化剂，虽然她只是靠自己一个人。

罗莎·帕克斯的抗争让我认识到，我和格小姐班上的学生还有希望，可以真正成为催化剂。想象一下，如果有一百五十个罗莎·帕克斯坚决拥护宽容，我们将会造成多么大的影响！

日记 75

亲爱的日记：

我感到自己终于在班上、在生活中有了目标。

那个目标就是发挥作用，坚决拥护一项事业。

格小姐在黑人历史月给我们看了一卷录像带，内容关于二十世纪六十年代的一群民权运动积极分子，他们都受到了罗莎·帕克斯的鼓舞，决定挑战南部的种族隔离政策。他们进一步发起挑战，不仅仅是抵制乘车，还把白人和黑人组织在一起，坐着公交车从华盛顿开始游行，然后一直深入到南部。

车上有七名白人和六名黑人，大部分都是大学生。他们被称为自由乘客，目标是进行一趟旨在改变种族隔离的州际乘车旅行，以及永远改变人们的生活。自由乘客相信他们做的事是正确的，他们想让世界知道：改变势在必行，相互宽容是美德。

我想象自己也坐在那辆车上，行驶在路上。我想象车子驶入了亚拉巴马州的蒙哥马利市车站，发现那里的安静令人不安——尽管他们不指望会有一场多么热烈的欢迎仪式。但是当时车站里一个人影都没有，甚至连服务员也没有。突然，三K党成员呼啦涌了出来。成百上千的人包围了公车，有些人带着棒子或者金属杆，有些人牵着凶残的德国牧羊犬，大声咆哮，准备袭击这些手无寸铁的人。这群暴徒等着把手伸向乘客。自由乘客被围困在车内。暴徒们全副武装，急于攻击，等着第一个牺牲者踏出公车。

出于自己的选择，车上的座位是如此安排的：白人坐在黑人座位上，黑人坐在白人座位上。他们打破了南部设定的法律。这前所未闻。吉姆·茨威格，一个白人，从车子后面站了起来。他想第一个走出去，即使他知道车门外是一群顽固的暴徒，垂涎欲滴地等待牺牲者。他在想什么？他想这是回击的机会，可以用非暴力的方式把他的感觉展示给其他人。这强烈的念头把他的生命推到危险的境地。吉姆踏出了第一步，暴徒们把他拉进魔爪之中。他被吞噬了，就像蜂蜜被熊发现了。吉姆几乎被殴打致死，他被人用铁管打破头骨，腿也断了，身上还有无数的割伤和瘀青。在暴徒开始殴打他的那一刻，别的自由乘客得到了机会逃跑，去寻求庇护。

我对吉姆的选择印象十分深刻，他选择上了那辆本不必上的公车。毕竟他是白人，可以坐在他想坐的地方，但他冒着巨大的危险——即使不必这么做。他想为那些没有拥有同样权利的人斗争，这让我意识到过去的两年里，自己就充当了这样的角色。我是白人，父母收入不少，如果他们用些手段，也许我就可以离开格小姐的班级。我相信，因为吉姆选择了和黑人一起坐车，许多同伴一定认为他疯了，毕竟他本来不必这么做。他为什么要自找麻烦呢？我想，我和吉姆一样，之前甚至还不知道这一点。自从一年级选择留在格小姐的班上，我一直逼迫自己适应这里。人们给那些乘客机会下车，但是他们没有，我也要去直面和正视偏见的问题。

在学校里，我感受到的种族隔离现象和吉姆在六十年代感受到的一样。我希望人们能够和不同文化及种族进行沟通，不希望看到教室或餐厅里发生那种事。吉姆踏出公车时的感受也许和我在班上最初几天的感受一样。我记得自己感到害怕，像个懦夫。我是班上唯一的白人，感到无助。但是度过那段艰难的时期后，更多的白人学生转了进来，就像吉姆跨出第一步后，更多的人参与了自由乘客运动。

在录像带的最后，一个同学问："他们通过乘车来抵抗种族主义？"没错，下课铃在响，警报也在鸣叫。这令我震惊。自由乘客通过乘车进行抵抗，让平等观念深入南部。然后有人提议我们称呼自己为自由写手，为了纪念自由乘客。为什么不呢？这主意太棒了！但自由乘客有如此辉煌的成就，如果我们沿用这个名字，最好也树立起他们那样的勇气与信心。他们最终还是要下车，勇敢地面对后果。我们像安妮和莎拉塔一样写日记，但是如果想和自由乘客一样，就需要做点特别的。就像安妮的故事走出阁楼，莎拉塔的故事走出地下室，我希望我们的故事也走出二〇三教室。现在，我写作时会想到吉姆，想到他冒着生命危险是为了什么。和他一样，我愿意向前迈步，不惧怕前方有什么人或者什么东西。毕竟历史告诉我，我并不孤单。

日记76

亲爱的日记：

“我把墙上母亲的血擦干净，这说明‘龙卷风’又打破了她的脸。（我叫母亲的男朋友‘龙卷风’。）他打完人，一切看上去像有一场旋风吹过——我们的公寓，我们的头脑，还有我母亲的脸。在‘龙卷风’袭击我家，破坏了所有东西之后，我开始打扫清理。我擦拭着妈妈的血迹，它总是时不时地流出来。这是令他开心的牺牲品。他为了鲜血而活——她的血，他享受每一记打在她身上的拳头和她的每一次尖叫。他打破电视机、音响、录像机、餐桌，都不能和打破她的心相提并论。妈妈从此变了个人，我也是……”

该死！这真是让人记忆深刻。我现在觉得我们是“自由写手”，把“自由写作”带到内心深处。我们决定装订好所有日记，称它为一部“美国日记”——一场不宣而战的战争的牺牲品。有人说它不该被叫作“牺牲品”，我们也同意，所以大家想到用“呐喊”这个词来代替。

我们起的书名是《美国日记：来自一场不宣而战的战争的呐喊》，应该有人听到我们的呐喊，但谁是应当听到的那个人呢？我们想找个人来聆听！市长？不。州长？当然不！（有些人仍对一八七号提案感到不安！）总统？不。我们想找对教育有直接影响力的人物。格小姐提醒我们，有个人叫理查德·莱利。他似乎是那个领域最说得上话的人。我想他是美国教育部部长。

他声称想了解美国的年轻人。作为美国年轻人的一分子，我们要直接让他了解。他坚定不移地要改变教育制度，我们也坚定不移地要革新它。他是个很棒的人选，但有个问题——他在华盛顿。就在我们打算放弃那个想法时，有人说："那不是更好吗？因为那里是自由乘客的使命开始的地方。"这句话太重要，太棒了，但是另一个问题出现了：我们究竟怎么去那儿呢？

既然我们都成了自由写手，大家的做法比以前更加疯狂。我们放学后留在学校，甚至午饭时还在商议。昨晚我们直到十点才离开，学校管理员不得不把我们撵走。我们想用比萨贿赂他，但是失败了。有一个晚上，我们差点被捕。当时我们正在做编辑工作，突然发现已经夜里十一点了！弗雷德让我们所有人，包括格小姐爬窗出去，这样警报才不会响。一定是有人看到我们了，因为三十秒内就有五辆警车包围了格小姐的车子。他们以为我们在偷电脑，难以相信我们竟然在学习，更难相信我们这些差生仍然在学校里待着。更糟糕的是，他们不相信格小姐是我们的老师，也许因为她看起来跟我们有点像。她身穿我那件肥大的汗衫，是我们让她换下了套装，这样会更舒适。她的头发扎成马尾辫，看起来只有十几岁。他们一定认为她的车是"没登记的失窃车"。我们差点被捕，直到在格小姐的丰田车上找到她的"年度教师"徽章。

这很奇怪，但这个小插曲把我们拉得更近，多少人有差点和老师一起被抓的经历？格小姐愿意为帮助我们完成写作任务被抓，这是忠诚的标志，我们因此对她更加尊重。讽刺的是，格小姐是来帮助我们写一场未宣布的战争的，那一晚她帮我们打响了这场战争。

她向我们证明，她和我们站在一起，因此现在，我们也必须支持她。我们必须信任她，这就意味着不可能的事——去华盛顿——有了可能。

日记 77

亲爱的日记：

为了筹钱去华盛顿，我们决定举行一场音乐会。没有什么比看到我们小小的想法变成一场盛大表演更令人满意的了，我实在是又激动又兴奋。买票来看“灵魂的回音”筹款音乐会的人们不仅帮助了一百五十名高中学生，还支持了一项事业。今晚是闪耀之夜。我们有拉丁舞表演、各类曲风的演唱、柬埔寨舞蹈、时装表演，甚至是滑稽短剧。自由写手们真正的目的是表达传统和精神的多样性。

过去没有人信任我们，但是现在，整个社区都在背后支持我们，为我们欢呼。

日记 78

亲爱的日记：

我在自由写手的音乐会上朗诵了这首诗歌：

一个天真的自由写手

一个年轻的黑人男孩充满天真和爱心，
寻找某个人，但是没有人在。
他上学的第一天，父亲没在身边，
当他悲伤而沮丧，找不到人依傍。
他敬仰他的哥哥，因为哥哥了解钱与权，
每过一会儿都要看看哥哥的背影。
一个天真的男孩，现在只有十二岁，
却发现自己锁在人形的樊笼中。
这个天真的年轻人现在有了犯罪的念头，
每时每刻做着谋杀的噩梦。
这一次，你本以为这个傻孩子会醒悟过来，
他却跳进了帮派，被起了绰号叫“狙击”。
他被赶出了屋子，遗弃在寒风中。
十一岁时你经历过这个吗？
他对自己说“没人关心我”，
以旧公园的树为床，露宿在外头，
下一次睡在公园长凳上，这样的情况延续了多久？
他会忘记这可怕的、可怕的过去吗？
他拖着乱七八糟的过往去了威尔森高中，
遇到一位守护天使艾琳·格鲁维尔。
他学到了大屠杀、安妮·弗兰克和犹太人。
现在到了他选择的时辰。
他遇到安娜、特瑞、汤米和其他人。
他们成了这个天真男孩新的兄弟姐妹。

零点五分现在变成了二点八分。
好的改变，为了那些等待的人们。
他回归天真，但仍旧战战兢兢，
担心死亡的阴影正笼罩着他，渐渐逼近。
人们说很难看出，
这起伏跌宕的生活与我相关。
这些都是真的，因为我没有说大话。
我只是一个心碎的男孩，有一个标志——自由写手！

日记 79

亲爱的日记：

我觉得自己太幸运了。我有美好的生活、充满关爱的家庭和漂亮的家。但是我的朋友们没有这么幸运。有些人犯了罪，有些人家中争吵不断，还有些人孤零零的，没有人可以倾诉。直到我们开始撰写并编辑自己的故事，我才发现其他人经历了多少。读得越多，我对同龄人的问题就了解得更深入。我愿意去聆听、帮助和鼓励其他自由写手说出自己的故事，即使我自己并没有悲伤的遭遇。人们应该听听他们经历的事情，应该了解没有人来自一个完美的家庭。我相信故事背后的热情和文字一样掷地有声。

自由乘客游历南部时的热情和期望，我们也有。他们站在人群之中，想通过从华盛顿到新奥尔良的游行结束种族隔离制度。如果没有白人和非裔美国人的通力合作，人们不会赢得这场战争。他们万众一心，赢得了对抗无知的战争。我们在许多方面志同道合，我真的感到很幸运，能够成为这场新运动的一分子。这场运动将不仅仅是让“黑白平等”。我们跟随他们的足迹，从加利福尼亚游行到华盛顿，向所有人宣告我们很强大，我们的呼声会被人们听到。华盛顿的旅程证明了我们的热情。和自由乘客一样，我们要为自己的信仰而战。

能够洞察别人的生活是一回事，但要为它做点什么就是另一回事了。我感到自己有潜力，能帮助那些害怕为自己说话的人们。但是大声说出来并不容易。一路上，我们会碰到很多观念死板的人。因此，和在公车上遭到炸弹袭击或被三K党殴打也不放弃的自由乘客们一样，我期望我们可以像狄兰·托马斯的诗所写的那样坚定不移，“不要温和地走进那个良夜”。

我们希望大人能花点时间听听孩子们的话，尊重我们不得不说的话。我们想到一个最好的办法，把日记送给教育部部长理查德·莱利。如果能够把我们的故事亲手交给莱利部长，那就又多了一个人了解我们这些年轻人日复一日面对的问题。不幸的是，许多大人过于盲目或者冷酷，看不到我们的痛苦。对年轻人的经历视而不见，就相当于目击一场谋杀，却转身离开走向另一条路。我不会让那种事发生。我会和其他自由写手一起站起来，说：“灯火即将熄灭，我们要用愤怒来抗议。”希望在华盛顿，莱利部长不会拒绝我们，或者对我们的事业无动于衷。

日记 80

亲爱的日记：

我无法相信现在是在我们国家的首都！我太高兴了。我从来没有这么自由过，但是同时也害怕爸爸回来，发现我不在！他在墨西哥，不知道他什么时候回来。如果他在家，我就没法来了。他严厉而守旧，不允许我放学后留在外面。我错过了自由写手们参与的每一次旅行。我没去万豪大酒店见莎拉塔，没去宽容博物馆，没看《辛德勒的名单》，我甚至没有去中世纪酒店。每次朋友们从校外考察回来，我都感到被忽略。每个人都有东西分享，我却没有。我只能在一旁听着，看看他们的照片，然后藏起自己的眼泪。每次格小姐想把我带去，我都会拒绝。二年级时我一直央求爸爸让我去，但他的回答总是："你已经知道答案了，所以不要问。"后来我就索性不问了。听他说拒绝的话太伤心了。

华盛顿之行刚开始的时候，我还以为我去不了了。出走的想法在我的脑海里出现过很多很多次。我从来没想到愿望会成真。每次格小姐为了给我们预订机票，要求报最后确认的名单，我都没法回应，这让我心如刀割。以前我从来没有坐过飞机，从来没有在酒店住过或者为了某个活动离开家。我就像自己家里的囚犯，甚至不能打电话聊天，否则爸爸就会切断电话。如果有人打电话给我，他会告诉对方，"她不住这里"，然后挂断电话向我狂吼。

旅行前三天，奇迹发生了。爸爸离家去了墨西哥，因为祖母生了病。我鼓起勇气问妈妈我是否可以去。我担心她也会说"不"。虽然她也怕我爸爸，说我们正冒着巨大的风险，但还是想让我去一次。如果爸爸回到家，肯定会动手殴打我们。他会告诉我永远别想离开家半步。他可能会怀恨在心，任何事情出错都会归咎于我！出于某种原因，妈妈虽然心里害怕，却说我必须去。她说我应该去，以后可能再也得不到这种机会了。啊！我无法相信妈妈愿意为我牺牲这么多。

我第一次感觉到人生有希望，想去都想疯了。我祈祷不会太迟。第二天早上我很早就跑到教室。幸运的是，棒球队成功晋级决赛，因此我们的明星运动员没法去旅行。格小姐说我可以用他的票。

从那以后，一切都像发生在梦中。我从来没感到过如此自由。我太紧张了，跑来跑去给行李打包。我从来没有度过假，因此不知道该怎么准备行李。我应该带什么去？要穿什么？我从小都没有在别人家留宿过，所以一切对我来说都很新奇。

这些对我妈妈来说也十分新奇。她很害怕，因为我从来没有离开过她一天。假如我出了什么事怎么办？这次旅行是为了我们俩。我想和她分享所有的事，所有的细节：我们吃了什么、看见了什么、碰到了谁……所有的一切。

今天早上我离开的时候，所有的亲戚都来和我道别。当我和妈妈吻别时，眼泪从脸颊滚落。那一刻，我怀疑该不该离开。我问妈妈："你确定让我去吗？"本以为她会改变主意，但是我错了。她抱着我说："好好利用这次机会，别让我失望。我为你自豪。"她的话给了我那么多动力和鼓励。现在我准备说"再见"，离开长滩了。我踏上了冒险之旅，一段我确信会珍惜一辈子的旅程。看见她这么高兴，我才有勇气走上飞机。是的，我还是在害怕，但是这些事似乎都不重要了。我迫不及待想等旅程结束后回到家和她分享一切。

日记 81

亲爱的日记：

我在华盛顿给你写信。今天我们去了阿灵顿公墓，约翰·菲茨杰拉德·肯尼迪和很多士兵葬在那儿。车停下来时，我眼中涌上泪水。我看到公墓里一排排的墓碑。和这些士兵一样，我也目睹了很多人的死亡。我有很多朋友头部中弹，身中数刀，然而他们的死却永远不会像这些人一样被认可。于我而言，我的朋友就是士兵，不是战争中的士兵，而是街头的士兵。他们不是为争夺领土而战，而是为了生活而战。

我不想走进墓地看那些墓碑和为牺牲的士兵而立的纪念碑。并非心存不敬，只是那让我回想起在我十二岁时死于艾滋病的父亲。还没有一块墓碑来纪念他。直到今天，他仍旧长眠在一块必须用地图才能找到的草地下。他只是又一个数字，又一个编号，一个没有人知道的人。

看到媒体只关注名人的死，我感到悲哀。我总是问自己："为什么只有名人才能成为头条？"媒体报道一个电影明星摔断腿或者脚趾骨折就能大赚一笔，但如果有一个和我爸爸一样拥有智慧的普通人死了，却没有人关注。

日记 82

亲爱的日记：

我要说，这是我人生中最美妙的夜晚！我们的车停在林肯纪念碑前时，我感到自己似乎成了历史的一部分。外面正在下雨，但是我们仍然想看看亚伯拉罕·林肯的雕像。看看闻名天下的亚伯拉罕·林肯的雕像一直是我的梦想。

起初我不理解为什么格小姐那么想让我们来华盛顿。现在我们置身于首都，这里让我感到震撼！我似乎不再是以前的我了！我终于明白了成为一个自由写手的真正意义。大家都站在纪念碑周围，读碑上的文章。我们想知道每篇文章的意义，它是什么时候写出来的，由谁写出来的。

之后我听到有人小声而又兴奋地喊："该回去了。"我知道格小姐正在做什么，因为她总是主动去做些有意义的事。这将是最有意义的一次。我们走出去，站在纪念碑的台阶上，手牵手面对城市，面对世界。

想想马丁·路德·金博士当年在这儿进行过著名的演讲《我有一个梦想》，他梦想有一天"黑人孩子和白人孩子……能携手并进"。当我看着自由写手们在雨中拉起手，意识到我们就是他已经成真的梦想。突然，我们一起呼喊："自由写手们有一个梦想！"雨停了，我们的声音响彻这座城市！

日记 83

亲爱的日记：

和同学们沿着宾夕法尼亚大道漫步时，我非常兴奋，看到什么都咧开嘴微笑。身处一座和长滩如此不同的城市，让我感到心情愉悦。那一刻，我似乎进入了一个没有暴力和仇恨的地方。但一瞬间，那种安全感就被带走了……

“妈的！看看这个纳粹标志，你能相信吗？这里离白宫和大屠杀纪念博物馆就几条街。”“看，那堵墙上还有一个。”沿着宾夕法尼亚大道漫步时，我无意中听到了这些话。之前的感觉仿佛一落千丈。我知道那些标志意味着仇恨，也代表了纳粹组织。我以为华盛顿很完美，可这个判断是错的。也许我有点“以貌取城”？

人们可以用涂料掩盖住卐字标记，但还是会有别的蠢货回来再喷上。我凭经验知道这一点。很悲伤地说一句，我曾经和这些在墙上喷东西的蠢货差不多，但我们这么做的原因不一样。我们都在破坏公共财产，但喷的内容不一样。他喷的卐字标记是仇恨的象征，我过去涂鸦破坏市容是为了出名。

第二天一早，在餐桌上，我和好朋友意识到必须做点儿什么。我们做了一个自由写手徽标。下次在墙上或者报刊架上看到卐字喷绘，我们可以贴上自己的标记，也不用破坏公物。我把徽标拿到酒店服务人员那里，问他能否好心帮我们复印几份。我还问他是否愿意给我们一些纸胶带粘贴徽标，这样可以不破坏外面的公物。然后我们拿着徽标和胶带离开了酒店，对在街道上见到的第一个卐字标记下手了。大家围在标记四周。用徽标把它遮盖住的那一刻,大家都开心地鼓起掌来。

我再一次激动起来，看到什么都想微笑，内心充满喜悦，因为我们做了一件有意义的事。我又感到安全了。

日记 84

亲爱的日记：

今天我们去了大屠杀纪念博物馆。在博物馆里，过去的许多回忆浮现在心头。我们坐在一间屋子里观赏电影，电影讲的是在大屠杀期间人们是如何对待犹太人的。他们挨打挨饿，眼睁睁看着心爱的人被希特勒的士兵杀死。看着电影，我开始走神……

“请放了我吧！”我朝着比我至少高两英尺的男孩喊道。他们嗓音低沉。

“闭嘴，你这个该死的黑鬼，你根本不属于这里。”他们一边狂吼，一边越来越用力地踢我。

我无法相信发生在自己身上的事。就因为在错误的时间出现在错误的地点，有着错误的肤色，我就被人打趴在地。每一拳都比之前的一记更加有力，更加愤怒。我想睁开眼睛，但是睁不开。我想看看他们的脸。谁能这样对待我？就在那短暂的一刻，我眼前发黑，失去了知觉。不知道他们又殴打了多久，醒来时，我躺在大街中央。我站起来走回家，没有人来帮我。

到家后，表兄妹们问我怎么了。我决定什么都不说。我深受伤害，什么事都做不了，回到自己的房间里哭着睡着了。我睡了大概四五个钟头，本来能睡得更久，却被一种不熟悉的气味惊醒了。

“约翰尼，你究竟在烧什么？”我问。

“我不知道那味儿从什么地方来的，我没烧东西。”他说。

我起来看看发生了什么事。什么在燃烧？是邻居家的屋子着火了吗？我能听到木头燃烧时噼里啪啦的声音。我走到客厅，那里被照得通明。

“约翰尼，快报警，大概是邻居家着火了。”我说。

我朝门口走过去，外面的光刺痛了我的眼睛，离门越近，空气就越灼热。我打开门，看到五个穿着白袍子的人。其中一位是个小个子。他们邪恶的眼睛里映着火光，阿姨家草坪上的十字架在燃烧。

我站着，盯着他们看，好像产生了错觉。我闭上眼睛想，这一幕会消失，但是睁开眼，十字架仍在那儿。

我意识到这些人就是早先殴打我的那些。他们继续打我，不是打在我身上，而是打在心上。我往后退，小心翼翼地望着他们，接着关上门，等待救援的人到来。我坐在椅子上，心跳加快，精神紧张，开始担忧以后的生活……

“嘿，醒醒。”

一个同学说。

我抬起头，电影已经结束了。我的掌心出了汗，感到刚刚似乎又经历了一场灾难。

似乎每件事都息息相关，犹太人和小女孩都是仇恨的牺牲品，而现在我们在首都看到了许多涂鸦。我猜有些事永远不会改变……

日记 85

亲爱的日记：

昨晚我一夜没睡，和室友玩来着。我本打算早点上床，因为我们准备早上八点出发去博物馆，但是我的室友不会那么早安静下来。我在头上压了个枕头，不去理睬他们，努力想入睡，但是睡不着。我禁不住想到大屠杀纪念博物馆。它会是什么样子？我太好奇了，但是同时又害怕，害怕可能会见到的东西。室友直到凌晨四点才睡觉。当闹钟六点半响起的时候，我快困死了。

上帝！我真不敢相信在大屠杀纪念博物馆里见到的东西。走在博物馆里，我想强忍住泪水，但还是控制不住。通过入口的时候，我想到了雷内·费尔斯通和盖尔达·西弗——两位和我们一起参观博物馆的大屠杀幸存者。我不禁想到他们经历的痛苦和折磨。

我从一间展厅走到另一间展厅，看到了一个巨大的坟墓里埋葬着数以万计的人的录像。这是怎么发生的？为什么没有人阻止？人们怎么能允许他们死去？走向下一间展厅时，我不禁问自己这些问题。看着墙壁，有东西引起了我的注意。那是引自一名德国牧师的一段话，它说出了没有人表明态度时事情的结果会如何："他们冲着工会而来，但是我不是工会会员，所以我没有理会。然后他们冲着社会主义者而来，但是我不是社会主义者，所以我没有理会。然后他们冲着犹太人而来，因为我不是犹太人，我没有理会。现在他们冲着我而来，没有人为我说话了。"在这段话旁边有一幅集中营的画。我对着画看了一会儿，脑海中重复着那些语句，泪流得越发厉害。

盖尔达跟上了我，向我描述人们被强行塞入牛车的情形。我们走进下一间展厅，她停住了，开始哭起来。我问她怎么了，她举起胳膊指着我们面前的牛车。我们必须经过一辆真正的牛车才能走出去。她害怕了，一定想起了她的朋友和家人被塞入牛车的情形。我问她是否还好。她朝前走了一步，开始讲车子有多么拥挤，很多人还没到集中营就已经死了。我们最终穿过这里之后都哭了。盖尔达抓住我的手感谢我。其实我应该谢谢她。

回旅馆的路上，我看到了我们遮盖住的卐字标记。以前看到坏事发生，我可能什么都不会做。那时我想：这件事对我没有影响，为什么要去找麻烦呢？我们遮盖了卐字标记，又目睹了今天发生的一切，我现在知道了，以后的日子里，我再也不会那样做。抓住机会作出改变，肯定比让机会溜走然后感到遗憾要好。

日记 86

亲爱的日记：

我们穿过双层门进入大屠杀纪念博物馆冰冷吓人的展厅，看到千百万人的死亡时，我沉默了。我从来没有看到过这么多人同时死在一个地方。更糟糕的是这一切毫无缘由。看到那些死去的人，我惊呆了，看到双胞胎的遗骸时，我觉得几乎被摧垮。我感到自己似乎也经历了这些双胞胎经历的痛苦和磨难。看的双胞胎的照片越多，我越感到似乎我——我的意思是我们——也在其中。

人们说双胞胎中的一个不能离开另一个单独活下去。我不敢相信这些双胞胎都得被迫去验证这个说法。奥斯维辛集中营的医生门格尔对双胞胎的研究入了迷，用双胞胎取代了实验室里的小老鼠，当作他的实验品。他成为死亡恶魔，折磨着欧洲大陆上他那双罪恶的黑手能控制的每一对双胞胎。我开始想，如果我是其中一个会怎么样？如果门格尔医生把我挑中，我会拼命逃跑吗？我会试着与他斗争吗？我确实不知道答案，因为我当时不在那里，没有置身于他们的环境。或者，我会尽一切可能拯救其他的双胞胎吗？看到那些孩子无助地躺在那里，我的脑海里不禁浮现出这些问题。

我看到这个男人体内潜藏着数不尽的邪恶，这让我越来越气愤。孩子们的胳膊和腿被从身上锯下来，换到另一个成人或者孩子身上，这些恐怖的画面就像是一连串的噩梦。一个人怎么能碾碎这么多的梦想？他一定是个没有良心、没有同情心的人，把自己的快乐建立在别人的痛苦上。

在博物馆里，我想，我是多么真切地需要并爱着我的双胞胎姐妹。尽管作为双胞胎有好处也有坏处，但至少有一个可以交谈的人，可以分享衣服和经验。我的双胞胎姐妹有时会惹我生气，但我从来没想过为了世界上的任何一样东西出卖她。

现在的孩子可以梦想要成为什么样的人，要改变什么。不管是好是坏，正是这些改变影响了人们的生活。不幸的是，门格尔医生为了自己掌握“改变”的大权，将这么多人的梦想夺走了。夺走梦想肯定是问题，使梦想实现才是解决之道。不幸的是，这些双胞胎从来没有机会向往我们渐渐成真的那个梦想——改变。

日记 87

亲爱的日记：

这可真是重要的一天。无法相信在华盛顿的第四天，我真的见到了教育部部长理查德·莱利。这一天可真够长的，还会发生很多事。参观了几个博物馆和国会大厦，我们就回来了。今天是我一生中最漫长、最令人激动的一天。

该穿什么呢？今晚在宴会上，我一定要打扮得漂漂亮亮的。今天晚上是最重要的，来自万豪酒店的工作人员甚至为我们排练过。以前我从来没意识到理查德是个如此重要的人物，现在知道了他在教育界的影响很大。我很好奇他长什么样，是年轻还是年长。当然，无论怎样，就像格小姐教导的，不能以貌取人。我暗自想，他一定很出众，受过良好的教育，才能成为教育部部长。这样想着，我迫不及待地想要见他。当他看到我们这群相貌和性格各异的年轻人站在面前时，可能会觉得惊讶。我希望他知道我们长途跋涉来这里，就是为了亲手送他一本书，会很激动，同时也希望他能帮助我们继续深造。

晚宴开始时，我自言自语道："你知道，今晚将很无聊，演讲很长，话题又是我不知道或不了解的。今晚属于成年人，我来做什么呢？"但理查德·莱利说："你们是未来的主宰，不要轻言放弃。"他有几句话引起了我的注意。我不敢相信他就是教育部部长，他和我想象中的并不一样。我以为他会像那些重要人物一样高傲自大，而事实证明我错了，他很洒脱。我以为他不会提起妻子，但是他也说了。他谈了妻子的事，以及他与我们中的几个人有相似之处。他还告诉我们，自己是如何克服困难，通过努力奋斗才有今天的。我无法相信此刻我就在这儿，与这位教育界顶级人物只有几步之遥。希望他好好看看我们，他会意识到他的只言片语就能改变我们的将来，他似乎已经被我们的行为感动了。

理查德让我认识到，通过教育，每个人包括我在内，都能成为理想中的自己。他让我从不同角度来看待事物。在他离开时，我对自己说："希望有一天我也能变成一个和理查德·莱利一样重要的人。"今晚的经历真美妙。我还意外地收到一支男友送的玫瑰，这同样令我激动。希望以后还能有这样的夜晚。今晚的回忆将永远留在我心中。

日记 88

亲爱的日记：

这是我写的诗歌，格小姐叫我晚宴时读给理查德·莱利听。我不敢相信自己和所有大人物一起坐在首席。我旁边坐着格小姐的父母。她的继母凯伦握着我的手，因为我太紧张了。当我读完诗歌，大家都站了起来，久久地为我鼓掌。

站起来

继续做黑人——
继续保持骄傲，
继续做白人——
继续保持骄傲，
继续做棕色人种——

继续保持骄傲，
继续做黄色人种——
继续保持骄傲……

不要害怕保持你的原貌，
因为你能展现的，无非是你自己！
你除了你自己，什么也成不了，
所以尽你所能，展现你最好的一面吧。
保持真实吧——
竭尽所能，
每时每刻。

无论是律师、医生、足球运动员，
还是厕所清洁工、垃圾回收工、乞丐——
都要保持真实，
并且继续——
展现你最好的一面。

拥有自豪感，拥有自尊，站起来！
自豪地站起来，自豪地谈论，自豪地行动，自豪起来！

别躺下去，
作出让步，
低头哈腰，
逃跑躲避，

要展现自己，
直面批评。

做你自己吧，还要认清：
批评你的人，也得明白你就是你
——要么接受，要么走开。

“嗯，哦。”
我知道你会懂的。
懂什么？
那种东西——
那种叫作自豪、态度、气质的东西，
它是你的身份，你的自我，你的自豪，你的宁静，
让你无忧无虑。

看到了吧，我无法成为你，但是我是特别棒的我！
我问心无愧。

日记 89

亲爱的日记：

今晚我们把书送给了教育部部长理查德·莱利。我看着他走进

万豪舞厅，不由得注意到我们有多么不一样。他来自南卡罗来纳州，说话带有缓慢的南方腔调，是个富有的南方白人，而我是一个年轻的黑人，努力地维持生活，入不敷出。但是我认识到，我们都为了同样的原因在这里——关心孩子的未来。当我坐在那儿听他演讲时，我发现他真的关心我们。更重要的是，我觉得这个人真的会去读我们的日记。

通过读我的日记，他会知道我经历的所有事情，也许他会为了这些事做点什么。听他说他如何在南方反抗歧视的时候，我不禁想起哥哥被枪击的那一晚，出事原因完全是我们的种族。

我们正驾车在高速公路上行驶，突然一辆载满墨西哥人的车子开过来。我看见火星猛地飞舞，玻璃迸碎，鲜血飞溅。一颗子弹击穿了车子。另一颗子弹打穿车后座，擦伤了我朋友的后背。我哥哥当时正在开车，身中四枪。两枪在胸口，离心脏只有几寸的距离，一枪在大腿上，还有一枪在小腿上。他身上的衬衫被鲜血浸透了，转向我说："我无法呼吸，开不了车了！"他停在路边，我的两个朋友也在后排叫道："我中枪了！我中枪了！"

我尽力不让自己慌张，把哥哥拉到我的座位上，然后跳到满是鲜血的驾驶座，开始寻找医院。最后我开车到一个加油站报了警，告诉警察我哥哥中弹了。在电话旁，我注意到车身上大概有十二个弹孔。车子完全毁掉了，看起来就像经历了一场战争。两分钟后，一辆救护车来了，他们把哥哥和我的朋友送到了医院。然后，警察把我带到医院。

医院离那儿仅仅一条街。医生把我带到病房去见哥哥。他身上插满管子。我觉得大脑一片空白。哥哥开了一个从电影里学来的玩笑："医生告诉我，我再也不能走路了。"我知道那是电影里的一句台词，但不知道是该笑还是该哭。接下来，他们给我哥哥做了六个钟头的手术，这样才能取出子弹。显然他的肺毁了。我以为他要死了。如果他死了，那只证明一个简单的事实：就因为我们是黑人，在错误的时间出现在了错误的地点。

幸运的是，他活着从手术室出来了，在医院只待了一个礼拜。医生对我说，假如我没有那么快把哥哥送到医院，他可能真的就死了。医生说：“你是英雄！”医生说的是真的。这让我意识到，一个真正的英雄应该想办法阻止这样的事再次发生。

这就是我想让理查德·莱利读我的故事的原因。我想让他知道带枪的那些人是陌生人。他们眼里看到的只有肤色，因为他们很无知。如果他们像我一样接受教育，就能学会超越肤色和外貌来看待对方。我想这就是自由写手必须写出的生活。我也想告诉莱利发生这些故事的原因，因为他能够用这些来教育孩子们。

不幸的是，莱利部长无法改变发生在哥哥和我身上的事，但是，他也许能帮助我们传播我们的信念，如此一来，这样的事就不会发生在另外一个无辜的孩子身上了。

日记 90

亲爱的日记：

昨晚我们为在无谓的暴力中丧生的家人和朋友举行了烛光集会。把书献给教育部长理查德·莱利之后，我们手牵手形成一道牢不可破的人墙，走出旅馆，迈向华盛顿纪念碑。队伍太长，我们穿过宾夕法尼亚大道上忙碌的十字路口时，甚至阻碍了交通。横穿大街时，人们问我们在做什么，有人回答了一句“改变世界”。这个烛光集会是我们的方式之一，为了让我们朝着更好的方向改变，并改变其他人。我们真的在改变世界。

我们到达了华盛顿纪念碑，在它周围围成了一个巨大的圆圈，合唱《伴我同行》。在那一刻，哀悼的泪水从每个人的眼里滑落下来，除了我。我不愿意打开回忆痛苦的闸门，好友们的生命就像灰尘一样被风吹走。在华盛顿纪念碑前，我们把一些徽章别在一棵树上，徽章上刻着死于暴力事件的人们的名字。之后我们再一次牵起手，走回旅馆。

回到旅馆，我才感受到大家的痛苦。我情不自禁地开始回忆自己差点被杀的情形，事实上，我的名字也可能在那些徽章上。我觉得自己紧张得要崩溃了。所有那些痛苦的回忆都回来了，我的心跳得很快，眼泪直流。过去的片段一直在脑海中闪现。每次有枪指着我的头的时候，每次子弹差点射到我的时候，我都在想：放弃吧，他们无论如何都会杀了你。但是我不能放弃，过去没有放弃，将来也不会放弃，永远也不会！

日记 91

亲爱的日记：

从华盛顿返航的“自由写手专机”正在万里高空飞行。看着云层和窗户上的冰晶，我感到疲惫，眼皮也肿了起来。（办理行李登记手续再跑向飞机的过程并不容易，女孩们的行李袋比离家时重了十倍。）我想：好吧，这就是坐头等舱的样子。这是我第二次坐飞机，第一次是去华盛顿的时候。我在飞机上？如果没有遇到格小姐，我们永远不会坐飞机！

“是吗。”当我告诉姐姐，我要飞去华盛顿时，她这么说。甚至连我的继父都起疑。我留下了自己的机票，一到家就给他看，这样能证明我真的去过。事实上，我差不多保留了每一样东西——电影票、旅馆里的手帕，甚至肥皂和浴帽。

你可能会奇怪，一个小小的高中女老师怎么能给我的生活带来如此巨大的改变。好的，我还有四个小时才到洛杉矶机场，所以打算坐在这儿，告诉你们一个故事，关于我的生活如何被这位“小小的”高中女老师改变……就在十三年前，我是那么无助，就像从来没有自由过。十三年前似乎是很久以前，但是对我来说就像昨天……

“给我点钱！”一个低沉的嗓音朝我妈妈大吼。

“我一分钱也没有。”妈妈号啕大哭。

“你有！我知道你有钱！你刚拿到福利支票。你最好给我点钱，不然我好好收拾你儿子！”

妈妈害怕这个男人会伤害她的孩子，愚蠢地把钱包里所有的钱都给了他。总共还不到二十美元。“行啊，我以为你一个子儿也没有，你这个撒谎的婊子！等我回来，那个小黑鬼最好已经滚开了。”他说。我坐在躺椅上哆嗦，躺椅是他的珍藏品。“从我的椅子上滚开！”他揪住我的衬衫，把我扔到屋子另一边，然后又掐着我的脖子把我拎起来。我不明白他为什么要这么对我。我手足无措，没法保护自己。一个身高六英尺四英寸的巨人，手臂粗壮到能打橄榄球，抓住你的脖子，把你扔到车子后备厢里，你会毛骨悚然。事实上，我吓呆了。我在后备厢里还能听到妈妈在尖叫。我能听到他用拳头打她的脸的声音。

我待在满是油污的后备厢里至少有一整天。到了早晨，妈妈终于把我放了出来。光线灼伤了我的眼睛。我的裤子被灰尘、汽油和尿液的混合物浸湿了。我们没有肥皂，也没有热水，所以妈妈把我泡在一盆冷水中，用洗碗剂来给我洗澡。我母亲所有的社会福利都用来供她暴躁的男友吸食可卡因，几乎剩不下几个钱买吃的，我们的钱仅仅够买托普方便面。它是我们的早餐、中餐和晚餐。而且大部分时候我们都必须生吃。

我妈妈有八个半月的身孕。背负着生活中的种种压力，她早产了，被紧急送到医院。而我则困在家中，和一个虐待儿童、殴打妇女、吸食毒品，还曾经被判过刑的杀人犯在一起。我经常被殴打，经常被人说永远不会有出息。我不是垃圾！我永远不会是垃圾！妈妈去急诊室的时候，我知道麻烦就要来了。我一有这个想法，那个疯子就开始朝我吼叫："她走了，是你的错！别他妈的哭，我要揍你的屁股。"

妈妈住院期间，大部分时间都是我一个人在家。妈妈的男友把她的珠宝首饰拿去跟毒贩换了毒品。妈妈回家的时候，房租和所有的账单都逾期了，我们被赶了出来。只有一个礼拜的时间搬走，但是我们没有地方可去。不能搬到外婆家住，因为妈妈的男友惹了太多的麻烦。我们唯一的选择是他母亲的房子。

我们把所有东西都留下了——东西不算多——搬进一间昏暗肮脏的车库。在车库一住就是两年，和我们在一起的还有园艺工具、旧家具、一台小黑白电视，以及车库中央孤零零的床垫。这里没有暖气，没有空调，没有风扇，也没有洗手间。这里只有妈妈、她刚生下的女儿、妈妈的男友和我。

最后我们终于有了自己的房子，妈妈的男友占了卧室，妈妈、妹妹和我睡在客厅。本质上，我们回到了原状，唯一的区别就是我长大了，更懂事了。由于之前挨过打，我内心有更多的恐惧。两个大人每周至少有一次会因为钱或者我住在这里而争吵。有时候，他们争执为什么家里有钱，却没有可卡因。几年来，那个人都在这个由妈妈付房租的屋子卖毒品。这个家都是妈妈在付账单和买食物。

在这样混乱的环境住久了，我开始习惯妈妈的男友。也许我已什么都不指望，但是格鲁维尔小姐帮我证明他错了，她让我意识到他说的话并不对，他和我母亲之间发生的那些事，没有一件是我的错。

日记 92

亲爱的日记：

我终于度过了一个真正的假期。我总是不得不去念暑期学校，从来没有时间出远门。哇，由于身为自由写手，我要去首都了。我度过了一生中最快乐的时光，唯一的遗憾是在整个旅程中，我没能用照相机去捕捉些什么。

华盛顿的一切都很棒！我第一次住在一家舒适的旅馆。我可以晚睡，不必担心爸爸妈妈催我睡觉。前两个晚上我没睡着，因为一直在想爸爸妈妈要给我打电话了。但他们并没有打。

在从华盛顿返航的飞机上，我终于睡着了。我梦到了过去几天里发生的事，还有回家时的情形。但当我下了公交车，发现事情不是我想象的那样——连个接我的人都没有。我的父母都在那儿！一开始，我以为他们是出来给车子加油或者吃饭，并不是来接我的。“孩子！”我吓了一跳，他们走向我，拥抱我，问我旅行如何。我感到如此受欢迎。这事我还真不习惯。离开前，爸妈总让我感觉很糟糕。他们总是认为我是个坏孩子，总惹麻烦。我总是和他们争辩，有时候甚至憎恨他们。但是今晚我忘记了所有不愉快的事，和他们十分亲近。

我走进屋子，心里感到奇怪，为什么街上停的车多了很多。大家都在我家——从最亲的亲戚到仅仅与我说过一两回话的人。自从姐姐结婚以来，大家头一次都来到我家。他们是来见我的吗？走进家门，大家开始恭喜我！我真的感到高兴，似乎世界上没有什么能贬低我了。我多希望能拍些照片给他们看，他们光听我说就已经非常兴奋了。所有人的目光都集中在我身上！

我坐在客厅中央，给他们讲我的行程，告诉他们国会大厦有多么令人惊奇。我是说，我从来没有见过如此美丽的绘画和宏伟的雕塑。林肯像是我见过的最大的雕像。我还告诉他们我们坐船沿着波托马克河游览的经历。那次我吃的东西太多，简直都直不起腰来了。我站在甲板上，向每个人挥手打招呼。当时，天空开始下雨。但那也阻止不了大家的热情。大家走进船舱里，开始跳舞唱歌。我还告诉亲友们，我有多希望去白宫看看。差一点就亲眼看到了白宫。

在我讲述华盛顿之行的时候，他们眼里都流露出羡慕的神色。今晚我头一次成为家中的焦点。每个人都祝贺我，祝贺我的父母能拥有这样一个“优秀”“聪明”“出众”的儿子。他们说我是全家人的榜样，全世界的希望。

日记 93

亲爱的日记：

今天早上走进学校时，旅途的疲惫还没有消除，我注意到每个人的举止都怪怪的，好像发生了什么古怪的事。学校前面停有媒体的车子，我首先想到的是，他们是来欢迎自由写手回来，并打算写一篇关于我们的报道。但他们不是为此而来。我问一个朋友："到底在搞什么？"他答道："你知道杰瑞米·斯特罗米尔吗？"我说："是啊，杰瑞米·斯特罗姆博克。"过去和他开玩笑时，我们都这么叫他。然后我的朋友说："杰瑞米被捕了。"

杰瑞米在内华达赌场强暴并谋杀了一个七岁小女孩。当时他和一个朋友——我们学校的另一个学生，还有朋友的爸爸去拉斯维加斯过周末。中途，朋友的爸爸在内华达普莱姆的一个赌场停了下来。朋友的爸爸赌博的时候，杰瑞米和他的朋友在娱乐厅里打发时间。杰瑞米开始逗这个小女孩玩，跟着她进了女洗手间，在厕所里强奸并杀害了她。杰瑞米的朋友当时也在洗手间里，但是他离开了，没有制止这种犯罪行为。

一开始我很震惊，简直不敢相信。我和杰瑞米是熟人，我们曾经在同一个足球队，而且我们在学校里常碰到。他怎么可能做出这样的事？我迷惑不解。

杰瑞米的人格有阴暗的一面。他的电脑里存有儿童色情图片，还吸毒。这是一种致命的结合。虽然不算借口，但是这样的东西会让一个心理失常的人做出平常不会做的事情来。

我看到媒体抛出许多问题，对我们学校进行狂轰滥炸。大家很快便意识到他们不是来追踪我们的故事。鉴于我们得到了太多的关注，自由写手们还是应该待在火星上。具有讽刺意味的是，当自由写手们反对暴力，并在华盛顿纪念碑前点燃蜡烛守夜时，一场谋杀正在实施。难怪年轻人如此容易墨守成规。看上去媒体对年轻人作恶的关注要多于对他们的善举的关注。让我觉得悲哀的是，这一桩恐怖的谋杀案将自由写手的故事挤到了最后。杰瑞米上了头版。

日记94

亲爱的日记：

今天我听到了新闻，同时还有传言，说杰瑞米和大卫在拉斯维加斯杀死了一个女孩。不，等等，只是杰瑞米一个人，大卫站在旁边看。说不定杰瑞米在他的好朋友不知情的情况下杀害了她呢?

一放学，我就决定将整件事情原原本本弄清楚。我看了新闻，总算了解到一点推测出来的真相。大卫看着杰瑞米把女孩拖进厕所，并在杰瑞米杀死她之前就离开了。

多么讽刺的悲剧。一百五十名学生去了华盛顿，努力证明长滩存在暴力。同时却有两个年轻人去了拉斯维加斯，其中一个杀害了一位幼女，而另一个在被害人反抗时甩手离开。

大卫怎么能走开呢?

这个问题我无法回答。虽然我从来没有过那种处境，却很清楚他的所作所为是不对的。面对这样的考验，他绝对不该像平时一样睁一只眼闭一只眼。

在任何情势下，不采取行动都并非明智而合理的途径。为了证明这一点，用小镇上的生活来举例吧，那里都是像你一样普普通通的人，每天有满载货物的列车驶进来，交货，然后开走。工厂一直轰隆隆冒着烟。有一天，你注意到火车不再简简单单地运送货物，工厂也不仅仅轰隆隆冒着烟了。你是愿意打破现状大声喊叫，还是保持沉默，就像奥斯维辛集中营的人那样？

俗话说得好：“如果你不支持它，就是反对它。”大卫·卡西没有挽救那个小女孩的生命，同样，荷兰人也没有救助犹太人。他们看着列车驶离，呼吸着扬起的灰尘，无视悲剧的发生。大卫本来有机会做一个英雄。

日记 95

亲爱的日记：

今天早上我迟到了，因为我们昨晚很晚才从华盛顿回来，而且我想把做的每一件事都告诉妈妈。到学校的时候，我不得不放弃平常走的路线改走前门。猜猜我看到了什么？一堆摄像机！我太兴奋了！原本以为它们在这儿，是因为自由写手们刚刚结束旅行回来，然而我想错了！它们出现在这里的真正原因是，学校里一个叫杰瑞米·斯特罗米尔的小子，在拉斯维加斯强奸并杀害了一个七岁小女孩，当时我们正在华盛顿。

我走进学校，整个校园乱作一团。有些人甚至在哭。我也震惊不已。

摄像机包围了校园，学生们在哭泣，我不知道该怎么办。一片混乱中，没有人能把精力放在学习上。教学楼里流传着谣言。人们一直在说是因为毒品，具体来说是兴奋剂让杰瑞米谋杀了七岁的小女孩。胡说！我过去也是个“瘾君子”，但即使处于情绪最低点，我也不会杀任何人。唯一会杀的人就是我自己。他们怎么能将那样的原因也考虑进来呢？他可能是有毒瘾，但是不能怪毒品，要怪他自己。

当我走进教室，发现每个人都非常生气。自由写手们决定进行一次和平大游行，就像我们在华盛顿举行的那样，那次我们在华盛顿纪念碑前围成一圈，为受害者祈祷。我们认为应该再来一次，这次是在学校前面，在摄像机前面。我们想证明为了积极的事业，我们能团结一致，能为真正应该得到关注的人、为失去生命的七岁孩子着想。为什么没有人谈论她呢？她才是无辜的受害者。

然后我走进每个班级，告诉同学们游行的事，他们再转告其他人。到下午一点，整个学校都知道了，包括领导。他告诉我们参与游行会惹上麻烦，因此不允许我们去。在眼前的情势下，校长不想再得到更多的关注。听到这个，我们简直不敢相信。为什么他们不想让我们表现出积极的一面？我们觉得不能仅凭一次事件来评判学校，所以无论如何都决定要去游行。

从我们学校出来的正面人物要比负面人物更多。我觉得那是一个极好的理由，可以让大家万众一心，携手同行。学生中的投球手、足球运动员，甚至啦啦队的女孩都打算参加游行。

我们的计划是放学铃声一响就集合。随着团队渐渐成形，我有一种团结一致的感觉。我们为一个原因走到了一起。有些面孔是熟悉的，还有一些是陌生的，但是没人会在意这一点。人们在意的是媒体为学校贴上的标签，还有那失去生命的小女孩，正因如此，我们才站在了一起。站在那里唱歌的时候，我在想我们在华盛顿所做的事。我将头高高抬起，看到周围所有的人都手牵着手。

媒体的人并没有注意到站在面前的孩子们牵起了手。他们只想诱导学生谈论杰瑞米。“杰瑞米平时很暴力吗？”“你认为是毒品驱使他去实施谋杀的吗？”

我们唱歌、祈祷，直到媒体离开。今晚在电视上，我没有看到游行，取而代之的是负面的影像，他们问学生的那些问题，以及我们的耻辱。但是至少在短期内，我们会毫不动摇地坚持自己的信念。

日记 96

亲爱的日记：

三年级即将结束。明年我想积极表现一番，轰轰烈烈地结束我的四年级生活。怎么才能做到这一点呢？

正好格鲁维尔小姐说：“明年我希望你们这拨人变得更活跃，我希望自由写手在威尔森高中有广泛的代表性，在学生会、体育运动以及其他课外活动中都有所表现。”

我不正是这样想的吗？！好吧，我对体育没有多少兴趣，大概会尝试一下加入学生会。但是我去竞选什么职位呢？我不想做宣传部部长——那听起来太容易了。我想获得一个办公室的职位，这样多少能拥有一点权力，因为我知道自己喜欢管理。高年级主席怎么样……是的，高年级主席。

第二天，我把自己的名字写到候选人名单上，开始了竞选。自由写手们给予我百分百的支持，我知道自己至少赢得了一百五十张选票。现在我担心的是其他人不投我的票，所以不断地奔走游说，直到竞选那天到来。

“如果你们想有个带劲儿的三年级，那么就选我吧！选我一定会有好处的。”这就是我在竞选那天大声呐喊的话，连那些忘了当天是竞选日的人都去为我投票了。

接下来有一段等待结果的时间。我得等上一星期或者更久，然后才知道是否赢得了竞选。在动员大会上，我就像个焦虑的病人，但我是那种沉稳的女孩，所以仍然不露声色。

宣布结果的时刻终于到来了。

“下一届高年级的主席是……”现场很吵，所以我没听到宣布的名字。然而有人拍了拍我的背，人们都上来拥抱我。

“小姑娘，上来，到这儿来，你赢了。你赢了。”

所有人都在叫着我的名字，疯狂地朝我涌来。我走到竞选台上，说：“你们是爱我的，你们真的很爱我。”

这真是伟大的成就，我感觉如果用心，就能做成任何事。也许下个星期，我会去尝试竞选啦啦队队长。

日记 97

亲爱的日记：

我感觉混乱正在悄悄靠近，将它黏滑的触角伸到我生活里的每一个缝隙中。它已经毁灭了我的家庭生活，现在正企图毁掉自由写手们的生活。每次当我刚开始感到好受一些，就有人动手改变加在我身上的守则。我去威尔森，最根本的原因是想逃离养育我的环境，如果你可以称之为“养育”的话。

“如果这个周末你不来烦我，我就给你二十美元和车钥匙。”这并不是说她是个坏妈妈，她“只是厌倦了扮演妈妈的角色”，一天早上，她就是这样直截了当对我说的。如果她自己都不负责任，又怎样教导我做一个负责的人？

也许是因为酗酒，也许是因为吸毒……也许是因为我。我只知道，完全而彻底的自由能让人快速成长。我妈妈仅仅是厌烦抚养我，所以我自己养活自己。我经常好几天甚至好几星期见不到妈妈。是的，她在这儿，但与真正的母亲在身边完全不是一回事。我想念那些家庭小戒律，宵禁和规章守则对我来说不存在。无论何时，当我问她什么时候必须回家，她总是回答“星期一之前”——即使当时是星期五。想象一下你已经十五岁，而你的亲生母亲却很少关心你。我渴望被人引导，需要被人引导。

过了一段时间，我给自己规定了宵禁时间，那样人们就不会知道妈妈不关心我了。自己养活自己很难。如果容易，我们就不需要父母了。但是我们需要，至少大部分人都需要。

我感到很孤单。我的生活中本来有我和妈妈，现在只有我。我感觉压抑郁闷，只想逃离现实，无论用什么方式，只要我能逃离。

自由写手们给了我一个安全的地方，填补了我心中那个巨大的空洞，在这样一个群体里，我知道我被关心着。我们面临明年可能不在一个班的危险。失去这些伙伴就像失去家庭成员。我不能再经历那种事了。

日记 98

亲爱的日记：

我们将一起度过高中的最后一年。因为学校有些老师抗议，我担心我们会被分开。为什么老师想要分开我们？难道他们看不出我们不仅仅是一个班集体吗？我们是一个家庭。幸运的是，学校的管理者卡尔·柯恩一直都支持我们。

自由写手们为了能在一起而努力，“在一起”这个词对我来说富有象征意义。我曾经有个普通的家庭，有爸爸、妈妈和几个姐姐。我们的家曾经充满爱。后来发生了什么？我妈妈觉得需要更多的自由，所以消失不见了。我不知道她现在在哪儿。她在我们，尤其是我最需要她的时候离开了。从长远来看，我希望她能明白她给这个家带来了多少痛苦。当然，我和姐姐们以及爸爸住在一起。他是唯一向女儿们表达爱和自豪的人。然后他遇到了“西桑”小姐，让她搬过来和我们一起住。我见到她时有一种感觉，和失去妈妈那天的感觉一样。我预感将要发生什么事，因为爸爸希望我和姐姐们能接受她做我们的妈妈。我们当时仍在努力接受妈妈离开的事实，而爸爸生命里居然又出现了新的女人。

爸爸和新的妻子生了三个孩子，渐渐地，他忘了我和姐姐们，所以一个姐姐和我搬出去，与阿姨一起住。最小的姐姐仍和爸爸住。阿姨就像第二个妈妈，当我们走进她家，她张开双臂接纳了我们。我喜欢那种感觉。看起来我好像即将开始新生活了，直到阿姨的儿子把他坐牢的朋友介绍给她。阿姨在电话里和那个人变得很亲密。慢慢地，他们相爱了。很多时候他们都在煲电话粥，而她儿子在外面惹是生非。

阿姨的侄女和她的朋友们经常带着毒品在家里进进出出，她们经常整天待在这里，而姐姐和我就把自己锁在房间里。我们俩有机会亲密起来，也算不幸中的大幸。

阿姨一直对我很好，直到她的男朋友出狱。突然间，她开始频繁外出，好像完全忘记了我，我不明白为什么。她开始对她的侄女示好，这一切看起来似乎顺理成章。她们计划一起搬出去，但我和姐姐不在她们的计划中。因此，姐姐不得不搬去和邻居住，我呢，准备和一个愿意接受我的亲戚一起生活。和这位亲戚在一起是我一生中最幸运的事之一。我只是希望不要再发生什么事，让我失去她。

和伦理观念中的家庭不同，自由写手们理解我，并且和我相处了很长一段时间。他们有时间和耐心听我说话，帮助我，支持我。虽然在我很小的时候妈妈就离开了，但还是有很多人尽力充当妈妈的角色。许多人并没有很好地完成任务，但格鲁维尔小姐成功了。我很感谢她和自由写手们为我做的和给予我的一切，是他们帮助我成了一个更坚强的人。

高四上学期

一九九七年秋

格鲁维尔小姐的日记

亲爱的日记：

得到许可去教三年级的英语不是件容易的事。我几乎忘了最初教这些一年级学生的原因，是有人告诉我“这里什么事都要论资排辈”。我没有什么资格，教高年级学生简直有点不知天高地厚。幸运的是，我的上级柯恩博士和教育董事会主席卡林·波拉奇克，都认识到需要有人去捣鼓些动静。

柯恩博士和卡林·波拉奇克陪我们一起去了华盛顿。他们“全心全意”为我们的事业做了贡献，因此立即成了我们家庭的一分子。我们乘坐游船在波托马克河上航行时，孩子们甚至拉着柯恩博士到舞池中跳舞。他一直是学生们的楷模。因为有些孩子的家庭中缺少男人，很多人就把他当成父亲般敬仰。作为一名扎根在长滩的非裔美国人，他看到了支持我们这个独一无二的家庭的价值。

这个秋季，我工作的主要重心就是要让自由写手思考他们的未来——他们想去哪儿上学，以及想要从事什么职业。莱利部长告诉我的学生们“每个人都应该受到大学教育”，我把他的话理解成对我个人的挑战，我要确保所有的自由写手都能上大学。华盛顿之旅和莱利的话让孩子们感到万事皆有可能。但是对于我的大部分学生来说，上大学的想法还很陌生。他们大多数人将是家族里第一个从高中毕业的人，仅此而已，因此他们的父母不会逼他们念大学。

我的父母都念过大学，所以他们期望我也能上大学。我们在餐桌上谈论大学，父母为我付费参加 SAT① 考试班，带我参观大学，甚至帮我填申请表。对我的学生和他们生长的环境更加熟悉之后，我（悲哀地）意识到，大多数自由写手都跟我不一样，有些人的父母不会说英语，不能帮他们填申请表，还有些人无法支付申请费用。

我需要让他们知道，我理解这一切有多困难，会给他们提供不同的选择。我知道过程有多么令人害怕，不想让他们受到打击。为了帮助他们创造环境，让他们享受平等的机会，我计划带他们游览大学，请专家帮助他们填申请经济资助的表格，并帮他们为那些令人厌烦的模式化的考试作准备。

做一百五十个想上大学的孩子的“妈妈”让我干劲十足，我决定重振自己的队伍，并拉来更多的帮助。我在国立大学的教学课受到欢迎，因此可以在秋季开设一场特别的大学论坛。研讨班里将会有七十五名研究生，每个人和两个自由写手配对。这个活动的意义在于为研究生提供“案例研究”，作为交换，研究生们会帮忙指导我的学生们。

既然他们前进的路上最大的障碍是钱，唐·帕里斯和我便创立了一个非营利组织，叫作宽容教育基金。如果有人给我们捐钱，他就可以凭此抵税，又能帮助一个孩子上大学。这个主意真的不算太差。

①美国大学入学考试。

日记 99

亲爱的日记：

我母亲总爱说一些老话，比如“当一件事情没有把你打倒，它就会使你变得更坚强”。如果住在居民村会使我成为一个更坚强的人，那我倒宁愿软弱。我生命中大部分光阴都在穷困中度过，我害怕走出家门，因为有被枪击的危险。邻居们总有办法粉碎我争取更光明的未来的希望。“我生来就是贫穷的，很可能会一无所有地死去。邻居中没有一个人曾发挥过重要的作用，我可能也不会有任何作用。”这就是我的心态。社会一直告诉我，因为我的生活环境和肤色，我将永远一事无成。

上大学的念头吓坏了我。有时我们都没有足够的钱付房租，我知道自己不可能有条件上大学。我的邻居也没有一个成功地念完大学。如果有人试着申请大学，那是因为他们有希望得到资助金。拿不到时，他们就会退学。大部分邻居都认为自己不够聪明。社区里没有一个人曾经从大学毕业，为什么我要成为第一个吃螃蟹的人呢？这一直是我的想法，直到我碰到一个勇敢的女人，她就是切瑞·贝斯特。

“灾难让我们成为战士，”切瑞说，“我在居民村长大，不管其他人对我的看法如何，我不会让他们把我打垮。我目睹了一切，不会被周围蔓延的不良气氛影响。假如我能在居民村取得成功，就能在任何地方获得成功。”那是我有生以来第一次听到有人面带微笑，积极地谈论居民村的生活。我开始回忆那些亲眼目睹的恐怖事件。瘾君子就在我面前兴奋地过瘾，毒贩子一天挣的钱比股票经纪人一个礼拜挣的还多。

我也和切瑞一样，不想染上这种生活方式。在短短的一秒钟内，切瑞让我觉得自己就像一个战士，命中注定要在不宣而战的战争中取得胜利，战争就发生在我称之为家的地方，在居民村。

切瑞住在居民村，从一场严酷的考验中幸存下来，那就像恐怖电影中的情节，她被绑架和强奸，被人拖到沙漠里，还被泼了硫酸，丢在那儿等死。但她拒绝放弃。“当我无助地躺在那儿时，生活的一幕幕场景在眼前闪现。我意识到自己已经克服了生命中那么多障碍，不能就这么死去。我有太多活下去的理由。”我听她描述自己恐怖的经历。切瑞活下来的事实令我说不出话来。

那时，她从地上站了起来，尽管硫酸在腐蚀她的皮肤。她朝着高速公路上风驰电掣的车流走去，高速公路离她有一百英尺。硫酸弄瞎了她的眼睛，她只能依靠其他感官认路。一到高速公路，一个骑摩托车的人就发现了她，把她送到了医院。

我在脑海里想象着切瑞经历的事情。如果那些发生在我身上，我大概会放弃，让上帝带走我的生命。切瑞没有这么做，她相信她有太多活下去的理由。她不仅从灾难中活了下来，而且还学会了阅读盲文，因为硫酸让她永远失去了光明。她没有停止学习盲文，还决定要去读大学。媒体报道了切瑞的故事，人们被她深深感动，于是捐钱帮助她做整形手术。尽管有极大的困难，切瑞还是上了大学，并以优异的成绩毕业。我亲耳听到切瑞讲她自己的经历，那些发生在她身上的苦难，似乎仅仅是她必须克服的一个障碍。此后，我便知道我也能上大学，我也是一个人物。和切瑞一样，我还这么年轻，就目睹并经历了太多的事情，不能放弃未来。

日记 100

亲爱的日记：

“驱逐通知”这几个字令我突然停住脚步。我感到恶心，意识到母亲告诉我的话都是真的。直到看到通知，我才真正理解那些话。我感到如鲠在喉，掉过头不去看它。我知道，如果读了那精美的印刷体字，我会开始哭泣。通知可能写着，我们只有一个礼拜的时间打包离开。而上次，我们只有五分钟的时间。

为什么现在这种事又发生在了我身上？离毕业只有一年的时间，可我甚至连住的地方都没有了。我不知道我要做什么或者要去哪里，更不知道能否去念大学。我大概会找一份全职工作来帮助母亲吧。母亲脑子里没有计划，也不知道要做什么。我紧张而不安，但为了上学，我必须开始学习。我要去哪儿学习呢？一个礼拜后我就没地方可待了。我害怕。

我无法相信这种事再一次发生在了自己身上。离上次被驱逐已经过去好久。上次发生这种事时，我们住在一所周边环境很好的公寓里，有固定的住所。一天房东来敲门，他简单地通知我们把所有的东西理一下，在五分钟内离开。震惊之余，我冲过去抓起我们所有的家当，不久便和家人一起住进了旅馆。最后我们用光了钱，只得去唯一不用付房租的地方——大街上。我对“睡在星空下”这句话有了新的理解。最终我们找到一个地方放东西，把所有的衣服都放在地上，打好地铺，睡在上边。天气实在太冷了，我无法入睡，想着：假如深夜里有人偷偷溜过来，我们该怎么办？假如有不好的事发生，该怎么办？我们到哪儿去上厕所呢?

尽管我很害怕，可是得做点事情。也许我应该退学，在找到容身之所后再来参加 GED[①] 考试。也许该找一份全职工作，也许两份。我很迷惑，不知道该怎么打算。我必须去找找附近是不是有家庭收容所。真希望格鲁维尔小姐能帮我。似乎我只能牢牢抓住希望。

日记 101

亲爱的日记：

我想哭，想逃离这栋房子，永远不回来。我不知道去哪里弄到八百美元！房东一直打电话给我，问我有没有钱付房租。就在今天，我收到一封信，上面说，如果我们五天内不把车钱付了，车子就要被收回。到明天，距我堂兄被杀，父母离开这个国家就满两个月了。从那时起，我就成了一家之主，照顾年幼的妹妹和我自己，做我妈妈做的工作，帮人看孩子、煮饭、打扫卫生、洗衣服，还要在学校里努力保持好成绩。

昨天，科学老师告诉我，我没有通过她的考试，而必须通过才能毕业。我沮丧极了，一直以来我都是拿 A 和 B 的学生，现在却不及格。十二年的学习生涯中，我从来没有拿过 F。老师们总说我是其他同学的榜样，我一直是班上最负责任的学生。我感到自己让大家失望了。我也没有按时去上学。当我出现在学校时，老师们开口训

---

①一般教育发展考试，一种全美承认的可替代高中毕业考试的文凭考试。

斥我。他们的责备真的很伤人。我感到他们都在跟我过不去。我想跟他们解释，我正在经历一段十分艰难的时期，但他们似乎并不关心。他们介意的只有我没做布置的功课。大部分老师不想费神管原因是什么。在毕业班的年刊课上，我志愿做自由写手的页面，也确实做了。是在家里做的，可做完时已经过了午夜。不幸的是，该交上去的那天，代收欠款的人出现在家门口，想要拿钱，所以那天我没能交到学校去。第二天我去了学校，老师不接受我做的作品。她说太晚了，已经有人替我做了。

这几个月是我一生中最倒霉的时期。三年级本该是高中最快乐的时光，但我想老天这么安排是有原因的吧。我讨厌把所有的问题都向你倾诉，日记，但我没有其他的地方可以倾诉。毕竟我总是梦到上大学，成为一个人物。现在我感到只有一个选择——退学，找一份全职工作帮助父母解决债务问题，直到他们回家。

老师拒绝我做的年鉴之后，我想对自己说：忘掉它吧，这足够令我停止手上所有正在做的事。那天快结束时，出于绝望，我跑去和格鲁维尔小姐以及同学们聊天，告诉他们我就快要死了，我要退学。我号啕大哭。他们拥抱我，听我倾诉。他们没有像其他人一样给我定性或者贬低我。我不敢相信他们这么善解人意。他们甚至鼓励我留在学校，并提出帮我补课。尽管发生了这么多戏剧性的事件，我还是决定不放弃。我会设法挣到钱付房租，跟上班上的同学，我甚至会抽出时间和大家，包括格鲁维尔小姐一起去参加大学之旅。和这样一个充满关爱的“大家庭”一起，我又恢复了力量，为梦想而战——我要从高中毕业，去念大学。

日记 102

亲爱的日记：

格小姐班上的每一个人都在谈论今天要交的大学申请信。信里讲述的是发生在我们生活中的一项重要事件。我心想，自由写手们多幸运啊，他们能够理直气壮地说："我要读大学。"而我却不可能说这句话，原因很简单：我是非法移民。

我希望能在申请信中写下生活中最重要的事件——我的家庭是如何移民到美国的。我的母亲把她的孩子们带来，是为了给他们更好的生活。她带我离开那个烂醉如泥、虐待成性的父亲，希望我们有一个更加美好的未来，并获得她生命中从未有过的受到良好教育的机会。谁能想到获得教育的机会竟如此艰难呢？讽刺的是，我被带到这里来是为了受教育，而现在，我感到正在被剥夺将来受教育的权利。

当我看了谭恩美的《喜福会》后，似乎明白了很多事情。我发觉书里面的母亲们和我的母亲一样。虽然我不是中国人，但能够理解四个女儿对各自的母亲的感情。即使她们和母亲之间有代沟，她们也仍旧感激母亲为她们做的一切。这本书让我对母亲多了很多感激。《喜福会》里的女孩们能够克服面对的困难，我为什么就不能克服自己眼下的困难呢？

关于旅程的记忆，或者说为了来美国而付出的努力，已被我深深埋在心底。四岁的时候，我被两个陌生男人抱在怀里。他们在死寂的夜晚领着我穿过布拉沃河，从墨西哥到了得克萨斯。布拉沃河的名字出自西班牙语，意思是“愤怒的河流”，因为它波涛汹涌，夺走了很多想横穿河流的人的生命。

有时候，我闭上眼睛，能听到风吹过河流和周围树木的声音。我记得曾坐在一个坚硬的轮胎里，在冰冷浑浊的河水中央漂流。我很恐惧，怕河水把我活生生地吞噬。那一刻我只想躺在母亲的怀抱里。她和妹妹待在我身后的另一只轮胎里。成功渡河后，我们被带到一个男人的房间。他是个“引导外国人从墨西哥偷渡进入美国的不法分子”，他要帮助我们渡过第二个难关——边界，并且不被移民局抓住。有过这番经历，我今天才待在这里。

因为我是一名非法移民，就算穿过了边界，麻烦也没有随之消失。一年级的时候，我觉得自己会因为一八七号提案被赶出学校。现在我没法做兼职，也没法申请上大学。有一次，我甚至责备母亲，是她给我带来这么多麻烦，因为我没有留在这个国家必需的证件。责备母亲是我曾犯过的最大的错误。她只是想给予我们最好的东西。如果她知道在这个人们口中的“梦想”之国生活下去比想象中要艰难得多，她就不会把我们带到这里。她会在自己的国家尽最大的能力抚养我们。

到了今天，我还是不知道我们历尽艰辛来到这里是不是枉费工夫。为了争取一个珍贵的机会，我被带到这里，但是很不幸，这个机会没有降临到我身上。我知道事情并不容易，但依旧要争取自己想在这里得到的东西——教育。你知道，我来这里就是为了这个目的。我必须实现梦想，成为一个教育家，帮助和我一样的年轻人。

日记103

亲爱的日记：

长大后，我总是以为自己不是会退学就是会怀孕。当格小姐开始谈论大学的时候，我觉得她仿佛在说外语。她没意识到像我这样的女生不会念大学吗？除了格小姐，我甚至不认识别的高中毕业的女人，更别说上大学了。所有跟我同年级的女孩都被墨西哥人带坏了。就像她们说的那样，假如你在街区出生，那么将来你还会死在这块地盘上。

当格小姐说“我能做任何事情”，“去任何地方”，以及“能成为任何人”——甚至是总统时，我想她疯了。我一直以为能上大学的人都是有钱的白人。她怎么会希望我也上大学呢？毕竟我住在贫民区，有棕色的皮肤。

但是格小姐一直把这样的想法灌输到我的脑子里——我从哪儿来或者有什么样的肤色都不重要。她甚至给了我一本书，叫《芝加哥，长大吧！》，书中的人物看起来跟我挺像，他们成功地脱离了贫民区。

今天在课堂上，她让我们做了关于未来目标的演讲。我想她的疯狂对我产生了影响，因为我发觉自己在考虑成为一名老师。我开始想，我能教育和自己一样的年轻女孩，她们也能“成为人物”。

我打算告诉全班人，我想成为一名老师，但是听了其他人想成为律师、医生、广告人的理想之后，我宣布，“有一天我要成为第一位拉丁裔教育部部长”。令人惊奇的是没有人取笑我，相反，他们开始鼓掌欢呼。有人甚至告诉我，他们能想象出我取代莱利部长工作的情形。他们越是鼓掌，我越觉得这个目标真的可能实现。

我第一次觉得，人们以前说的住在贫民区和拥有棕色皮肤的情形不一定适用于我。所以回到家时，我写了下面这首诗歌。

他们说，我说

他们说我是棕色人种。
我说，
我很自豪。

他们说我只知道如何煮饭。
我说，
我还知道如何写书。
因此，不要以貌取人。

他们说我是棕色人种。
我说，
我很自豪。

他们说我不会是国家的未来。
我说，
停止对我的歧视。
相反，
我要用我受到的教育，
帮助人们建设家园。

我迫切地想在明天读给全班人听。

日记 104

亲爱的日记：

格小姐让我们当着全班人的面做一个口头报告，内容是我们想成为什么样的人。她计划让我们考虑将来的职业。我们把卡片上所有关于第一和第二职业的选择都填满了。我填了三四张卡片，每次第一选择都不一样。虽然换了好几张卡片，我的第二选择却保持不变。

最终，轮到我站在全班人面前，谈论我的未来。一站在那儿，我就开始谈论自己的梦想——成为一个电影制片人，拍电影。我滔滔不绝地谈论着梦想，然后补充说："但是现实生活中，我想成为一个——"格小姐注意到我并没有把自己的梦想当真，不假思索地打断了我："你说'现实生活中'是什么意思？为什么你不努力争取做自己喜欢的事？去追逐你的梦想吧！"我理解她的意思。我可以的！我想拍真实的电影，影响人们日常生活的电影。

我和一些电影制片人的经历有相似之处。比如我最喜欢的制片人理查德·罗德里格斯和昆汀·塔伦蒂诺，他们也因为出身遭到人们的质疑。在今天之前，假如我告诉别人想成为一名电影制片人，他们会认为我精神错乱，会建议我这个贫穷的拉丁小孩去从事"更现实"的职业。幸运的是，格小姐和自由写手们并不觉得贫穷和拉丁背景会成为一名电影制片人的障碍。他们相信我能实现梦想。有他们的支持，我知道我可以实现目标！

日记 105

亲爱的日记：

历史学家说历史循环重复，但是我成功地打破了这个怪圈，因为我就要从高中毕业去读大学了，这个机会我的父母从来没有过。我父亲只读到小学二年级，因为他的父亲，也就是我的祖父需要人帮忙干农活、照看牛群。在父亲读小学的两年中，没人教他读书或者写字。他的老师把所有“穷孩子”送到外面去玩耍，或者去花园干活。他们把我爸爸那样的孩子看作干活儿的好手。不论过去还是现在，这一点在墨西哥郊区都十分普遍。

我母亲只读到小学六年级，对于一个女人来说，受教育有悖传统。外曾祖母不准她上中学，她想成为一个会计的梦想从此破碎了。她被送到缝纫班，这样就能成为一个“真正的女人”，就算以后结婚了，也不会受苦。

因为他们在教育上吃的苦头，父母对我特别严厉。我四岁的时候，他们就要我练习写自己的名字和数字，让我记住各种颜色。再长大一点，他们要求我每天阅读，做家庭作业，这些逐渐成为日常生活的一部分。当别的孩子下午在外面玩耍时，我就待在屋子里学习或者读书。

现在格小姐又对我严格要求。自年初以来，格小姐就一直在谈论如何进入大学，以及不同的大学是什么样的。上大学的念头吓到了我。格小姐看出了我们的恐惧，她组织了一场旅行考察，去参观不同的大学。那天早上我们去了国立大学。在那里，我们了解了关于经济资助、大学生活以及进入大学的程序等信息。在国立大学待了半天，我们又去参观一所小型的私立专科学院和一所大型的综合性大学，体验它们有什么不一样。

考察结束后，我决定去一所社区专科学院，因为那里的校园和班级比综合性大学的要小，更容易管理，你能和教授们互动，有更好的师生关系。我打算过两年再转到一所综合性大学去。现在我担心的是即将走出的第一步。

我感到自己很像罗伯特·弗罗斯特的诗歌《未选择的路》中的游子："一片树林里分出两条路，而我选择了人迹更少的一条，从此决定了我的一生。"

我就是遇到两条路的旅人，面临一个选择：可以走一条家人常走的路，然后找到一份工作，或者走一条少有人走的路，成为家里第一个上大学的人。我决定走那条少有人走的路，因为从长远来看，这条路的前景更好。我知道上大学的决定会影响妹妹们，她们以后走这条路时，不会再和我一样感到恐惧。

日记 106

亲爱的日记：

柯林·鲍威尔曾经说过："克服障碍的最好方法就是利用团队。"格鲁维尔小姐是团队力量的拥护者，这就是她要把国立大学的研究生和自由写手们联系在一起的原因。每个研究生将指导两名自由写手，格鲁维尔小姐让我们相互学习。指导者将和我们分享他们出于年龄和经验而获得的智慧，我们将和他们分享自己的经历，以帮助他们成为更好的老师。

在国立大学的第一晚，自由写手们两人一组，每组安排一名指导者。我的伙伴叫贝琪，指导者叫莎拉。那晚我们谈天说地，相互了解。莎拉对我们的目标十分感兴趣。贝琪想成为一名病理学者，我想成为一名航空工程师。

为了帮助我更多地了解工程师这个职业，莎拉开车带我去了位于帕萨迪那的喷气推进实验室。在那儿我遇到了约翰·马修斯。马修斯先生是一名工程师，他向我们展示了一些参观中不常见的东西。其中有一间天体登陆车模型展览室。这些登陆车用于火星漫游。我感到自己就像一个身处糖果店的孩子。

我曾在电视上看到科学家大力宣传太空漫游，现在居然获得了宝贵的机会和这类事物亲密接触。我似乎看到自己和参与火星漫游计划的工程师并肩合作的情景。“那可能是四年后的我。”我暗自想，心中充满敬畏，想不出任何问题要问马修斯先生。但是莎拉在我身边，她问了些她认为我可能想搞清楚的问题。谢天谢地，我有一个像莎拉这样的指导老师。

然后我得到特许，进入一间小屋子，那里有几台电脑，工程师利用登陆车返回的信息在绘制太空漫游地图。由于登陆车和地球失去联系已经超过九十天，我被允许移动电脑里的登陆车。一切都那么摄人心魄，马修斯先生让我放松下来，他把我带到一个区域，那里展示着放大的三维火星图片。他向我说明火星上的一些石头是如何命名的，比如一块叫作瑜伽熊的石头就是因为长得像熊而得名。

参观完之后，我开始想象自己参与类似的任务时的情景。我现在能想象出自己以此为生的样子。梦想慢慢变成了现实，但是我的下一步并且是最重要的一步就在眼前——上大学。

日记 107

亲爱的日记：

今天自由写手们在巴特勒小学对孩子们进行了指导。我现在心情愉悦，因为我们做了有意义的事，也许会改变某些人的生活。这些孩子就像莲藕。莲花不是长在游泳池中，而是长在泥泞的池塘里，生活在肮脏的环境中。但是在泥泞的池塘里却有美丽的花儿浮出水面。我希望这些孩子在我们的指导下能像莲花一样美丽。

巴特勒小学位于长滩最危险的帮派横行的公园附近。过去这里充斥着枪战、贩毒和其他非法活动。街角有一家酒店，就在小市场旁边。学校四周有栅栏包围。浅灰色的建筑枯燥而单调，虽然建好才几年时间，看上去却十分陈旧。学校前面伫立着几栋房屋，墙上有涂鸦，窗户安装着栏杆。夜间行路不太安全，因为附近有帮派活动。大部分孩子都住在学校附近，十岁之前都亲眼目睹过飞车枪战。

巴特勒小学的一位老师读了一篇刊登在《洛杉矶时报》上的关于自由写手的文章。这篇文章写得鼓舞人心，于是全国各地有很多老师作出了热烈的回应，邀请我们去他们的学校演讲，想让他们的学生听听我们在现实生活中的成功故事。

我们来到小学的礼堂，面前坐着五十个孩子。这些孩子来自不同的种族，有黑人、白人、拉美人，以及亚洲人。通常格鲁维尔小姐都会陪着我们，但今天我们是自己来的。我们接过火炬，把关于宽容和教育的信念传递给这些孩子。我们放映了一段自由写手在华盛顿的纪录片作为演讲的开始，放完片子后回答了他们提出的关于旅程的问题，然后向他们介绍我们自己。后来我们玩起了破冰游戏。孩子们在屋子的一边，我们在另一边，中间的地上有一条白线。自由写手们必须沿着线走，朗读纸上写的话。有的问题是："谁穿了一件绿色的衬衫？"或者："有人知道他们将来要做什么吗？"如果问题与小学生们有关，他们就必须站在白线上。快结束时,有些和个人息息相关的问题出现了。我们问他们："有人看到过别人被枪击吗？"几乎每个人都站在了白线上。那一刻我们决定和孩子们分享一些自己的经历。

一个自由写手说起他曾经加入帮派，在街头生活的故事。另一个说起他曾经退学，并且认识到现实的人生并不是幻想中的世界。一个自由写手谈到她的朋友们被杀害时，角落里的一个小姑娘开始大哭。我把她拉到一边，问她怎么了，但是她越哭越凶。她开始诉说自己的朋友是如何被杀害的。之后有更多的孩子开始讲他们的经历。有些故事和自由写手们的经历很相似。我们讲了更多的故事，并且问他们，这是否就是他们想要过的生活。大家异口同声地说："不是！"那天结束时，所有的孩子都宣称要成为"医生、律师，还有老师"，也承诺要回到他们居住的社区面对问题。我们拥抱了他们，鼓励他们坚持梦想和目标，并一直努力。

太惊人了。我记得我们从华盛顿回来时，格小姐说孩子们会把我们当英雄看待，也会想成为自由写手。我们嘲笑格小姐，没把她的话当回事。但我们现在知道了，不要怀疑格小姐。

日记 108

亲爱的日记：

我没想到写作如此艰难，非常单调乏味，难以继续，但同时也令人满足。格小姐布置的写作任务需要一遍又一遍地打草稿，直到一切变得完美。我不禁想象，当南希·瑞德经过一遍又一遍的修改来完成一个故事时，该有多艰难。那就是她所做的，她努力让自己在《洛杉矶时报》的工作更加完美。

南希·瑞德是一名出色的记者，她刚刚写了一篇关于我们的故事。看起来她真的关心我们的过去和未来。她只是一个微不足道的人，但全心全意地对待工作。她保证我们说的话会在报纸上一字不差地被报道出来。

南希的文章发表后，似乎全世界的人都读到了它，不断有人来拜访二〇三教室。我们不得不安排一个学生在课间做接待员。我们还收到许多来自世界各地的邮件，不知道怎么处理它们。我们也收到了多得惊人的大学学费捐款，这让人十分感动。人们感谢我们在自我教育和教育他人时所做的事情。甚至囚犯也写信给我们，说希望我们在未来能取得成功，因为他们对自己的未来十分怀疑。孩子们写信说敬仰我们，大人鼓励我们继续努力。我从来不知道一篇文章能够得到这样的回应。一名从《联合报》报社来的记者打电话说，想给我们做一个专访。我很好奇这篇专访会得到怎样的反响。

日记 109

亲爱的日记：

以前我收到过很多囚犯写的信。小时候，我每个礼拜都会收到父亲的来信，当时他正在坐牢。我对这些信无动于衷，它们仅仅提醒我父亲依旧在坐牢。所以我从来没想过，一封来自陌生人的信会令我哭泣。

我妈妈常说，过去总会回来纠缠你。她说得没错。我的过去似乎总是能找到我。只是这一次它打击了我，而且是给了我伤害最深的一击——关于我的家庭。我收到一封陌生人的来信，一名在西弗吉尼亚服刑的犯人在报纸上读到一篇关于自由写手的文章。他让我想起自己成长过程中的价值观和准则，让我想起为了走到今天这一步不得不克服的障碍。

看了他的信，我想起了父亲。莱昂纳多（那个犯人的名字）只有十八岁，因为一桩冤案面临牢狱生活。最糟糕的是，他有一个八个月大的小女儿。她就要像我一样在没有父亲的环境中长大。莱昂纳多是清白无辜的，但他就要在监狱里度过余生。他像我一样，成长过程中一直被教育不能出卖朋友。我父亲正是因此在监牢中度过这么多年——他绝不告发他的朋友，因此我这么多年都没有父亲。

也许莱昂纳多的女儿会患上恐惧症，看到鸟儿关在笼子里就会恐惧，就会想到关在"笼子"里的父亲，想起他的牢房。我还是小姑娘时也一直有这样的想法。我要给他写一封回信，鼓励他做正确的事。

他必须告诉法官他是无辜的，这样他才能重新当上女儿的父亲。

在给我的信中，他引用了安妮·弗兰克的一句话，说他也感到自己“像一只困在樊笼里的小鸟，有时候真想飞走”。这就是文字的力量。莱昂纳多不知道安妮·弗兰克是谁，但是他也引用了她的话，因为我在报纸上引用了。媒体拥有强大的力量，可以触及世界每个角落的人，这真是令人惊愕。

日记110

亲爱的日记：

我一直觉得我父亲是懦夫，因为他在我妈妈怀孕的时候离开了她。我的父亲和母亲没有结过婚，但我认为他离开妈妈的原因是他当时没有工作，无法照顾我。有时候我觉得他是一个坏人。他吸毒，没日没夜地喝酒，待在家里无所事事。大部分认识我父亲的人都把这些想法灌输进我的脑袋。

父亲错过了我大部分的人生，尤其是过去几年我当自由写手的时候。他错过了我去华盛顿的旅程，错过了我和教育部部长的会面，而他将要错过的最重要的事就是我六月份的毕业典礼。

格小姐让我们读加里·索托的《杰西》，书里写一个十几岁的孩子，虽然有亲生父亲，却和继父住在一起，这让我想到自己的生父，我也不太可能有他在身边陪伴。读完书后，格小姐给我们布置了一项作业，让我们去了解不同的文化，访问自由写手，了解他们的家庭。我很担心同学跟我互动时，我该说什么。我不想做这项作业，因为我对家庭的过去一无所知。我父亲从来没有对我提起过。

我认为自己是拉丁美洲人，于是和拉美裔的朋友及同学交往，借此了解情况。当我见到朋友们的父亲时，开始好奇我自己的父亲是什么样子。我长得像他吗？他和我一样高吗？我们趣味相投吗？我真想见到他。

了解自己的文化背景后，我问妈妈，我们能不能去见他。我每天都会问她，但是她的回答一直是“不行”。有一天，学校没有课，妈妈突然问我：“你想去见父亲吗？”我惊呆了！妈妈觉得该让我见见父亲了，因为我已经长大。我还以为她绝不会带我去见他。我真的太开心了，像个小孩那样蹦蹦跳跳。

去见父亲的当天，我又紧张又兴奋。这么多年我对他没有一点了解，今天就要知道他离开妈妈的原因了。我们花了点时间才找到他住的地方。妈妈走到门前，问我爸爸是不是住那儿。房子的主人，也就是我的奶奶告诉妈妈，爸爸的确住在这里。我笑开了花，因为现在终于知道爸爸住哪儿了。妈妈告诉了奶奶我们来这儿的原因。但奶奶说，我父亲病得很严重，不想见任何人。我问她我能不能进去，打声招呼就走。她说不行。我跑到妈妈的车里放声大哭。

那本该是我们多年后终于重逢的时刻，我本希望我们能一起度过那一天。我下了车，再一次走到奶奶跟前，对她说：“求求你，我很想见父亲，我有这个权利，你知道！”但奶奶仍旧说不行。我告诉妈妈我想离开，随即便走到车旁等着。我太失望了，妈妈和我大老远到他的居所来看他，但离开的时候，都不知道他为什么不想见我。

现在，我知道父亲是一个懦夫。一个故作姿态的违心的懦夫。他无法像一个真正的男人那样面对自己的亲生儿子。有了这次经历，我不想再见他。我知道，我不会成为像他一样的懦夫。

日记111

亲爱的日记：

“叮叮当，叮叮当……”我看着学校里最受欢迎的人，那些我曾以为是绅士的人，站在一年级女生面前说着猥亵的话。尖酸的话语在空气中回荡，混合着啤酒散发出的酸臭味。在学校流行的女生联谊会上被戏弄后，这些幼稚懵懂的女孩很快就不再单纯了。

年龄大一些的女孩，也就是联谊会的成员，包括我自己，都眼睁睁看着这些男孩嘲笑准备入会的女孩，对着她们咆哮。我好奇这个仪式怎么进行，想起了当初立誓入会的情景。

一年级的秋天，高年级的朋友邀请我参加女生联谊会。我没有考虑太多，只是简单地想：为什么不行呢？那是交到新朋友的途径。我和最好的朋友很幸运。联谊会主席成了我们的“姐姐”，这意味着在整个立誓入会仪式中，我们逃过了很多捉弄。幸运的是我不必做那些初入会的人要做的事情。我甚至不知道入会之夜的事情，也不关心。

我错过了一个个入会之夜，之后都会听到入会者讲起恐怖的经历。她们没有我那么幸运，总是故作洒脱地开玩笑，说起前一晚发生的事情。“你太幸运了，不用经历昨晚那种事。”一个入会者说，“我们必须玩一个游戏，最受欢迎的高年级男生站在我们面前……”她们告诉我男孩们如何对她们喊叫，告诉她们要做什么。入会者必须跪在他们面前唱歌。她们告诉我，她们要坐在男孩的大腿上，为他们唱歌，甚至亲吻他们。那一刻我感到恶心。但是这些并没有影响到我，因为我不必经历。但是我们没有意识到这到底有多么污辱人、多么粗俗可耻。不幸的是，这是想出风头必须付出的代价。

我现在已经是所谓的“受欢迎”的人了。我震惊不已地站在那里，听年轻姑娘们唱“叮叮当，叮叮当……”，还是无法相信眼前这一幕。我看到入会者跪在离男孩们只有咫尺之远的地方，而男孩们站在她们面前。一年级女生一边唱着这首歌一边强忍着恶心，高年级会员则聚集在周围观看。几分钟后，那些男孩不满起来。起初我不知道为什么，直到听到一句“这些该死的婊子闭着眼睛，让她们把眼睛睁开”。高年级女生不顾他们的吼叫，继续观看。三年前她们参加这个仪式时，男孩们甚至可以更放肆，今天女孩们不必过这一关了。讽刺的是，高年级女生都以为是她们帮这些女孩免受凌辱的。慢慢地,大家失去了兴趣，这个游戏结束了，但是捉弄还在继续……

当我看着人们捉弄新生时，突然意识到这一切是多么徒劳。我不理解这些新生为何只是为了“受人欢迎”，就要让自己经历这种折磨。而我正是这个联谊会的一名积极分子，允许这些可怕的事情发生。我为何竟然没有说些什么？为何没有做些什么？作为一名自由写手，我不明白自己怎么能站在一旁让一切发生。我真希望自己毫无顾虑地说出来，告诉她们这一切真的没有必要。此刻，我意识到“受人欢迎”仅仅是一个词，在现实生活中毫无意义。那一刻，我不想再成为这种团体，或者任何贬低人格的团体中的一员。但是受人欢迎的渴望总会给人们带来损失和伤害。

日记112

亲爱的日记：

现在是一九九七年的圣诞节，我真的很高兴又和爸爸在一起了。和他在一起的每一刻，我都感到他对我而言是多么重要，能拥有他是多么幸运。我知道有很多人甚至不认识他们的父亲。我珍惜和父亲度过的每一刻。

这让我想起差点失去他的那一瞬间……

“肖恩，怎么了？和谁在通电话？”妈妈问哥哥。我听不到哥哥对妈妈说了什么，但妈妈接了电话后走到房间里，把门关上了。

我正在想是什么让妈妈烦扰，她突然打断了我的思绪，开始慢慢和我说话。“泰瑞斯，我必须告诉你一件事，我说话时，宝贝，请保持冷静。我刚接的电话是医院打来的。他们告诉我，你爸爸被人开枪打中了。他头部中枪，现在处于生死关头。对不起，宝贝。”听完她的话，我无法呼吸。胃部的疼痛似乎穿过胸膛进入喉咙，然后在脑袋里盘旋。我无法思考，无法言语，手足失措。我想我就要死了，因为身体缺氧。我开始大声叫喊，声音大到大概周围每个人都听得到。除了大声叫喊，还能做什么别的事吗？

我们去往医院六楼的加护区。在电梯里，我一直在想爸爸是什么样子。他的头是歪着的吗？头上的枪伤在哪儿？我该和他说些什么？他还认得我吗？我走出电梯，慢慢走到爸爸所在房间的门前。一路走过来，看到如此多的病人让我感到胃疼。看到祖母时，我并没有反应过来她趴在谁的床边，直到我看到床上的人。爸爸看上去很可怕。他的头显得很大，身上大约有七八处伤口。他身上连着四五台不同的机器，一根大管子插在他的喉咙里，一部分从鼻子里伸出来。我不知道该做些什么或是说些什么，不禁哭了起来。我哭得声嘶力竭，引得护士走过来要求我离开。“爸爸，你醒醒。醒醒，爸爸！就是现在！你现在不能死。请醒醒吧。我们需要你。我爱你。哦，不！”但我被强行推出病房，然后带到另外一个房间，里面有很多椅子，还有两扇巨大的玻璃窗。我盯着窗户，开始向它们控诉。如果爸爸死去，我为什么还要活着？没有爸爸，我的生活将毫无意义。

爸爸经历了漫长曲折的康复过程，在医院进进出出，让人提心吊胆。直到今天，他说话时仍然有困难。他患上了癫痫症，而且记忆力也不如以前，但是现在的身体状况比以前强多了。因为不能取出，子弹仍留在他的颅内，这让我害怕他随时都会出问题。

我同情那些失去爸爸或妈妈，或者失去双亲的人，理解人们失去至亲后被恐惧击倒的感觉。爸爸不是唯一带着伤疤活下来的人，我也是这样。我带着他的伤疤活着，每天却活得很轻松，还好那只是个伤疤。我很庆幸爸爸仍然活在世上。

日记113

亲爱的日记：

没有比在平安夜庆祝妈妈的生日，而她却不在更令人伤心的事了。离我妈妈去世已经八天了。今天是她的四十八周岁生日。节日应该是和家人一起度过的快乐时光，但今年的平安夜对我们来说却是一场悲剧。因为妈妈的生日是在平安夜，通常她都能收到双倍的礼物。我告诉她今年会不一样，今年过生日那天，她可以什么都不用做。但我错了。一个月前，她去看医生，医生说她病得很严重，最多只能再活三个月。事实上，妈妈后来只活了三个星期。

妈妈死于致命的癌症。自从发现她的病情以后，我就知道这一天总会到来，只是没想到一切来得如此之快。我希望她能和家人在一起度过最后一个圣诞节。就像去年那样，我们准备在平安夜拆开礼物，然后再留下一些在圣诞节早上打开。那是我们家的传统。现在一切都变了。今年，我们没有圣诞树，可能也没有圣诞大餐，我不知道怎样处理妈妈的那些礼物。我该拿它们怎么办？是应该留着它们还是丢掉，还是把它们留给妹妹呢？我只知道当别人打开礼物时，我却准备将妈妈的东西打包。

妈妈离去得这么突然，这么让人始料不及，我都没有机会和她说说话。最糟糕的是，我甚至没有机会和她说再见。没有说告别的话，没有说“我爱你”。格鲁维尔小姐曾经说过：“时间就是一切。”妈妈不应该在这个糟糕的时候死去：我正上高中三年级，这是圣诞节前一个星期，离毕业只有几个月。

妈妈死于十二月十六号。那一天，我就知道会发生什么事，因为我到学校时感觉浑身不舒服。回到家，我注意到她戴着呼吸罩，但当时并没有在意。我以为是她从医院拿来的一件医疗设备，因为每个星期她都会尝试新的治疗方法。所以我想回到自己的房间，为晚些时候举办的自由写手的假日聚会作准备。我正要离开时，邻居（当时正好在探望妈妈）在另一个房间里拼命叫我。她告诉我，妈妈刚刚去世。我不相信她的话，我必须亲眼看到才能相信。我朝妈妈的房间走去时，听到妹妹正哭。看到妈妈那一瞬间，我惊呆了。我凝视着她。她僵直地躺在床上。我心里很清楚，如果那一刻哭出来，我将失去理智。

直到现在，我的一些问题都还没有得到解答，而且也缺乏决心。我就要长大了。当我需要帮助的时候，谁会来帮我呢？我独自一人，爸爸和妈妈都不在身边，我得不到任何指导。

格鲁维尔小姐和自由写手们想帮助我度过困境，但是我不停地把他们从身边推开。我经常对他们说“我很好。”“我很好……不必担心我。”但事实是我一点也不好，而且很糟糕。不知道为什么，我不想让任何人进入自己的生活，不想寻求帮助，虽然我经常被教导有接受，才会有给予。

现在我需要敞开心扉，而不是推开想帮助我的人。身为一个自由写手，我明白人们可能为别人做很多事情，却不求任何回报。也许他们可以帮助我克服伤痛，作为回报，我可以向他们敞开心扉，让他们成为我的亲人。这样我就不会再孤单了。

下面是报纸对我们的一些报道的标题：

写作宣泄痛苦，
少年提倡宽容受到尊敬

用写作疗伤
——少年自由写手通过写作探讨问题

学会宽容：大屠杀幸存者诉说逃脱纳粹迫害的经历

文学改变学生的困境

隐藏安妮·弗兰克的勇敢女子做客威尔森高中

鼓舞学生：
自由写手谈论努力工作、实现目标、追求梦想

波斯尼亚的“安妮·弗兰克”莎拉塔向威尔森高中学生叙述她的经历

自由写手和他们的老师传播宽容精神，
《街头日记》纽约发行

她让他们睁开眼睛：
艾琳·格鲁维尔利用大屠杀的历史教育学生要宽容

高四下学期

一九九八年春

格鲁维尔小姐的日记

亲爱的日记：

我们刚刚结束圣诞假期回来，随后就接到一个电话，祝贺我们获得了“安妮·弗兰克精神奖”。美国的“安妮·弗兰克中心”设置这个奖，是为了奖励那些有坚持信念的勇气，不断前进，并积极对抗社区中存在的反犹太主义、种族主义、偏见，以及由偏见产生的暴力主义的人。但是有一点，我们必须亲自去领这个奖——下个星期四，在纽约！

十月，在由我掀起的大学狂潮中，我鼓励学生们申请奖学金。我在学术杂志《视界》上看到一则广告，宣传推广“安妮·弗兰克精神奖”，奖励那些在社区中同歧视作斗争的学生。这听上去是值得传播的好消息，所以我让一百五十名学生全都参加了。填好申请表，我个性中好强的一面显露出来，相信我的学生一定能赢。

安妮·弗兰克中心收到我的申请那天，一位叫碧翠丝的女士打来电话说，早上喝咖啡时她一直在哭，因为我的申请写得太感人了。她说我的申请完全异于传统，因为中心只接收个人申请，不接受集体的。她想知道我能否重新递交申请，选择一个学生代表全体。我说我们是一个整体，要么全体参加，要么就退出。

十一月我去了纽约，与中心工作人员见了面。很明显我们是佼佼者，但中心还不太确定怎样让自由写手们来纽约。我说："如果我们赢了，我会想方设法让孩子们来。"

巧的是我在纽约时，《洛杉矶时报》上关于自由写手的文章被纽约一家报纸转载。星期天回到家，我发现录音电话里有一大堆留言。我不知道他们是怎么找到我的，但电视、杂志还有报纸都打电话过来，希望报道我们的故事。这一切太不可思议了，三年来我们一直都名不见经传，而在一个星期里就突然有机会赢取奖项——现在还有可能出现在电视上。

在从容地处理好一切之前，我努力让所有电视栏目都不要接近我们。而康妮·钟在第三节课时打电话过来，我知道她将是最佳人选。她要把我们的故事放到美国广播公司《黄金时间现场直播》节目上播出。

我只有不到十天的时间去想怎样把我的学生弄到曼哈顿，与康妮·钟见面，并让他们保持常态。我们得到的关注越多，我的自我保护意识就越强。我就像一只知更鸟，看到有人想破坏二〇三班时，便俯冲下来发起攻击。如果察觉到他们有更进一步的意图或者哪怕一点点虚伪，我就会努力庇护孩子们。

即使还没有预订机票和旅馆，我们也有办法在下星期乘上飞机。《洛杉矶时报》登了那篇文章后，GUESS服装公司给我打过电话，希望能为我们的项目提供帮助。或许我该和他们接触一下，看看他们能不能帮忙让一些学生亲自去纽约领这个颇有声望的奖。

日记 114

亲爱的日记：

我刚刚从 GUESS 的洛杉矶总部回到家。这星期早些时候，格鲁维尔小姐告诉我们，GUESS 决定赞助我们中的四十五人飞去纽约，亲自领安妮·弗兰克精神奖。我非常幸运地成为被选中的学生之一。

回到家，我还处于兴奋之中。我告诉妈妈，我们见到了 GUESS 的工作人员，他们送了礼物，给了我们一个惊喜，并向我们简要介绍了公司的历史。我们还知道了他们为什么要赞助我们去纽约。马西阿诺兄弟（公司创立者）是犹太人,他们的父亲是法学博士。在大屠杀期间，他们全家逃往欧洲。

我积极地为这次旅行做准备，所以决定打电话给爸爸，告诉他明天我即将动身。他没问我是不是准备去纽约，也没说带我去购物或为这次旅行给我点钱。什么也没有!

和他的对话令人失望，我开始思考。一个甚至完全不知道我这个人的公司都这么愿意帮助我，而我爸爸知道我是谁、住在哪里、电话号码是多少，但他的所作所为就好像我不存在一样。这真是令人遗憾。

十八年来，他的行为影响了我的生活。爸爸经常向我许诺，但从来没兑现过。妈妈生活窘迫，因为她独自抚养我。过节期间，爸爸也会给我带礼物,但真正需要他为我提供什么的时候,他就显得十分勉强。我只有别无选择的时候才要求他的帮助。

当我确实需要他的帮助时，他要么拖延，要么让我求助于祖母。我并非总想从他那儿拿钱，只是希望生活中有一个支持我的爸爸，会在我陷入困境的时候陪在身边。我经常想，为什么他从来就不能抽出时间和我待会儿呢?

这次旅行能穿 GUESS 的衣服，让我想起了童年，那时我是多么想穿品牌服装，因为我需要在学校里被人接纳。每个人都穿着 Nike 和 Cross Colors，我却穿着“Pro Wings”和旧货市场上的特价服装。这让我感觉没有人会接纳我，甚至连我也不会接纳自己。我不接受自己，因为没有合适的衣服。很让人伤心，是不是? 不要误解，有衣服可穿，我已经充满感激，但我也想要品牌服装。爸爸让我觉得自己在家里不受欢迎，所以我真的很希望在学校能被同伴们接受。但似乎只有和他们拥有同样的东西，才会被他们接纳。

现在，我是自由写手的一分子，不需要去迎合别人或被别人接受。物质在我生活中已经不再占据最主要的地位。当然，我想要美好的东西，但不再觉得必须拥有它们才感觉完整。很多青少年那么在意物质，这太可笑了。他们从小就觉得物质才能体现自己的价值，这是个问题。这么想大错特错，会让他们成为肤浅的人。作为一名青少年，我已经意识到爱比物质更重要。物质并不能像父亲那样爱你!

日记 115

亲爱的日记:

这是我常做的梦……去纽约是我憧憬的美好梦想之一，但内心深处知道那不会变成现实。精彩的生活都在纽约，马路上人们都行色匆匆，赶去工作，出租车鸣着喇叭飞速行驶，时代广场上立着巨大的广告牌和闪烁的霓虹灯，那里还有自由女神像和帝国大厦这样著名的标志性建筑。

我刚刚接到格鲁维尔小姐的电话，她让我准备行李，因为我是被选中的自由写手之一，将作为代表去纽约领安妮·弗兰克精神奖。为了获得领奖资格，我们必须写一篇短文，说明自己为什么将是前去领奖的大使。我们仅仅有一天时间写这篇短文，要在如此短暂的时间里准确地找到想说的话，对我来说有点困难。

当格鲁维尔小姐打电话给我的时候，我努力让自己平静一些，不想表现得过于急切。但就在挂上电话的那一秒，一切都清晰了，我这才意识到她和我说了什么。她的话一遍又一遍在脑海里回响："收拾好你的行李……收拾好你的行李……收拾好你的行李！"哦，我真的要去纽约了！我要准备打包行李了！我需要更多时间！啊，我要去商场！有太多的东西需要准备！我需要一件厚夹克，听说纽约现在很冷，最近一直在下雪。

能被选中成为四十五个自由写手中的一员去纽约，我感到很意外。年初的时候，我对自己是否有能力进这个班还表示怀疑。学生们都在热切盼望，但只有一小部分人会被选中进入三年级的班级。大部分学生从刚入学起就由格鲁维尔小姐教。

一些朋友整个高中生涯都在这个班，关于班级和格鲁维尔小姐，他们每星期都有新谈资。他们只说一些令人惊奇的事，从来没有负面的东西。这一周我的朋友告诉我，他们见到了一位著名的作家，下星期他们又会说，读了一本非常有趣的书。

他们向格鲁维尔小姐倾诉一切，仿佛她是与他们一般大的孩子。她理解他们。大多数老师可不像她那样，他们只知道布置家庭作业，从来不去了解学生。

以前教过我的一些老师总有四五个得意门生，对其他的学生则完全忽视。格鲁维尔小姐是如此不一样。她会去了解你……她想要了解你。

撇开那些积极乐观的因素，对于进入这个班，我百感交集。能成为这个传闻中的美好集体的一分子，我简直欣喜若狂，但也十分恐惧。出于某些原因，我以为格鲁维尔小姐班上的每个学生都会讨厌我，他们在这个班共同度过了三年，而我现在才加入进来。我可不想成为一个外人。

我很快发现其实没什么可担心的。一年过去，他们已经把我当作他们中的一员，就像我已成为这个“家庭”的一分子……这个家庭不介意种族是否相同，只看重内心深处的感觉。

日记 116

亲爱的日记：

纽约的第一晚很让人激动。到那里后，我首先想的就是能不能巧遇一个大人物。我们将在纽约待四天。每个人都迫不及待想开始我们的行程。从机场到万豪酒店的路上，我们异常兴奋。我努力抑制自己的激动，但是做不到。“哦，我的上帝！”我说。大家都不敢相信纽约的天空这么漂亮。它是个神奇的地方，在这里，任何事都可能发生。

格鲁维尔小姐为了支持我们旅游，几年来一直在万豪国际酒店工作。纽约的万豪酒店非常豪华，从那里能看见一片壮观的景象——我们正好在时代广场中心。出租车从马路上呼啸而过，霓虹灯闪闪烁烁。万豪酒店的工作人员让我们有种回家的感觉。

在华盛顿时，格鲁维尔小姐让大家选择自己的室友。很明显，她想让每个人都和喜欢的人住在一起。“在纽约就不一样了。”她解释道。这一次，她将为我们选室友。格鲁维尔小姐做事都有深意。房间的安排成为我一生中最好的课程之一。

第一个晚上，房间里的景象吓了我一跳，因为那儿有四个女孩，分别来自三个不同的种族。让我觉得不舒服的原因是，我从来没有和其他种族的人共住过一个房间，共睡一张床，或者共用一个卫生间。我还是个小女孩时，最好的三个朋友分别是中国人、非裔美国人和白人。她们经常在彼此家中过夜，但我从来不去，因为爸爸不允许。他经常对我说，他有房子给我睡觉，我就不要在别人家睡了。我想爸爸可能是守旧或者有偏见。

直到十五岁，我才知道爸爸真正的感受。我的姐姐有一个黑人男朋友。一天晚上姐姐和爸爸发生争执。我听到爸爸说，如果她和男朋友结婚，他永远不会祝福他们。这听上去让人沮丧，但他最终竟兑现了他的话。他的偏见让人很受伤害。

颇具讽刺意味的是，如今在纽约，我的室友有非裔美国人、白人和亚洲人，就像过去上小学时我交的朋友那样。一开始，当着她们的面换衣服让我感觉非常别扭，特别是要和一个亚洲小女孩睡在一张床上。此时我只能想到爸爸。第二天，我在疲惫和焦虑中醒来，淋浴，然后准时下楼吃早餐。第一天晚上我们之间几乎没有任何交流，但第二个晚上就不一样了。

在城里度过漫长的一天后，我们饥肠辘辘地回到酒店房间，决定叫客房服务，但对于要点些什么一点想法也没有，最后选了三个汉堡包、两包薯条、一个鸡肉三明治和饮料，结账时付了四十三美元十一美分。纽约什么都贵，看到账单，我们不约而同大笑起来。吃过饭，我们开始聊天，不知不觉已经到了凌晨四点钟。接下来的一天，我们开始混着穿衣服、鞋子，合用牙膏甚至体香剂。

这次经历使我意识到爸爸的一些观念是错误的。似乎有一条无形的纽带牢固地联系着我和室友。我相信自己再也不会因为和一个不同种族的人在一起而感觉别扭了。将来有一天如果有孩子，我不会把自己小时候所受的教导教给他，因为我知道那些观念是不正确的。

我的孩子们会明白，与一个外表与自己不同，但本质却一样的人交朋友有多么特别。这么多年来，一直觉得我的生活缺少了点什么，我很高兴最终把它找回来了——

日记117

亲爱的日记：

像这样留下美好回忆的日子，是值得为之而活的。我的一天在领安妮·弗兰克精神奖时流下的幸福眼泪中拉开帷幕，在看百老汇戏剧《安妮日记》时流下的难过的眼泪中收场。自由写手们还荣幸地与有声望的大人物以及纽约的高中生见了面。

早餐时，我们因为昨晚熬夜显得有些疲倦，但都很期待去领奖。那天晚些时候，我们到达颁奖典礼现场，顿时成了众人瞩目的焦点。

这个奖从来没有一次颁给过这么多人，这也证明我们此行的真正意义所在。

我们被安排在最后上台领奖。其中一位获奖者是时代华纳首席执行官杰拉尔德·莱文。能和莱文先生这样有实力的百万富翁一起领奖，我们感到很荣幸。轮到我们上台时，好多人已经哭了。当《安妮日记》中饰演范丹的女演员琳达·莱温说“她很自豪成为人类的一部分”时，我们哭得更厉害了。她宣读了我们取得的成就，说“站在这里看着你们，让我很骄傲”，我们兴奋极了，大声欢呼起来。

晚上我们从酒店走到百老汇剧院，去看娜塔丽·波特曼和琳达·莱温主演的《安妮日记》。每个人都盛装打扮，穿着漂亮的裙子或长裤，打着领带。男士们看上去如此英俊潇洒，女孩们一如既往地漂亮迷人。演出结束后，琳达·莱温邀请我们和全体演员见面，这令人更难以忘怀。

赢得安妮·弗兰克精神奖和在百老汇观看的戏剧，让我理解了安妮写在日记里的那句话：“即使我死了，我也还要继续活下去。”

日记 118

亲爱的日记：

明天，我们将离开纽约返程回家。在最后三天里，我参观了很多以前想都不敢想的地方，也见到了以前从未想过能见到的人。就在一个月前，我对纽约还一无所知。而现在，我就在这里，就在时代广场中央宽敞的万豪酒店里。

我已经数不清我们去过了多少地方。我们一直在坐地铁和走路，游遍整个纽约城。我们在洛克菲勒中心参加安妮·弗兰克精神奖颁奖典礼，参观了学者出版社，见到了他们的执行官、副总裁和几位编辑。我们参观了道尔布迪出版公司，还看到了许多著名建筑，像克莱斯勒大厦、世贸中心、帝国大厦、圣帕特里克大教堂、无线电城音乐厅、卡耐基大厅……明天，我们还要参观自由女神像！

我们见到的都是些大人物，比如康妮·钟、琳达·莱温、杰拉尔德·莱文、彼得·马斯！在这次旅行之前，我没有太多和名人接触的经历，不清楚会发生什么。这些人“不需要”从我们这儿得到任何东西，但他们仍然花时间和我们说话，坐下来了解我们，也让我们了解他们。他们和我们一起吃饭，一起欢笑，一起流泪，给我们留下了永生难忘的美好回忆。

许多身处要职的人都会利用那些无权无势的人。不幸的是，我爸爸就是其中一员。

我爸爸是一位律师，擅长用谎言榨取好处。当父母离婚时，爸爸决定让我和姐姐、弟弟跟他一起生活。我们几个连待在爸爸身旁片刻都不情愿，更别提和他一起过日子了。法院派一个心理学家小组判断我们应该和谁一起生活。主任心理医师挤出一丝虚弱的笑容，无力地和我握了握手。这个陌生人将要决定我的命运。他声称妈妈给我洗脑，让我讨厌爸爸。其实事实很简单，我之所以讨厌爸爸，是因为他脾气暴躁。

一个周末，我和姐姐、弟弟去看望爸爸，他突然大为光火。爸爸将弟弟关在后院，不给他食物和水。周末结束，我们该回家的时候，弟弟已经因为又饿又怕语无伦次。他只想让妈妈紧紧搂着他，放声大哭。

我告诉妈妈,爸爸整个周末都没让弟弟吃饭。我没有勇气告诉她别的事。

悲惨的是，没有一个心理学家理解爸爸给我们的痛苦。姐姐和弟弟最后被迫和他一起生活。爸爸没在法庭露面，在“善良的老男孩”的面具下，他有一颗邪恶的心。为了得到想要的东西，他会不惜一切代价。他甚至还贿赂那些心理学家们。

这么多年来，爸爸一直都没有改变。他继续伤我的心。即使我不和他住在一起，他仍然用言语侮辱我，不停地说我不能毕业，不够格做一个自由写手。但我现在就是一个自由写手，这也是让我的人生得到解脱的方式。纽约之行和成为自由写手是我一生当中最美妙的经历。尽管有不利因素，我仍然会在六月顺利毕业，并在八月进入大学。我知道爸爸会竭力阻止我，也知道当我变得强大时，会尽全力打破爸爸制造的恶性循环，去帮助而不是去伤害别人。

日记 119

亲爱的日记：

今晚我见到了我的偶像，一个外表普通却特别有才华的人。在我看来，彼得·马斯不仅仅是一位记者，更是一个英雄，生动地证明了优秀的人什么事都能做好。我记得第一次读到彼得·马斯的文章，是在高中二年级和莎拉塔见面前。文章发表在《名利场》上，题目是“爆心投影点”，以他在波斯尼亚的遭遇为背景，语言非常直率生动。他写了一个关于犯罪暴行的故事，写得如此令人毛骨悚然，吸引我一直读下去。他写人们被枪指着，被迫强奸自己的女儿。这不禁让我想到如果莎拉塔还待在萨拉热窝，会遇到什么事。

我简直不敢相信格鲁维尔小姐联系到了彼得·马斯，并且邀请他到我们住的酒店来见面。我的意思是，他就在这儿，我的偶像就站在我面前。和他见面是我一生中最激动的时刻。我不敢相信自己能和他待在同一个房间，要知道，他是仅有的几位能面对面采访斯洛博丹·米洛舍维奇的记者之一。

但是这个谜一样的故事还是留了一点遗憾。当他讲完在波斯尼亚的经历，我还想知道一些事，便问道："我在电视上看《国家地理》节目时，不能理解记者怎么能眼睁睁看着动物死去。你报道战争时也一样吗？你只是坐视不管，看着人们死去吗？"房间里一片安静，自由写手们被我的问题震住了，钦慕彼得的人则像受到了冒犯。但是我得知道答案。

一阵沉默之后，彼得开始解释，他常常不得不把个人观点放到一边，尽量不卷入事件之中。如果他做出逾越记者职责范围的事，很可能引发不良后果。如果因此陷入危险境地，就不仅仅会危及他试图帮助的人，也会危及他自己和同事们的生命。他的死必然会导致更多的波斯尼亚人被杀。这是一个战地记者的职责。我释然了。现在我更加佩服他的勇气，他并没有眼睁睁看着邪恶四处传播而袖手旁观。他把在萨拉热窝的所见所闻写成文字，让人无法否认那儿正在进行种族清洗，成千上万的无辜百姓正在不断死去。

今晚我见到了我的偶像彼得·马斯——我真不敢相信这是真的。

日记 120

亲爱的日记：

年度“拉皮条奖”颁给我们的“代理人”卡罗尔。她帮助我们踏上一条充满新机遇的道路。要不是卡罗尔，出版班级日记这种事，我们想都不敢想。

卡罗尔被我们叫作“拉皮条的”，是因为我们第一次见到她时，有人问什么是代理，她的回答是——就像拉皮条的。更别提她当时的装束了：穿着一件红夹克，戴着一顶软呢男帽，拿着一根手杖。她还有个法国司机（是真的）。当他们说她像个拉皮条的人时，我有点困惑。我对“拉皮条的”的理解与她的形象截然相反。拉皮条的人应该是说话油嘴滑舌的高大中年男子，会用一种圆滑的方式操纵年轻姑娘们的思想，而不是一位五英尺高的犹太祖母。

卡罗尔非常聪明，知道怎样按照章程办事。我们从格鲁维尔小姐那儿得知，卡罗尔不会从我们这里获取任何好处，她帮助我们是出于内心的仁慈。今天见到她，我信任她，也相信她会关照我们。

日记 121

亲爱的日记：

自由写手们的书终于要出版了！我很高兴出版方是道尔布迪公司，

正是他们出版了《安妮日记》，它在世界上拥有读者的数量仅次于《圣经》。

这一切就像美梦最终成真。打记事起，我就喜欢上了写作。第一次读到 V.C. 安德鲁斯的《黄昏》，我开始尝试写作。她书里的故事令我印象深刻。除了人物角色的名字，我写的东西几乎和她的一模一样。我写到第十三章，然后决定形成自己的风格。

我接触诗歌，始于和继父以及他的同事们一起参加政治会议。我的第一首诗叫《美国梦》，写了一位移民到美国的妇女的故事，到了“充满无限机遇的土地”，她却不能养家糊口。继父为我骄傲，他做了所有能做的，就差没拿诗去制版印刷了。我一直在写作。我的诗歌一年年地成熟。托妮·莫里森和路易丝·厄德里克是不是也是这样——她们是我喜欢的两位作家。

当我告诉继父道尔布迪会出版《街头日记》，你能想象到他当时的反应吗？“道尔布迪！”他说，“它是世界上最大的出版机构之一。”他的朋友们（他第一时间就告诉了所有朋友）都很激动，因为我的名字将被添加到虽然不长，但一直在增加的非裔美国女作家的名单上。

进入出版界让人惊喜又不安。我希望这能作为崭新的开始，经过几年写作的磨炼后，我的痛苦已经消解。我期待和别人分享我的作品，并且不再认为自己是一个“穷困潦倒的艺术家”。

日记 122

亲爱的日记：

当我们在房间里排好队等待和康妮·钟合影时，格鲁维尔小姐宣布了一件将改变我们生活的事——我们和世界上最有名望的出版机构之一达成了出书协议。从那时起，我明白我们要想成功，就必须团结在一起。

我从自己的经历得知，团队工作能带来许多压力，特别是作为一个明星运动员。我回想起二年级那年去参加第二轮篮球季后赛，大家都期望我们获得冠军。

比赛之前，我去教练办公室和她谈话。她说我们能打败对手——只要我们走出去，打好比赛。但她同时也告诫我们，要戒骄戒躁。我大概有点自满情绪，因为她的话并没有令我苦恼。最后，我们获得了团体冠军。作为队长，我以为控制局面是易如反掌的事，对其他人来说也一样容易。但我错了。

换衣服准备比赛时，我感到比以往更多的压力。这仅仅是场比赛而已，不是吗？那为什么我如此焦虑呢？似乎所有的压力都压在我一个人而不是球队身上。我的手开始出汗，胃里像打了许多结。

到达另一所学校后，我感觉身体快要炸开了。和队友说话时，我也从她们的眼睛里看到了掩藏起来的恐惧。做热身运动时，我不停地对自己说："我们得赢，我们已经走了这么远，付出了太多的努力，不能不赢。"

在跳球期间，我的胃痛终于爆发。我拍着球，观众开始兴奋。一开始，我们看起来像缩小版的"梦之队"，但我们的梦仅仅持续了大约十分钟——短暂的十分钟！那时，所有的压力又都回到了我身上。我感觉是一个人在和另一支队伍比赛，但事实上，有四个队员和我在一起。在教练的眼里，我看到了痛苦的神色——我们要输了！她很想到赛场上和我们一起拼命。在这个节骨眼上，我知道一切都要靠自己了，因为没人想担这份差事。我必须挽回这场比赛。全靠我了！

第四回合仅仅剩下四分钟，我们落后对手五分。我只能看到我们正处在崩溃边缘，似乎没有什么希望了。我试着去帮助队友们赢得比赛，但她们已经放弃了。她们怎么能放弃呢？这是一场“很重要的比赛”！我们被大家看好！我可不准备输！

只剩下两分钟了，我的教练叫了暂停。队友们一脸惊讶，一开始骄傲的神情现在已经荡然无存，取而代之的是绝望。我心想：真的还有希望吗？是的，我必须去努力争取。我讨厌输掉比赛，在所有人面前，特别是在我们的球迷面前！我太紧张，压力太大。我们剩下的时间不多了，能扭转局面吗？

没时间了，比赛结束。我没能挽回局面！即使三十七分中我独得了二十四分，仍然觉得让我的队友、教练和球迷们失望了。这都是我一个人的失误，我开始哭泣。

比赛结束后，我换好衣服，意识到输掉球赛并不是我的错，也不是任何人的错。这是整个球队的问题。比赛时，我们想当然地认为冠军已经属于我们，当结果截然相反时，我们几乎都崩溃了。

今年我们正在打季后赛，我们不会再溃不成军了。我们付出了很多，现在整个团队协力合作，正在打最好的一场篮球赛。压力不再全压在我一人的肩上。

无论从理论上说还是付诸实践，我们都必须作为一个团队去奋斗，而不是一个明星队员加上一百四十九个候补队员。格小姐能指导我们，但是她不能替我们比赛。就像一句谚语所说：“你可以带马儿来到水边，但不能强迫马儿喝水。”

日记 123

亲爱的日记：

今天格鲁维尔小姐去纽约和出版商见面，所以我们有了个代课老师。每当班里有代课老师，混乱就在所难免。有人拿走我的椅子，我快气炸了。可能是压抑已久的愤怒，或者是并非所有自由写手都能承受工作量带来的压力。这不可能……或者，事情就是这样？

我想起格鲁维尔小姐说过她在大学二年级课上读到的一本书，我最近在录像上看到了。书名叫作《动物农场》，故事围绕建立一个乌托邦式的社会展开，在那里每个人都受到公平待遇，完全平等。现实不像这本书里所写，不是每个人都在做同样的工作，关心同样的事情。这是一个不平等的社会。

我们完全可以认为自由写手们也生活在一个“农庄”，由拳击手和莫利组成。拳击手代表努力工作的人,莫利则相反。莫利在《动物农场》中是一匹马的名字。它是一匹白色的母马，鬃毛上系着丝带，好像压根儿不需要工作。拳击手在《动物农场》里是另一匹马的名字。它是一匹生来强健的纯种马，做每件事都全神投入。它干活儿的时候十分努力，像胶水一样顽强。参与创作一本书而获得报酬，或者做些事去改变别人的一生，两种选择就摆在莫利面前，但他们并不明白。他们指望别人来承担工作。莫利必须意识到一件事,那就是拳击手精力有限，不可能帮人代劳。

我们的律师、老师，还有卡罗尔都在这儿，让我们的书成为“人人为我，我为人人”的典范。但颇具讽刺意味的是，人与人之间像《动物农场》里的动物一样，是不平等的。如果一直抱持这种态度，那么事事都注定会失败。

格鲁维尔小姐说，唯一能摧毁自由写手们的办法，就是从内部开始瓦解。说得一点没错，很直白，很简单！这些人（莫利们）需要齐心协力，否则就得滚开！

日记 124

亲爱的日记：

我从未想过会被踢出篮球队，特别是在快毕业时。三年多来，我一直勤奋训练，起早贪黑，在酷暑集训，在严冬练起跑……我不知跑了多少圈，忍受了多少痛苦，更别提遭受的辱骂了。现在要我坐在一边看着队友们赢得加利福尼亚校级联盟锦标赛？我不能接受！

我一直是场上的主力队员。队友们在我的带动和鼓励下都很努力。我知道如何为她们打气鼓劲。为什么教练要把我开除呢？我能给队友们打气，能让她们更努力。我的教练却不喜欢这样的态度。

是的，我喜欢讽刺人，多嘴多舌，我很坦诚地承认这一点。但是对于十七岁的我来说，又有什么不可以？我就是我，不会为教练或者任何人改变我的态度。教练不喜欢我制造的气氛，她一直以为我在找她麻烦，一直以为我在背后谈论她。她会说些蠢话，让队友们发笑。她一直以为是我让她们笑的，其实是她自己。她让我做那么多“自杀式”折返跑和俯卧撑，我都能成为一个健美运动员了。

我知道我有天赋，一直想以后在大学还能打篮球，但是谁会注意到坐在观众席上的我呢?

我满脑子想的都是“她为什么要这样对我”，没办法像队里其他女孩那样逆来顺受。

三个星期后，我收起自己的骄傲，走进教练办公室，讨论我离队的事。我认为她会理解我为何而来，会再给我一次机会。

但我永远不会归队了。她放弃了我，我感觉生活也抛弃了我。篮球是我生活中唯一坚持的事情，是释放压力的方式。训练可以使我忘掉体育馆外的一切。篮球是我的一切。我热爱它。它是我的生命。

虽然不再为高中效力，但每一场比赛我都会去。我看着她们赢得联盟冠军，看着她们打入CIF，看着她们争夺冠军赛。但我只能坐在观众中间,压抑着不能比赛的痛苦。我想让教练知道,虽然她放弃了我,但我不会放弃我的球队。我的自尊和信心在此时处于低谷，但绝不会放弃。特别是以前的队友跑过来告诉我，教练怎样拿我当例子。当女孩们偷懒时,她就会说:“姑娘们,你们应该努力训练。琼都在刻苦训练,想重新归队。”

不再打篮球的事实为我打开了通往别的机遇的大门。不是那么全情投入的活动,我反而能更热情地参与。其中之一就是自由写手的活动。我被开除时，自由写手们正应邀去纽约领安妮·弗兰克精神奖，还要为《黄金时间现场直播》节目录一个片段。只有一部分人去。要么写一篇文章阐述代表大家去纽约的原因，要么就不去。我选择写文章。我知道篮球队的一些女孩非常想去，但是考虑到过几天有一场比赛，她们不能去。这个决定不是格小姐作的，是教练作的。

我一直相信每一件坏事后面都跟着一件好事。这些天我的态度好多了，也安静了许多。我现在明白了“态度就是一切”。我不完美，没有人是完美的，但是我一直在努力。

就像拉尔夫·沃尔多·爱默生所说的："提高就是变化，为了完美，就要经常变化。"我还远远达不到完美，但是一直在改变。

日记125

亲爱的日记：

到底是怎么回事？从一百五十名自由写手中，偏偏选出我在参议员芭芭拉·鲍克瑟面前发言！为什么是我？为什么要让这一群学生中最差劲的人，代表他们在一个可能会永远改变他们生活的人面前发言？真正让我迷惑的，不是格鲁维尔小姐决定让我去，而是其他一百四十九个学生也出于某种奇怪的原因信任我……

从一年级开始到这特别的一天，我一直令众人侧目。上一年级时，我一直沉陷在哥特式的幻想中，认为自己是一个吸血鬼。我刺穿自己的乳头，妈妈几乎被我弄出心脏病。我被关禁闭长达一个月。二年级时我告诉每个人，我是个仙女，拥有仙女的特征，在没经过父母同意的情况下，拍着翅膀离开了家。我的窗户因此上了锁，我被关了一个月。整个二年级，我完全失控了。只要一有机会，我就表现得十分叛逆。我几乎每天旷课，剪短长长的金发，并把一小撮头发染成了黑色。不幸的是，我忘记在脸上抹凡士林了，结果有两个星期，我脸上都留着头发上滴下的黑色染料的污点。这把我妈妈气得至少要少活十年，结果我又被关了一个月禁闭。这还不够，我后来又在舌头上穿孔，常常一副"我才不在乎"的模样。在我十六岁半时，妈妈发现我旷课和二十一岁的男朋友在一起。她威胁说要把他送入大牢，我又被关了起来。这没什么大不了，禁闭对我来说是家常便饭。我偷偷溜出家，因为过了宵禁时间还在外面，被警察抓住，差点进监狱。直到格鲁维尔小姐威胁说要把我从自由写手的队伍里开除，我才意识到应该减少古怪的行为，终于开始重视这一点。没了自由写手队伍，我可怎么办！格鲁维尔小姐表示受够了我疯狂古怪的行为，我支支吾吾，无言以对。我一直把任何事都看得比受教育更重要，这一点她是不会容忍的。

我仍然不明白为什么他们选中我在参议员面前发言，而不是更有资格的自由写手。好吧，我不会让别的自由写手和格鲁维尔小姐，特别是我自己失望。

日记 126

亲爱的日记：

今天我在加州大学欧文分校的“追求和平”会议上，在大学教授们面前喊出：“自由写手万岁。”“自由写手”几个字在我脑海里回响。我希望听到来自观众席上的自由写手们的笑声，因为通常只有他们会因为我的古怪行为发笑。所有人都笑了，真正地捧腹大笑。我甚至让大家都站起来热烈地鼓掌！多么奇怪，以前从未发生过这种事。人们通常会笑话我，而不是与我一起笑。

有趣的是，我上一次来加州大学欧文分校，是八岁时在他们的儿童发展中心接受注意力缺失症治疗。那时候，我试着去理解所谓“注意力缺失症”。我不知道它是什么意思，只知道它是可控的，不会影响我的生活，只要我吃他们开的药。小时候我没太在意注意力缺失症，现在明白它会一辈子伴随着我，一直到死。

因为有注意力缺失症，过去我做了一些古怪而愚蠢的事，不幸的是，没有人起立为我鼓掌。我还记得小时候，有一次，我铆足了劲儿冲向一台苏打水机。“小心，来了一头愤怒的公牛！”每个人都看着我。我失去控制，愤怒地用头去撞击苏打水机。我知道将要发生的事：当我躺在地板上时，每个人都会有免费的苏打水喝。这可不是受欢迎的最理智的做法。人们用硬币得到苏打水，而我用头。这不是“常人之举”吧？

把事情弄成一团糟，是我没有吃药的结果。我吃利他林控制自己。药片很小，但效果强烈，威力十足，就像马身上的套索。药物在服用三十分钟后开始起作用，但是如果我忘了吃，之后会发生什么事就不得而知了。举个例子来说吧。有一次我来到车库，开始是用头，然后是用拳头撞吊袋，而我并没有怒气和挫败感需要释放。我没来由地去了那儿，仅仅是为了打发时间。

我更小一点的时候，经常是大家的笑柄。我必须得到关注，因为没有人喜欢我或者要做我的朋友。现在我长大成人了，不需要如此卖力，因为朋友自然而然会有。

能让这些智商极高的观众发笑，我很意外。一点滑稽的慰藉，可以这样说。教授们并不觉得我和其他的自由写手有差别。也许他们在我身上看到了一些特别的东西，那是我的老师以前没有发现的，除了格鲁维尔小姐。

现在我有些迫不及待地想开始大学生活，因为那里会有形形色色的像我一样的人——与众不同，特立独行。幸好，我知道不需要为了别人改变我自己，而是要去寻找能接受我的人——没有任何附带条件。

日记 127

亲爱的日记：

过去四年里我们一直在学习怎样包容和接受每个人，不管他是怎样的。但对于要接纳我的人来说，这并不是那么容易。当许多人发现我是同性恋时，都无法接受。

我在最近才意识到自己是同性恋，那是我最好的朋友告诉我她爱我，而我也说我爱她的时候。生活在几分钟内便发生了戏剧性的变化，真有意思。在接受这个事实之后，我有很多疑问。我心里很恐慌，不知所措。如果人们发现了我们的事，他们是会接受我们，还是对我们不理不睬？当我们的闺中密友发现了会怎么想？她们会怎样看待我们？我们还会在小小的社交圈子里受欢迎吗？

当我们的家人发现这一点，又会怎么做呢？他们会支持我们吗？如果我们将要去的大学发现了，会怎样？我们会不会因此被双双赶出学校？毕竟它是一所宗教性学校，而且学校规章规定不接受同性恋。

这些问题在脑海里过了一遍之后，我更加恐慌了。我连一半的问题也回答不了，另一半我已经知道答案，但是不想去面对。这次经历让我看到，那些平时号称是朋友的人，实际上最先离你而去。当我把事情告诉一些自认为可以信任的朋友时，他们却成了和我意见分歧最大的人。他们让我去见鬼，并且说不想再和我有任何关系。少数家人对我的性取向没有意见。最艰难的时刻是告诉各自的父母的时候。我妈妈说过，不管怎样她都爱我，但是面对这种事，她会像有些朋友那样离开我吗？

日记 128

亲爱的日记：

我？舞会皇后？我不敢相信。这是我一生中最美好的一晚！我就像灰姑娘。每一个人都为我激动，但是我想先打个电话给妈妈。我知道这件事对妈妈来说比对我意义更大。我并不仅仅是想告诉她我赢了，而是想谢谢她，并和她度过整个晚上。

“你戴上那顶皇冠，真是太漂亮了。”妈妈说。她整晚没睡，仅仅为了看看我的皇冠、肩带和花。“你就是我的奖品。”当我看到妈妈的眼泪，才意识到我有今天，妈妈付出了太多太多。我从未真正理解过她经历的挣扎，但是现在全明白了。

在我们的家乡，我们家曾经是很富有的，因为我的父母都在政府身居高位，我的哥哥们在一所最好的私立学校上学，弟弟和我都有保姆。妈妈拥有一家时下最好的美容沙龙。她有一些和政府打交道或从事娱乐业的重要客户。父母经常工作很忙，所以大部分时间我们都被丢给保姆照管。因为所上的学校的缘故，人们总是期望我们有好的学习成绩。我们什么都不缺，除了家庭团结。

我出生在尼加拉瓜，一个在索莫萨总统下台后开始实行共和制的国家。共和制开始之后，我的家人的处境变得危险。

我爸爸是索莫萨家族的会计师，很自然地被看成敌人。两个哥哥处境更危险，因为年龄到了，他们会被拉去参军。年轻小伙子们被强行带走，远离家人，为打仗而训练。我们生活在黑暗和绝望之中。这种局面需要快点改变。

妈妈决定和哥哥们移民美国，因为爸爸一直被监视，而她那时已经有六个月的身孕。妈妈不得不抛开一切。她放弃了自己的钱财、生意和优裕的生活，但最重要的一点是，她不得不冒险离开她三岁的幼女和六岁的儿子。她必须在两者当中做出抉择，要么为两个大一点的儿子去拼命，要么留下来看着她的儿子和丈夫在战争中死去。她不能将我们全部带上。首先那要花很多钱，其次如果我们都离开，太引人注目。然而当时我单纯的头脑不能理解这种状况。我不明白她为什么要离开我。

爸爸、弟弟和我等了差不多一年，才和妈妈、两个哥哥以及刚出生的小妹妹团聚。那是我一生当中感觉最好的一段时光。父母都知道来美国生活会十分艰辛。不仅仅是生活方式将发生重大改变，一切也将从零开始。实际上，我们来到美国，仅仅是为美国增添了几口人而已。虽然之前我们算不上一个“真正的家庭”，但从那一刻起，我知道我们不会再分开了。

我们还不太适应在这里的日子。父母非常努力地工作，要让我们过上以前的美好生活。虽然失去了过去的财富，但是现在我们拥有更有价值的东西。

在格小姐课上谈论出生地的文化之前，我对自己能继承的遗产，还有父母在政府中的位置都不是很了解。我知道我们不得不离开尼加拉瓜的原因后，确实很受打击。一切就好像发生在上辈子。格鲁维尔小姐鼓励我和妈妈谈谈发生的事。我出发去舞会前，妈妈给我整理头发，我一直在想那双抚摸我头发的手，就是这双手曾经在尼加拉瓜创造过财富。

直到今晚，我才真正感激她的付出。以前，我并没有意识到一个如此重要的人就在眼前。这个人不仅为我和我的兄弟们赌上性命，也支持我的每一个决定和我取得的每一项成就。如果不是妈妈冒险将我们带到这儿,我永远也没有机会成为舞会皇后。现在妈妈说我是她的“奖品”，她的意思是，我是她最珍贵的财产。但我觉得这个皇冠应该给她。她才是真正的皇后。

日记 129

亲爱的日记：

我们刚获得美国犹太人委员会颁发的弥迦奖章，以表彰我们同社会的不公正作斗争。邀请函上写着：“不论是谁，只要挽救了一个人的生命，就挽救了整个世界。”这句话无疑是我读过的最有力的话之一。因为人们的沉默，纳粹分子将六百万无辜的人折磨致死。因为人们的沉默，在红色高棉统治期间，一百多万人死于非命。因为我的沉默，两个无辜的小女孩遭到性虐待。沉默必然会使悲剧重演。

赢得弥迦奖章，鼓励我在生活中作出重大改变，从此不再沉默。经历了九年的痛苦之后，我决定迈出最令我害怕的一步——把那些事情说出来。最终我鼓起勇气告诉妈妈,我被强奸过。我受害时只有九岁。又过了九年，我才把它说出来。最令人悲哀的是，那个人是我父母信任的人——在我自己家里伤害我。我结识了许多大屠杀的幸存者，他们对于自己身上发生的事感到羞耻，甚至有种负罪感。我理解让他们讲出自己的故事是多么痛苦。我也经常感觉发生在我身上的事是自己的过错，但是现在我知道了，我只是一个无辜的受害者，绝不是那个应该有负罪感的人。

最近，我和表妹一起参加了一个聚会。我突然问她是否遭到过性骚扰。我不敢相信自己竟然那样问她，但是她对男朋友的容忍让我想起了我男朋友是怎么对我的。我很害怕她的回答，因为不希望任何人再重复我经历过的事。当她承认曾被舅舅骚扰过，我很吃惊。那和强奸过我的是同一个人！

那天夜里，我一直想着那句话，“不论是谁，只要挽救了一个人的生命，就挽救了整个世界”。打破沉默的机会来了。如果能从伤害我的人手中救出哪怕一个小女孩，我就满足了。我很难过，但同时也觉得释然，因为知道了自己不是唯一遭遇这种事的人。这给了我更多的自信开口。我决定去揭发他，这样他就再也不能像伤害表妹和我一样去伤害其他人。

当我告诉表妹决定去揭发时，她向我透露说，一个比我们小的朋友也遭到了骚扰。三个年轻人的一生受到了影响。我知道很可能还有更多的人。如果我不做点什么，将会有更多此类事件发生。

我决定去揭发他。我不是因为想要报复，只是想结束这种悲剧。格小姐教育我们：“好人袖手旁观，坏事就会四处横行。”我是个好人，拒绝做一个旁观者，所以将问题扼杀在摇篮里。从挽救一个人的生活开始，渐渐地，我将挽救整个世界。

日记 130

亲爱的日记：

还有几个星期我们就要毕业了。我坐在这儿回顾四年的高中生活。我一直在想格鲁维尔小姐在课上引用的话："历史会自我重复。"在过去的四年里，她让我们看到现在和过去有多么相似。我们了解了二战期间德国人怎样试图除掉所有犹太人，而在最近，也就是二十世纪九十年代，塞尔维亚人怎样试图消灭波斯尼亚地区所有的克罗地亚人和穆斯林。我们也看到了两本写于不同时期的日记——一本是安妮·弗兰克写的，另一本是莎拉塔·菲力波维克写的，它们向战争带来的苦难发出呐喊。当莎拉塔被称为当代安妮·弗兰克时，历史仿佛正在重演。

今天一整天，我都想着那句关于历史的引言。我的家人中没有人上过大学。我大概会成为打破这种传统的第一个人。这是事实。我被一所有名望的技术学院录取了，还得到了助学金。我仿佛看到了大学生活正在眼前展开，现在需要做的就是顺顺利利从高中毕业。

可是，意想不到的事发生了。我爸爸查出有严重的健康问题，一瞬间，我的生活被迫改变。我不得不拒绝去上大学，曾经收到的助学金也只好全部退回去。我异常难过和失望，而且因为这个决定产生了一种挫败感。但是我别无选择——家人才是最重要的。

爸爸生病前是家中唯一的经济来源，但现在我不得不成为家中的顶梁柱。这意味着工作时间会增加，在学校的时间就减少了。我还得让妈妈和弟弟高兴起来。这对我来说很不容易，因为大多数时候我自己都想哭。但是，他们认为我是坚强的，所以大部分时候，我都不得不戴着面具生活。

因为我们家没有经济收入，妈妈只好放弃租来的公寓。她卖了爸爸的车和大部分的家具，来付爸爸回到墨西哥后留下的账单。因为他还没拿到美国公民证，所以只能回墨西哥去做肾移植。

回顾过去，我认识到时间和生活是多么珍贵，多么令人惊奇，又是多么强大。这一秒，你高高在上，你想要的一切都会不请自来；下一秒，一切都不对劲了，你发现自己已经身陷谷底。就在几个星期前，我度过了一生中最快乐的时光，那时我一直在努力谋生，想穿上自己的毕业服，戴上毕业帽，然而，我并不为贫穷担心，毕竟我对它并不陌生。我出身贫寒，贫穷对我来说不是什么新鲜事。（历史重演，我想。）当回到起点的时候，我明白了这一点。然而，志得意满的感觉真是令人愉快啊。

这次，我像一片干枯的叶子从树枝上落下来，不知道命运之路将通向何方。我只是一直在等待，看看生活之路会将我带向何处，并满心希望从它那儿得到最好的东西。

日记 131

亲爱的日记：

天哪！我是个完完全全的美国人了！我吗？不敢相信！我刚刚在有意加入太平洋十校联盟美式足球队的信上签了名，上大学有全额奖学金。四年前，我从来不敢想象这样的好事。以前，橄榄球对我来说只是一项活动，和喝酒、抽烟、吸毒一样。上学这种事我是能躲就躲。看看现在的生活，橄榄球成了我最重视的事情之一，但就在四年前，当我还是新生时，唯一关心的只是通过吸毒获取快感。

小时候，可能只有六七岁大，我就想成为一名橄榄球运动员。一直到初中，我都在打联盟橄榄球赛和波普·华纳橄榄球赛。但是新交的朋友们把毒品介绍给我后，我开始对橄榄球失去兴趣。六年级那个夏天，我开始试着喝酒吸毒。当时我才十二岁。

我很快在毒品面前失去控制。我开始逃学，不再去练球，忘记了所有的老朋友。我的新朋友们也都是瘾君子，所以得到快感更容易。两年后，我成了一个彻底的瘾君子。到升入高中一年级的时候，我一天要吸三到五次大麻烟。除了吸毒，还连续不停地酗酒。

很快，酗酒和吸毒都不能满足我了。我需要更大、更带劲的刺激。我尝试了一切能尝试的。为了获取快感，我愿意尝试任何东西，做任何事。我吃过毒蘑菇，尝试过各类安慰剂和兴奋剂，还时不时地尝试迷幻药。

最糟糕的是笑气。它是我吸过的最让人上瘾的毒品，与以前吸过的任何东西都不同。得不到时，它会完完全全地控制我。我的柜子里有一个笑气罐，这样我每天都能从中获得快感。我记得有一次笑气用完了，需要花上一天时间去充满，但是我等不及了，需要立刻得到快感，所以试着用搅奶油的瓶子，但是它对我不起作用。我想起看过一则新闻，是关于人们怎样用家用清洁剂获取快感，所以我决定那样做。我钻进柜子里找到一些电脑清洁剂，它很管用。

爸爸和妈妈一直紧盯我的成绩和行动，他们不会让我爱怎样就怎样。但他们不知道我多喜欢吸毒和饮酒。妈妈发现格鲁维尔小姐和她班上的学生做了这么多令人称奇的事。因为我妈妈喜欢阅读，于是她在我二年级时让我进入格小姐那个班，希望我能让格小姐“激动”一下。

与格小姐班上的全体学生以及教友的一次野营，还有父母一如既往的鼓励，终于让我明白了一件事，就是生活已经被我弄得一团糟。

我简直不敢相信，仅仅就在几年前，我竟然还沉陷在那样的生活中。我不仅使大脑受到损伤，而且破坏了和朋友以及家人之间的关系。我的思维模式让人无法相信。如今，获得快感是连想都不会再想的事。我宁愿和朋友们在一起，或者去练球。我每天都充满热情，让关心我的人看到了我的潜力和不服输的精神。

在学校，我一直勤奋地学习，在体育馆努力训练，为参加大学的球赛作准备。三年级时，我的化学成绩从 F 上升到 A。我知道自己要做什么，而且也打算这样去做，以实现下一个目标——拿到大学学位，成为美国国家橄榄球联盟的运动员。

日记 132

亲爱的日记：

生活按照一种不可思议的方式在进行，令人称奇。我的一天以一则不可思议的新闻拉开序幕，以悲剧性的失败收场。可真是大起大落。就在早上，一支重要联队在第一轮就选中我去打职业棒球赛，到了晚上，我所在球队打入了冠军赛的半决赛。这次比赛是展示我们球队全年努力成果的最后机会。但是我很难集中精神比赛，因为看台上的观众都在祝贺我被选中，给了我一股额外的压力。

不幸的是，比赛结果令人失望。我的球队输了，我的高中棒球生涯就这样结束了。这很难让人接受，因为我还在少年棒球联盟时就开始和这些家伙一起打球。我们共同经历了许多许多，包括两次少年棒球世界系列赛。

未来是否继续打棒球的问题仍然悬而未决。我要承受太多的压力。不敢相信，我在十七岁的时候就必须作出一个决定，而且它会深深地影响我的一生。最近我在一封在一所有名望的大学打棒球的申请上签了名。他们将提供我全额奖学金。我知道大学会成为一生中最棒的时光，但早点开始职业棒球生涯能帮助我更快地达到目标。我理解小型棒球联盟苛刻的时间安排表，但是也认识到，如果不签名，我可能不会再有第二次上大学的机会。

格鲁维尔小姐了解棒球赛的细枝末节，她爸爸是打棒球的。她说我的选择差不多是莎士比亚式的，问题是：签，还是不签？

日记 133

亲爱的日记：

昨晚我得知了一生中最重要的消息，我被加利福尼亚大学洛杉矶分校录取，那是我最想去的学校。然而我的喜悦似乎令一些学生感到不舒服。当我把消息告诉所在的 AP 政府班（那是一个以白人为主的班级，只有一个黑人、两个拉美人）的同学时，他们并没有祝贺我，而是立刻问：“你的平均成绩是多少？你的 SAT 得了多少分？”好像在暗示我不应该被录取。有个女孩彻底失去了理智，开始叫嚷这多么不公平，我被录取了，而她却没有。事情到这里还没有结束。她开始到处对别人说我不应该被录取，我能进入这所学校，仅仅是因为我的种族。她极力想让我出丑，但她的所作所为只让她看起来更加愚蠢，因为每个人都知道二〇九号提议在今年生效，我们班是第一批受到“反平权法案”法律影响的。这是我从一个朋友那儿听来的，她不是自由写手。

朋友告诉我，许多学生心里都不舒服，因为他们没有被录取，其中有些人甚至不认识我。她还告诉我，不要为那些人而苦恼。我被录取是自己努力争取来的，如果他们为此而不快，那太遗憾了。我谢谢她的安慰，然后继续去格小姐的班上课。路上，我遇到以前的一位老师，告诉她这个大喜讯。她一脸漠然地说：“那太令人惊奇了，因为你知道，‘平权法案’不存在了。”我对自己说，如果我是白人，就会被祝贺，因为上大学是应该的。如果是亚洲人，她的反应可能是：“好吧，是的，因为你超级聪明。”可因为我是黑人，进入加利福尼亚大学洛杉矶分校这样的学校就“令人惊奇”。我不敢相信她会对我说这些。我可以理解，甚至和她一样惊讶，但如果我在她的班上表现差就算了，可我的表现一直很出色。

当我回到班里，告诉格小姐我被录取的事，她在全班同学面前宣布了这个大喜讯。所有同学都开始欢呼，跑过来拥抱我。他们都那么开心，似乎自己才是被录取的人。我最好的朋友——一名自由写手把这件事写在黑板上，让所有的自由写手都知道。这个大家庭的成员一直在拥抱我，说如何以我为傲。一切都那么疯狂，但我喜欢。自由写手们就像家人一样分享我的喜悦。我的成就，就是我们的成就。

日记134

亲爱的日记：

毕业近在咫尺，我不得不努力做出一种虚伪的“欢乐”姿态。我游走在快乐和悲伤之间，就好像有什么东西抓住了我的心，一直在向两个不同的方向拉扯。不管我走哪条路，另外一边拉扯的力量似乎都更大一些。

一听到有人提到将去哪所学校，或者正好被最想去的大学录取而兴奋，我的心跳就几乎停止。我感觉自己的心打了个结，不能自由地跳动了。看到如此多的自由写手怀着激动而迫切的心情等待进入大学，我高兴万分。但是，难道他们没有意识到离开意味着什么吗？难道我是唯一一个对即将到来的一切产生恐惧的人？

我感觉自己如此自私。我希望能让时间倒流，但知道那是不可能的。只要一想到自由写手之家即将离我而去，我就难以接受，因为以前在这个家里就像在自己家一样。现在这种感觉几乎完全消失了，但愿不会永远如此。

一想到自由写手们会各奔东西，开始各自的大学生活，我的心跳就会加快，甚至不得不捂住胸口，因为心脏好像快要从胸腔中蹦出来了。感觉血液似乎一小时在体内循环了一千英里。我开始沉入一直试图忘掉的回忆中。

我开始记起那个晚上，在我那丑陋无比的粉色房间里，听到了从父母房间里传来的争吵声。那声音让我很不习惯，因为父母从来没有拌过嘴。不过，也可能他们以前争吵过，但不是当着我的面。随后我听到了沉重的脚步声。因为担心，我从房间里跑出来，正好迎头撞上爸爸——后来被我叫作“那个人”。我问道：“出什么事了？发生了什么事？”我希望他能回答，我会理解他。“没什么。”他答道，“我正准备去浴室。回去睡觉吧，不早了。”

我坐在房间里，听到砰的一声关门声，是前门。我跑到浴室，发现里面没有人。在四岁这个脆弱的年纪，我知道爸爸永远从我的生活里消失了。我不知道原因，但是有一种感觉——我再也见不到他了。从此以后，我确实再也没见过他。

当我坐在这儿，紧紧抱着自己，发现心里有一种和四岁时一样的感觉。我一直害怕自由写手们离开我的那一天到来。我不想在将来某一天回顾过去的时候，把自由写手当作“他们”或者“那群人”。我不想让我们分开。当心跳减慢，缠绕在心上的那个结松开时，我想有可能，只是有可能，一切都会好起来。毕竟和“那个人”比起来，自由写手们是不一样的。

日记135

亲爱的日记：

当你感觉呼吸在消失，而无论怎样努力挣扎，都没有空气进入肺里，是很恐怖的事。更糟糕的是从水中浮上来，你以为安全了的时候，又被推回水下。再过几个月就要毕业了，我的成绩一直很好，妈妈和我比前几年相处得更为融洽。水球赛季已经结束，我即将加入大学游泳代表队，暑假还找到一份当救生员的工作，将在秋天开始大学生活，还有一个对我很好的男朋友。我一直在喘息，等着浪头再一次让我的脑袋沉到水下，只让我在下一次呼吸宝贵空气的时候浮上来。

詹姆斯和我开始约会后不到四个月，我感觉恶心、想吐，毫无疑问，我怀孕了。一直希望我的判断是错的，但去过医院后，医生进一步证实了我的猜测。哪个环节出差错了？自从上一次怀孕让我得到教训后，我一直都小心谨慎地做好保护措施。终于我想起来，有天晚上避孕套破了。

十四岁那次怀孕，是因为我自己不负责任。我别无选择，只能流产。自那以后，我感觉杀死了自己身体的一部分——我开始被淹没。流掉第一个孩子后，我被绝望吞没，差不多花了三年时间才恢复。这一次，我想冒险生下这个孩子。

我把自己的决定告诉詹姆斯，他显然很担心，但还是愿意陪着我，尊重我的决定。他理解我之前经历的一切，但是我担心我们还没有准备好。当然，我是对的，但是又能怎么办呢？我需要冒这个险，希望詹姆斯和我一样坚持到底。

当我把怀孕的事告诉妈妈，她说她早就猜到了，因为我一个月没来月经，而女人住在一起，周期也会变得一样。她警告我说生孩子的决定会改变我的一生，我原先计划的许多事情将不可能实现。外祖母告诉我："你知道，秋天你没法去上大学了；因为你怀孕了，他们不会再让你当救生员。"在学校，我告诉游泳教练我怀孕了。于是她告诉我，她不能让我继续游泳，这样对胎儿和我都太危险。一股巨大的恐惧向我袭来。我不得不放下所有的计划。这个夏天没有救生员的工作，秋天不能入学，不能再游泳。我仿佛再一次被厄运之潮淹没。

为自己惋惜了好些天后，我终于作出抉择：没有理由不去争取空气和自由。是的，事情并不总是按计划进行，但也有配合计划的时候，不是吗？我开始重新安排未来的计划：我可以在春天入学，上夏季开的课程。我也许能找到一份薪水比救生员高的工作，还能与别人一起代表自由写手参加颁奖宴会。

呼吸的时候，抑制自我的一切压力都释放掉了，我开始明白自己是多么幸运。我即将以全 A 的成绩顺利毕业，还有朋友和家人的支持。我不会因为恐惧而窒息了。相反，我兴奋地做了个深呼吸。

日记 136

亲爱的日记：

“我知道为什么笼中的鸟儿要歌唱了。”对于许多人来说，这听上去像一首普通的诗，对我来说却是生活的真实写照。我有时候感觉自己就是一只没有翅膀的小鸟，我的笼门没有打开。鸟儿不是因为快乐而歌唱，而是因为没有自由。我也一样，但是我用写作来代替歌唱。我几乎每天都会写些散文、诗歌、旅行故事，这样就能逃避现实，因为有时候现实让人难以忍受。

因为我生活的地方，现实对我来说是残酷的。我住处附近的枪声就是我的催眠曲，烟草的味道在空气中久久不散，周围大部分人都毫无节制地喝四十度的白酒。这个地区的犯罪现象令人毛骨悚然。人们不是被关在拘留所里，就是在马路上进行毒品交易。我住的地方以亚洲人、拉美人和非洲裔美国人居多。这儿的人通常叫我“白人男孩”，如果你愿意，可以叫我“白娃子”，因为我是这个区唯一的白人。

自打我记事起，就一直属于少数派。放学后，我宁愿跑回家也不愿和朋友走着回去。为什么要跑？好吧，我敢肯定，如果你因为与众不同而经常遭到威胁和殴打，也会跑的。和朋友一块儿走？我从来没交过什么朋友，因为我从不和任何人交往。实际上是他们不和我来往。我经常因为踏进了别人的地盘和他们打架。

看到我家附近同一种族的人大打出手，是一件十分讽刺的事。然而在教室里，我们都友好相处。对于我们的差异，康妮·钟在《黄金时间现场直播》节目上称这是我们的一大特色。刚刚听说西南航空公司因为信任我们所做的事，打算授予我们自由斗士奖，他们还准备捐给我们一大笔奖学金，资助所有人上大学。西南航空公司在节目上看到了我们，几天后就联系了我们。

我希望成为一名飞行员，这样就能摆脱生活压力，克服包围我的紧张情绪。但是我恐高，这一点让我无法和自由写手们一起飞去华盛顿和纽约。格鲁维尔小姐正在安排今年秋天的另一次旅行。这次是去得克萨斯州的圣安东尼奥，西南航空将继续提供全程赞助。我听说可能有几个自由写手要去。我希望也能成行。这次旅行将帮我挣脱牢笼。

日记137

亲爱的日记：

自从格鲁维尔小姐宣布，平均成绩在前三十五名的自由写手毕业时可以得到电脑，我的成绩单上就开始有了 A 和 B。我甚至开始保持全勤。

我们终于要毕业了，格鲁维尔小姐将在自由写手的“音乐之夜”上宣布谁是得到电脑的幸运儿。“最后，第三十五台电脑将赠予……”格鲁维尔小姐转向我，报出了我的名字。我很紧张，不敢相信我是其中一个。我希望得到电脑，但说实话，我不相信自己的成绩高到可以赢得电脑。

我家附近充斥着帮派暴力和毒品交易，没有人可以让孩子们当作希望的榜样。就像附近大多数孩子一样，我没有尊敬或者学习的榜样，直到遇到约翰·图。他激发我成为企业家，并创办自己的电脑公司。我想消除家附近的暴力，用约翰·图让我受益的方式去回馈我所在的社区。我想成为附近孩子们的榜样，那正是他们缺少的东西。我希望将来有一天，附近的孩子能像我敬仰约翰·图那样尊敬我。

除了捐赠电脑，约翰·图还让几个自由写手到他的公司工作，发了福利和圣诞节奖金。施舍就像在枪伤上贴上创可贴，但约翰·图不是施舍，他给人们希望。我做梦也想不到会遇到一个百万富翁，特别是一个关心我的百万富翁。约翰·图通过教育和经济支援来帮助人们。感谢上帝让他出现在我的生活中。他给予我太多太多，因此我也想给予其他人帮助，满心希望有人能追随我，并让这种榜样的力量永远传递下去。

日记 138

亲爱的日记：

哦，我的上帝，它不见了！我不敢相信我那枚写着“特别的人”的金项坠不见了。我睡觉的时候是戴着它的。一开始我很恐慌，然后疯狂地在被子和床底下寻找。最后我明白是“他们”拿走了它。他们怎么能从我身上把它拿走？他们答应我不会再从我这里偷东西了。我原谅他们当掉我的任天堂游戏机、电视、录像机，但是怎么能原谅他们偷走曾送给我的最珍贵的礼物？他们怎么能偷走对我意义如此重大的东西？从自己的孩子那里偷东西，他们怎么做得出来呢？

自从父母开始吸食毒品，一切就变得截然不同。房间里经常弥漫着发霉的燃烧过的可卡因气味。这种气味渗透进他们皮肤的毛孔里，即使我拥抱他们时，那种味道仍然还在。我讨厌看到他们大而凸起的眼睛，以及他们像离开水的鱼一样抽搐的身体。

他们吸起毒来仿佛不管今夕何夕，我知道他们有严重的问题。得到快感是他们每天的例行公事。他们好像根本不在乎身边是不是有小孩，只关心自己对毒品的需求。因为他们的所作所为，我经常挨饿，几乎从来都吃不饱。我试着依靠学习和做作业让自己忘掉食物，但胃里发出的咕咕声让我的做法无济于事。我正准备去看电视，突然灯灭了。我想去找开关，但不是这个原因，而是因为父母没交电费。我们也经常拖欠车费和房租。有一次放学后，我将一个朋友带回家，正好门上贴着一张驱逐通知。结果我成了附近人家的笑柄。

我更小一些的时候，他们会把我锁在小房间里，因为他们想靠吸毒获取快感，然后会动手暴打对方。有一天情况分外糟糕，爸爸将妈妈的头按在沙发和墙之间，打得她头破血流。待在小房间里的我对这些早已习惯，我甚至在那里放了零食和一台微型电视。我只能听到尖叫和呼喊声。父母和毒品之间似乎存在某种战争。当然，是毒品赢了。待在小房间里是我唯一能逃避的办法。我感觉自己像安妮·弗兰克待在她的小阁楼一样。不同的是，纳粹分子在她的阁楼外走来走去，而我的父母是在小房间的门外。虽说小房间是我的安全港湾，但我在里面却从来没有感觉到有多么舒服。我经常想，能获得自由多好。他们似乎忘了我还在里面。

我不敢相信在我毕业前的几天，他们仍然在吸毒！他们还是没有摆脱毒品。什么时候才能不吸呢？我父母索取的东西比他们给予的更多。他们好像已经没有良知了。不幸的是，总有一些人像我的父母那样，不知羞耻地从别人那里索取，毫无悔意，而我要打破那种循环，做一个给予者。我觉得自己就像谢尔·希尔弗斯坦笔下的“爱心树”，父母偷走了我所有的苹果。很快我这儿将一无所有，我没法给予别人什么东西了。明天他们还会那样做。他们将用我的金项坠去换取快感。现在我明白了，对他们来说真正重要的是毒品，而不是我。

日记 139

亲爱的日记：

我简直不敢相信！我真的要成为我们家第一个高中毕业生了！！！我有太多感想要和亲戚们一起分享，甚至快克制不住自己了。我希望六天后他们都能在人群里，在我手捧毕业证书穿过舞台挥动流苏时，他们能叫喊我的名字。

如果得不到他们的支持，我会很伤心。在亲戚们眼中，我的命运和那些表兄弟差不多。我和父母竭力向他们证明我能成功，我会成功。但是我常常感觉，他们只想让我失败。

上帝赐予我的家人是我至爱的双亲和支持我的自由写手们。他们全力支持我去追求进步，去超越每个人的想象。他们从我身上看到了潜能，没有其他人发现过这一点，包括我自己。他们给我勇气去竞选毕业生发言人。

在我修改发言稿时，自由写手们给了我极为有用的意见。当我排练时，父母耐心地聆听。他们给了我希望，让我觉得自己能成功。但在内心深处，我清楚自己不会赢。当毕业生发言人名单张贴出来的时候，我很紧张，不敢亲自去看一眼。那意味着我将知道，是我的梦想成真，还是那些对我没信心的人又一次胜利。我来到公告前，闭上眼睛，双手紧紧互握，做了个深呼吸，然后分开手掌，数到三，睁开眼。我既想尖叫又想哭，接下来我只想奔向自由写手们，并打电话给父母，因为我赢了，成了发言人。

到一九九八年六月十一号那天，我可以自豪地说："现在我成了我们家第一个高中毕业生，我的梦想成真了！"我明白了一个道理，不管生活中的动力是来自好事还是坏事，都无关紧要，最重要的是学习和进步。再过二三十年，当我们实现世界和平，成功地抛弃种族偏见时，世界将记住——自由写手们履行了诺言。

日记140

亲爱的日记：

我无法入睡。虽然这很可笑，但原因和我小时候沉迷于毒品的情况不一样。那时我睡在汽车下面，瘦得皮包骨头。自那以后发生了许多事。我带你们回到我的高中一年级看看……

“再顶撞我，你会倒霉的。”

“好吧，我们走着瞧。”

这是我离开之前，妈妈和我最后的对话。我害怕独立，但也意识到可以在自力更生的过程中获得好处，而又不用负任何责任。但是你能对一个试图在世界上找到合适位置的十五岁男孩说这些吗？不管怎样，我不能。我拥有的已经足够了。“艰难之路”是个恰当的说法，可以概括我走出那扇门后接下来几年的生活。

没必要深入研究我写的在马路上发生的战斗。那实在太频繁了。有一件事发生在九年级结束时。那是夏天开始前的最后一个礼拜，我让自己不回家的日子由几个星期延长到一个月。没有白粉的帮助，我一天也熬不下去。我需要它甚至不再是为了获得快感，而仅仅是为了让身体正常运转。我的身体需要它，就像需要空气一样。好吧，我正想着不能再在这儿过夜了，其他人替我作了决定。我吃了一些包着 LSD① 的方糖，然后陷入精神错乱。警察突袭了这里，拘留了我。事情转眼之间就不一样了。

“我要好好收拾你，小白崽子！”

这是我在拘留所里听到的第一句话，我永远不会忘记。这完全是一个陌生的世界，我对于自己是怎么到的这里毫无头绪。承蒙上帝恩惠，法庭判决我下一年在康复中心治疗。那时候我非常讨厌这种惩罚制度，现在回头看看，却发现他们在挽救我的同时，也挽救了我的生活。我并不能在外面的世界正常生活，所以在接下来的一年里，我去了一家青年康复中心。

---

①一种迷幻剂。

在康复中心的日子漫长而艰难，充满了欢笑和泪水。在那漫长的十二个月里，我知道了我是谁——一个真实的自己。我不再需要靠毒品来得到快乐，我是个有真实的价值并十分独特的人。家人也非常爱我，这个世界是个可以生存的好地方，你可以与地球上五十亿的居民好好地共处。我上了两年的暑期班，实际上还剩下一个学期，最后是真正的大考。我在一九九六年年中以特殊门诊病人的身份离开了那里，作为一个改过自新的人重返社会。这是难以置信的壮举。那儿的绝大多数朋友都没能坚持下来，只有极少数人和我一起坚持，我能作为特殊门诊病人离开，算是少数中的少数。只有坚强的人才能完成康复中心的治疗。

十个月之后，我结束了特殊门诊治疗。他们提早两个月将我放出来，因为我的表现十分出色。当我回到家的时候，一切已经大不一样了。经过治疗，我现在和家人相处很融洽。我现在自由了，这一次的自由是我用努力换来的。现在我对外面的世界抱着感激的态度。我终于可以想吃什么就吃什么了，而不是只能吃别人端给我的东西，真是愉快。但如果我坐在这里，说“回来是很容易的事”，那绝对是厚颜无耻的谎言。为了让我有一个新的开始，我们搬到了一处新房子里。我也来到一所新的高中上学。我见到了很多老朋友，但发现我们已经成了截然不同的人。那不是我想要的生活。在学校有很多压力，所以我必须让自己身处优秀的人之中。我参与和支持团体活动，借此融入到集体中，并且和大家一起走到今天。

我今晚睡不着。不要想歪了——这些天里我唯一拿出来擦鼻子的东西是舒洁面巾纸。这是因为我明天就要毕业。我从来没想过会成功，但是我做到了。我不仅仅是顺利毕业，还将得到奖励。高中四年里，我的平均成绩全部在 3.5 以上，有一个学期甚至得到一个 4 分。我还因为上学分之外的课而上了光荣榜，并且受到奖励。在十二个小时之后，我就将戴上毕业帽，穿上毕业服，对我来说，每一分钟都过得那么慢。

不仅学校令人愉悦，其他的方面也在好转。离开康复中心后，我很快找到一份工作，一直干得非常卖力。两个月前我甚至找到了一份更好的工作，而且是全职。就在上星期，为了庆祝毕业，我买了一辆崭新的卡车。是我自己出的钱。我很快会用到它，因为秋天即将开始大学生活。哦，我长胖了点，皮肤也变得滋润，甚至连那些痘痘也不见了。是的，我可以毫不含糊地说，情况在好转。过去四年里的路是崎岖不平的，但我发现还有比毒品更好的东西可以为之而活——那就是我自己。

日记 141

亲爱的日记：

明天是一个重要的日子——我将从高中毕业。我已经向每一个人证明，我将和班上其他人一起准时毕业。相信我能顺利毕业的人很少。但我向不相信这一点的人证明，他们错了。

从出生那天起，我的生活就一直伴随着大多数人都无法忍受的艰难困苦。刚出生时，别人都以为我活不过一岁。四个月后，医生诊断出我得了囊性纤维变性。大多数病人在三十岁之前就会死去。现在我已经十八岁了，并且知道明天将要毕业。我迫不及待想看到当我走下通道去领毕业证时，妈妈脸上是什么表情。妈妈在我人生道路的每一步都支持着我。

过去的几年对于我和我的家人来说确实十分艰辛。我的健康状况每况愈下，给妈妈造成了不小的压力。二年级那年是第一个难关。我做了两次鼻窦外科手术，错过了学校头十二个星期中十个星期的课。我设法坚持一星期去学校一次整理功课。如果格小姐没时间，同学们会帮助我。他们一直很关心我。但我在学校的成绩依旧落后，所以只有一个选择：上家庭学校。我原本以为那会有帮助，可以减少生活中的压力，但事实并非如此。给我指定的家庭教师非常聪明，但不太可靠。于是在接下来的两年里，我自己给自己当老师。即使是在家接受教育，我仍然设法参加自由写手们的活动。我和莎拉塔见面，去宽容博物馆参观。但由于身体虚弱，我没办法去华盛顿。有一点还不错：即使我不在学校上课了，我在学校里还一直受欢迎。

一九九七年六月十日那天，我收到了一份生命中的大礼——等了两年多的双肺移植手术。我是如此开心和激动，完全不害怕手术可能失败。我明白一个事实：我可能会在移植过程中死去。但内心深处，我知道这个手术很容易成功，结果我是对的。我没有变瘦，实际上还长高了一英寸，看上去也不再面无血色，由于氧气顺畅地进入体内的缘故，我的肤色变成了健康的粉红。我感觉很棒。同年十月，我在医生的准许下重返学校。一九九八年四月，我得到了最鼓舞人心的学生奖，这个奖是给那些克服巨大困难、在生活中取得成功的学生的。我还得到了为大学预备的一千五百美元奖学金。我为自己没有放弃，并且证明每个人都错了而感到骄傲。

我和你们讲完这个，就要试穿我的毕业帽和毕业服，假装正走下通道，就像明天那样。是的！！！！

日记 142

亲爱的日记：

如果四年前有人告诉我格小姐能撑一个多月，我会公开嘲笑他们。没人想到她能做到，也没人想到我们能做到。但是现在看看我们——这些“注定会退学的孩子们”将获得高等教育的机会。没人会想到这些“浑蛋”会变成高中毕业生，或者是任何学校的毕业生。然而，四年后我们即将成为大学毕业生。我们的名字会登上哥伦比亚、普林斯顿、斯坦福，甚至哈佛大学的毕业生校友录。

谁会想得到这些“处境危险”的孩子们能成功，能走得这么远呢？但是我们做到了，即使教育制度在拼命压制我们，在年龄很小的时候就在我们身上贴上标签，这几乎能产生跟随我们一辈子的影响。直到有人意识到“追根溯源”不对，“处境危险”、遭受偏见的高中生们才有了机会。然而这些城市里的孩子从来没有真正得到机会去证明：只要有机会，我们就能自如地应付我们所处的环境。

四年前一切对我们来说是不可思议的，一群各方面都截然不同的孩子在班级讨论中合作，他们一起学习，一起欢笑，一起流泪，一起做任何事。我们成功了，撕掉了“处境危险”或者“低于一般水平”之类的标签，甚至是那些贴在格小姐身上的标签，例如“太年轻”、“太白”。我们不仅成功越过了这些小障碍，而且经受住了巨大灾难的考验，获得成功。

我记得在高一那年，人们仍然不能理解一支笔重要到居然能取代一把枪。人们要么遭到射杀，要么被人攻击，有时候也会去攻击别人。

自从种族骚动和因一八七号提案罢工以来，我们还是有进步的。回顾过去，我不敢相信我们和格小姐在一起的生活。我们以前常常想方设法击败她，就在以为她被击垮的时候，她却向我们证明，我们错了。

高中二年级，所有的一切开始改变，一张张模糊不清的脸变得更加清晰，我们变得更亲密。东区、血帮和瘸帮都变成了奥斯卡·辛德勒。随之而来的是拯救我们的“为改变而干杯”。我们带上了假香槟和塑料杯，为重新开始而干杯，为拥有第二次机会而干杯。我们有了第二次机会向每个人证明他们的假设是错的，证明我们可以成功。

三年级那年，我真正开始怀疑一切陈规滥调。我们向自己许诺，一切以教育和宽容为先。我们撕掉了为高年级编写的书。《麦田里的守望者》里的霍尔顿的想法变得更加清晰，因为我们正在自己的人生中经历着相同的事。席莉在《紫色》里的痛苦让我感觉非常熟悉。那一年最重要的一件事发生在第二学期：我们被命名为自由写手。自由写手——一个无论是作为个人还是开展活动时，都将和我们永不分离的名字。

只有一个词可以描述疯狂而混乱、狂热而快乐的三年级：我的生活时代。多亏媒体，我们的信息都快爆炸了。我们登上了《洛杉矶时报》，上了《黄金时间现场直播》节目，还得了许多奖，每隔一分钟就有一个电话打进来。四年里我们一直设法传递的信念就像一股巨大的浪潮，影响着每一个人。

回顾过去，我不敢相信那些曾经同样叛逆、拒绝沟通的孩子就是今天的自由写手……这些自由写手组成了一个家庭。我在想我们接下来该怎么做。这样一段对青少年来说堪称完美的四年时光，该如何替它画上句号呢？我不知道，但是相信格小姐有妙策，她总是有的。我不敢相信我们真的做到了，我们真的拥有了高中毕业证书。四年前，我们觉得只要能离开这个鬼地方就好。但就算离开了，那个过去常常带着枪的家伙又会怎样？最终与我成为朋友的白人孩子又会是什么样子？我打赌，要不是因为这个大家庭，许多人甚至不会和他们的家人和解，比如那个和男朋友私奔的女孩，或者那些曾染上毒瘾，最后又回来和家人团聚的家伙。我们要感谢的不仅仅是美好的经历。我会想念一切，但是最挂念的一定是我们的教室，二〇三教室。

当然，那个房间不仅仅是一间教室，它是我们的阁楼，我们的地下室，我们“戒掉恶习的地方”，就像格小姐过去常叫它的那样。我在想最后一次关上灯会是什么样子。房间当然再也不会是以前那个房间了。它再也不能见证晚上十一点迸发出来的奇思妙想，也不能见证警察的护送——因为有人拉响了警报器。很可能再也看不到一群孩子从小混混蜕变成楷模，证明每一个人甚至是他们自己大错特错。我们的人生在这间教室里成形，但以后它就不再是人们流泪、拥抱、仇恨、同情、彼此宽容的地方了。可谁说得准呢？常言道“天下没有不散的筵席”，但我知道，这也未必。

尾声

艾琳·格鲁维尔

我有一个梦想……黑人孩子与白人孩子可以手牵手，像兄弟姐妹般并肩前行。

——马丁·路德·金

一九九七年春天，自由写手们来到了华盛顿。他们站在林肯纪念碑的台阶上，奇迹发生了：一百五十个人不约而同地拉起手，沿着三十多年前马丁·路德·金的足迹缓缓走下台阶，边走边吟诵这位伟大人物的著名演讲《我有一个梦想》。这时突然有人唱道："自由写手也有一个梦想！"接着每个人都加入其中，他们的声音连成一片，汇成一股声音。我用敬畏的目光看着他们，我知道这正是马丁·路德·金当年期待的"梦想"。我为他们骄傲！他们就像是我的孩子，我终于明白为什么妈妈们会在学校的戏剧表演和毕业典礼上流泪了。

当他们走到阶梯的底层，有人说："格鲁维尔小姐，我们已经跟随'自由乘客'的脚步来到了华盛顿，那下一站应该是安妮·弗兰克家的阁楼吧，毕竟那是我们的旅程开始的地方。”一听到这个建议，就有几个人开始叫好。不幸的是，我不能跟着他们起哄，我还沉浸在刚才那种“妈妈式”的思维中，因为我不得不面对旅行中大大小小的现实问题，比如确保没有人迷路，或者上错地铁。因此计划另一段旅行，尤其是去阿姆斯特丹完全是异想天开。我以为只要不理他们，忽略那些不切实际的伟大幻想，最终他们就会放弃。

但是，理想的种子已经种下，要他们忘记未来的旅行计划根本不可能。相反，种子开始在他们心里生根发芽，原本只是参观安妮家秘密阁楼的计划，成长为横跨整个欧洲大陆的长期旅行。毕业后，我们要拿着毕业证书，进行一次国外旅行。当年他们义无反顾地把莎拉塔带到二〇三教室，让我们了解外面的世界，如今他们制订出了一整套暑期的欧洲旅行计划。

距离去欧洲旅行的日子还有一年多，孩子们的教育还是当前的主要任务。“自由写手”在一九九八年秋天开始了他们的大学生活，有人去了社区大学，有人去了重点大学，这些大学遍布马萨诸塞和夏威夷各州。尽管不同的大学为他们指出了不同的方向，但他们的共同目标一直都没有变。第一学期，有的人力不从心、无所适从，有的人应付自如、得心应手，这是预料之中的。自由写手们必须要适应住校生活，尽量避免“长胖十五磅”[①]，还要将填鸭式用功的艺术发挥到极致。平时他们还要在兼职和期中考试间来回奔忙，最后几乎个个都被压垮了。

离开了舒适的二〇三教室，他们必须适应新的环境，获得新的自由。实现这个转变并不容易，二〇三室不仅仅是一处教室，也是一个家，一个温暖的港湾。我意识到他们必须走出去开辟新的天地，才能成熟起来。有些人刚走出校门，就可以大步流星地迈向自己的人生目标，

①美国和加拿大的流行说法，大学新生在入学第一年通常因为不科学的饮食增加十五磅。

而有的人却还像婴儿学步般在未知的领域摸索。不管这脚步有多快或者多慢，每个自由写手都在自己的道路上继续前行。

他们不仅自己一路前进，也拉着别人一起前进，不论是误入歧途的父亲、母亲和亲戚，还是失去方向的朋友。对于那些英年早逝的人，自由写手怀有神圣的记忆，安妮·弗兰克就是其中一位。每当他们迫于紧张的压力感到快要垮掉的时候，安妮那些话语就会在耳边响起：

> 我们都有接受教育并成为伟人的机会。我们有充分的理由对幸福充满希望，但这一切要靠我们努力去争取，没有任何捷径。要获得幸福，必须安分守己，勤奋工作，决不偷懒，决不妄想天上掉馅饼。（安妮·弗兰克，一九四四年七月六日）

安妮的话也激励着我，因为我也要离开安稳的二〇三教室，对威尔森高中说再见了。我来到了长滩的加利福尼亚州立大学，成为一名“新来的老师”，并被授予了“常驻名师”称号。我的新工作是要与未来的老师分享“自由写手”的课程经验。确保涌现出更多的“二〇三”以及像自由写手一样的大家庭，这样我们的经验就能普及开来，而不是仅仅被当作特例来看待。初到这所大学，我不由得担心起那些孩子，他们是否会失去原先的安全感？他们在大学里又会经历什么？不管是跌倒还是成功，我肯定都会为他们加油。

像过去一样，不断有人加入到我们的旅行队伍中来。在第二学期开始前的几天，我见到了民权运动的行动主义者哈里·贝拉冯特，他在电视上看到自由写手之后就迫不及待地想与我们见面。他讲述了罗莎·帕克斯、马丁·路德·金和“自由乘客”的故事，这些故事鼓励着我们在即将到来的欧洲之旅中不能只做观光客。他还告诉我们“自由乘客”在乘公车横跨美国之前是如何接受训练和做准备工作的。他让我们意识到，要踏上一次具有象征意义的旅途，就必须做好充足的准备。忽然之间,这次旅行有了新调子。因为贝拉冯特先生是“自由乘客”忠实的支持者，他建议我们不要只在口头上说说，要将计划落实到行动中去。

贝拉冯特先生的话就像一声发令枪。我们意识到自由写手不仅是一个名号。他说，“自由乘客”冒着生命危险，为造福人类、改善民权而斗争。如果我们真的要向“自由乘客”学习，那我们的写作题材就必须超越二〇三教室的墙壁和个人的感受，成为面对大众的信息。我们对写作和改变世界的热情重新燃烧起来。

在长滩城市学院和巴诺书店的帮助下，我们开设了一门课程，为自己提供练习写作的机会。我们发现了一些新的表达方式，接触了其他体裁，还与其他声音一起分享这个交流平台。在题为“战胜狭隘”的写作研讨会上，我们还获得了一些文学泰斗的大力相助。著名的新闻记者彼得·马斯和拉丁裔诗人吉米·圣地亚哥·巴卡激励学生把写作而不是暴力当作一种力量。彼得和巴卡都是通过创作表达自己的信仰，自由写手也应该这样。

学生们继续写作，在写作中树立坚定的信念，培养集体意识，开辟发言渠道。科伦拜高中的惨剧① 使自由写手意识到他们是多么幸运，然而，他们没有加入大众对克莱博德和哈里斯的谴责热潮，相反，他们怀有同情之心,因为在自由写手的声音被发现之前,他们和克莱博德、哈里斯一样，被人们孤立和误解。学生们在感受到二〇三的温暖之前，

①指 1999 年 4 月发生在美国科罗拉多州科伦拜高中的校园枪击事件，后文中的克莱博德和哈里斯即为开枪的凶手，后二人均自杀。

很多人都视暴力为解决之道，直到他们了解安妮·弗兰克、莎拉塔·菲利波维克，还有许多人的痛苦经历——并看清自己的痛苦之后，才团结起来组建一个名叫“自由写手”的大家庭。在二〇三室创造出积极向上的气氛，大家都享有言论自由的时候，学生们才明白，原来暴力永远都不能解决问题。

尽管不是这方面的专家，但我总能感觉到孩子们心中有一股叛逆的渴望。了解这种叛逆的天性之后，我鼓励他们把手中的笔当作革命的武器。在写作中，他们发现了共同的信念，正是这个信念让他们走到了一起，并和世界紧紧相连，而不是被孤立在世界之外。遗憾的是，科伦拜高中的学生没能像自由写手一样团结起来，他们单枪匹马，在社会的边缘挣扎，求救的呼声淹没在众人间。最可悲的是他们没能利用手中的笔寻找解答，拿起的却是枪支和弹药。

科伦拜高中的惨痛教训让自由写手更加积极地投入到和平事业中。他们特别留意那些因毒品而失足的孩子，并把这些记录下来作为个人经历。他们创建了一个名为“在艺术中实现多样化”的项目，专门帮助那些被边缘化、感觉自己无法融入社会的孩子，教他们学会容忍。在巴诺书店和加州州立大学长滩分校的无缝教育合作项目的帮助下，自由写手们来到小学、初中和高中，告诉学生无论发生什么事，都要利用手中的笔，而不是盲目地使用武器。他们成了和平大使。

为了继续传播信念，我们计划了这次欧洲之旅，将我们的文学之路带回起点。不幸的是，就在我们出发去欧洲的前几天，一九九九年七月十三日，一位自由写手去世了。去世之前，他还想要做一名和平大使，但因为囊性纤维变性并发症，他的身体对肺部移植发生排斥反应。在葬礼上，他母亲坚强地告诉我们，她的儿子虽然离去了，但实现了生前的三个目标：考到驾照，从高中毕业和上大学。（他用自己的方式实现了这些目标——开着福特野马轿车，带着荣誉从高中毕业，获得了大学奖学金。）他最后的愿望就是能和我们一起去欧洲旅行，因此他母亲相信他的灵魂一定与我们同在。孩子们答应她，一定会在他们走过的每一个城市点燃一支蜡烛，并将我们的旅行日记送给她。

在这次旅行中，我们将会参观一些极具象征意义的地方，比如奥斯维辛集中营、萨拉热窝（在那里我们将与莎拉塔重聚）和海牙军事法庭。接着我们还要去阿姆斯特丹参观安妮家的秘密阁楼，向这位在水深火热中仍然相信“虽然多灾多难，但人性的确善良”的年轻女士送去我们最诚挚的敬意。

随后我们会在新学年前夕回到美国，与大家一起分享我们的新日记，找到一些新途径，继续为创造和平宽容的世界而奋斗。

也许，旅行的终点就是一个新的起点……

自由写手把这本书看作一场接力赛的第三段赛程。安妮的故事激励了被我们奉为“现代安妮·弗兰克”的莎拉塔，她把手中的接力棒传给了自由写手。我们希望这本书能激励你们拿起手中的笔，完成第四段赛程，也希望它能促进你们的改变。

鸣 谢

一个年轻人沿着沙滩散步，发现一位老人正在捡冲到沙滩上的海星，再走近点，他看到老人又把它们扔进大海。年轻人走到老人身边问道："您这是在做什么？"老人回答说："如果不把它们扔进水里，它们会很快死去。""但这世界上有成千上万的海滩和上百万只海星，您无法拯救所有的海星。您难道不知道，您什么也改变不了？"老人弯下身子捡起一只海星，淡淡地回答道："我至少可以改变它的命运。"

当约翰·图讲这个故事时，自由写手们感到自己就像被冲上沙滩的海星。幸运的是，人们发现他们需要帮助。因此，艾琳·格鲁维尔和自由写手想在这里感谢所有乐于助人的无名英雄，正是有了他们，才有了这些改变。

史蒂夫和凯伦·格鲁维尔，因为你们的激励，我们才有勇气坚守自己的信念，漂亮地赢得这场斗争！

克里斯·格鲁维尔，感谢您的倾心奉献，我们才为他人作出了奉献！

约翰·图，您是我们的守护天使，是"爱心树"的化身。

唐·帕里斯，您是我们的朋友、知己，一位真正的奇迹创造者。

卡罗尔·席尔德，您相信我们的声音应该与世界人民共享。

马文·利维，您发现了我们传达的信息的重要性。

沙罗德·摩尔，您是促成这一巨大变化的原始催化剂。

妈妈梦之队，你们给了我们无私的爱和支持（感谢黛比·梅菲尔德、玛丽·奇埃、弗兰·桑迪、玛丽莲·米希亚和其他亲爱的家长及监护人）。

安东尼·桑乔，您将我们杂乱的声音训练成唱诗班般美妙和谐的音乐。

盖尔达·西弗、雷内·费尔斯通、梅尔·莫梅尔斯坦和那些向我们讲述亲身经历的大屠杀幸存者们，我们发誓永远不会忘记你们！

柯恩博士和卡林·波拉奇克，你们给了我们梦想的自由。

威尔森高中的支持者，你们是我们这个“农庄”不可分割的一部分。（因为名字太多，这里就不一一列出了，重要的是你们知道自己是谁，而我们永远也不会忘记。）

南希·瑞德，您是把我们的故事带给这个世界的第一人。

彼得·马斯，您鼓励我们在写作中学会宽容。

美国教育部部长理查德·莱利，您相信每个人都有受教育的权利。

万豪国际酒店（特别是格女士所在的礼宾部），你们给我们提供了一个无形的国际教室。

感谢美国联合航空公司，你们给自由写手第一次安上自由飞翔的翅膀。

感谢美国最大的连锁书店巴诺书店（特别是其中的艾米·特雷尔和加莉·费希尔），你们让文学融入生活，与大众分享对书的热爱。

感谢 GUESS 公司，你们与我们共享纽约的精彩，以及伟大的梦想。

美国西南航空公司，你们给了我们“飞翔的自由”。

加利福尼亚大学欧文分校，你们的多样性令人赞颂。

国立大学，你们创造了“自由写手奇迹”。

长滩加利福尼亚州立大学，你们开阔了我们的视野。

长滩城市学院，你代替二〇三教室成了我们的第二个家。（特别感谢罗伯特·希尔、瑞克·佩雷斯、法兰克·加斯帕和贝蒂·马汀。）

美国学者出版社，你们让阅读变得如此有趣。

宽容博物馆，你们让我们打开心灵，敞开胸怀。

美国安妮·弗兰克中心，你们让安妮精神永垂不朽。

琳达·莱温，您让我们“为作为人类而自豪”。

康妮·钟、特雷西·德宁和罗伯特·坎波斯，你们和大众一齐分享我们的故事。

马利卢·索夫，您坚定地信任我们。

珍妮特·希尔，您已经成为一名荣誉自由写手。

此外，还要感谢我们所有的家庭成员、朋友、忠实的伙伴和同事，未毕业或已毕业的大学生们，以及这一路上给予我们帮助的热情支持者。

当然，也要感谢你们——读者朋友，现在我们要把接力棒传到你们手中……

继续读下去，我们一起偷偷瞥一眼艾琳·格鲁维尔的回忆录。

用心灵教学（选摘）

艾琳·格鲁维尔

“我们为什么一定要读那些已经死去的穿紧身衣的白人家伙的书？”这个满嘴胡言乱语的十六岁男孩沙罗德看了一眼我的课程提纲，这样问我。

沙罗德是从理工中学转入位于加利福尼亚长滩的威尔森高中的学生，他走进我的班里时，穿着原来学校的球衣。他一定知道穿着竞争学校的球衣在其他学生中会引起轩然大波。他在我的教室里昂首阔步，调侃其他球员，摆出一副即将在球场上取代他们的姿态，然后慢悠悠地走到教室最后面坐下。

当我开始与学生讨论课程时，他们在座位上摇晃，不耐烦地用铅笔发出各种击打的声响。有些人在查看寻呼机，有些人不停地描着眼线。还有些人躺在座位上，或者把脑袋放在桌上，甚至有人干脆呼呼大睡。这不是我想象中的第一天做实习老师应该受到的礼遇。

我躲开了一架迎面飞来的纸飞机，并很快发现，这是拿我的课程提纲做成的。接着，我还不得不面对一连串的“呦，美女！”这样的奚落。

我不安地拨弄着自己的珍珠项链，又看了一眼我的圆点布裙——这条裙子和朱莉娅·罗伯茨在《风月俏佳人》中穿的款式相似。我在想自己是不是入错了行。

为什么我当初没去原先计划的法学院？如果有东西横穿法庭飞过来，法官早就饶有兴致地猛敲手中的槌子了，而且任何影射法官母亲的正直的言论必定立即招致藐视法庭的指控。我需要一位穿着黑袍、令人敬畏的权威人士来告诉这些孩子，他们乱套了！我环顾四周，教室里没有这样一位权威人士来为我主持公道。我恐惧地认识到——我就是那个权威人士，唯一的武器是一支断了的粉笔。

作为一名实习老师，我本可以仰仗自己的督察老师，可他已经走出教室。我在开学前的那个夏天遇见他时，他建议我最好开学第一天就开始教学，缓慢推进并不是个好主意。“如果你单刀直入，”他说，“你就可以用魄力建立权威。”他舒舒服服地待在客厅里，这个建议听起来似乎相当好。我甚至幻想，在我分发课程提纲时，学生们伸手向我索要更多，就像《雾都孤儿》里的孩子们一样。实际上，唯一向我要更多材料的是我的督察老师，他很快溜出去倒咖啡，再也没有回来。

督察老师计划在年末退休，结束他将近四十年的教学生涯。教学对他来说已成了一种习惯，再没有任何激情可言。我想，做实习老师就像是畏畏缩缩的校车司机，当并错线或是停错车时，就担心有人预谋要来抢他手中的方向盘。而我所谓的导师无法再替我踩刹车或操控方向盘了，我不知道这车会驶向何方，唯一的选择只有向前。

为了保持镇定，在给他们念学校的“学生行为守则”时，我试图让自己的声音听起来更权威一些，却听见有人在下面偷笑。我停下来，想看看他们到底在笑什么。

“粉笔沾到你屁股上了！”后排的一个学生喊道。

“该死！小姐，我能拿那杯奶昔蘸薯条吃吗？”又有人说道。

不知怎的，守则不管用，整个班都乱了套。虽然我曾研究过班级管理，但很明显，现在是我的学生在操控我。我只想坚持到最后一刻。

就在下课铃响之前，一个名叫梅尔文的学生倚在座位上，大声宣布：“我赌她五天走人！”

“那就赌一把！”曼妮说。

“我要让这位女士在全班面前哭鼻子。”沙罗德叫骂着走出了教室。

在那一刻，我仿佛能听见父亲对我说的那句自以为是的话：“我早就告诉你了。”这个声音一直萦绕在心头。这比“小心有人暗算你”要弱一些，却精确地预测了眼下的光景。

我感觉自己很失败。很明显，我不知道自己在做什么，也不知道如何和这群冷漠的少年打交道。他们讨厌写作和阅读，而且显而易见，他们也讨厌我。让我感觉更糟的是，作为一名实习老师，我非但没有工资，实际上还要为得到教这些学生的“特权”而付钱。课后和周末，我要做两份兼职来负担自己大学里的学费，其一是在诺德斯特龙品牌店的内衣专柜做销售员，另一个则是在万豪国际酒店礼宾部工作。付钱在“战壕”里教书，就好像在狂欢节让专业的美式足球四分卫往自己脸上扔饼一样，我亲眼目睹过这样的事。

学生一离开，我捡起地上的纸飞机，绕教室走了一圈，把所有被扔掉的材料收集起来。教室左边的几个桌子上，用黑色记号笔涂画的“ESL”三个字母清晰可见。在教学术语中，这三个字母代表“英语为第二外语”。早先看到ESL刻在门上的时候，我竟然愚蠢地认为这是一些讲西班牙语的人对我班级的“致敬”。很快我就意识到，在这里，

ESL 与教育一点也不沾边，它是“东区帮”的开头字母缩写，这个组织是长滩最大的拉丁帮派。

别的桌上也有一些相似的帮派标志。这些面目全非的桌子划分了学生的领地。亚洲裔和非洲裔的学生也在桌上标着他们各自分属的帮派名称。我在大学里所修的跨文化课程竟然漏掉了“帮派”和“帮派斗争”这一章。

我没有画固定的座位表，傻乎乎地让学生自己挑座位。令我震惊的是他们按种族来分配，找到他们认为舒适的座位。这着实让我惊呆了。在我原先的想象中，学生们会列队进入教室自由选择座位，形成一个大熔炉，各色人种和谐地融合在一起。而现实情况是，这个大熔炉温度很低，他们显然并没有融合。拉美裔学生坐在教室左边，亚裔学生占据了教室右边。教室的最后则是非洲裔学生，剩余几个白人怯懦地挤在教室的最前排。

我的班级并不是唯一一个有种族隔离现象的班级，这种情况在学校里十分严重。午餐时间，学生们自觉地按照种族划分派别，甚至还给自己一目了然的领地起名：“贝弗利山庄 90210”，“唐人街”（虽然他们当中大部分人都是从柬埔寨移民来的），“犹太人区”，还有“南方”。

学校里这种肆无忌惮的种族隔离现象沉重地打击了我，原来我还期望威尔森高中是种族团结的典范。报纸上吹捧威尔森高中为全美拥有最多文化背景的中学之一，而这也正是我选择来这里任教的原因。显然，我在报上认识的威尔森高中和现实中看到的大相径庭。

父亲曾经告诉我亲眼目睹的种族隔离情况。在二十世纪六十年代早期，他作为华盛顿议员代表参加小联盟棒球赛。当他们途经南方时，队员因为种族不同，被迫在不同的喷泉口喝水，在餐厅不同区域用餐，在不同的汽车旅馆住宿。作为一名接球手，父亲说：“要根据击球手的挥舞动作来评判他的好坏，而不是他的肤色。”所以当汉克·阿伦[1]把球击出场外时，父亲呼喊他的名字，把他当作自己的新偶像，并为纪念这位传奇的击球手，给自己的女儿起名艾琳。

我很欣赏他这种用名字来挑战现状的方式，这也有助于改变棒球这一美国最受青睐的娱乐活动中经常出现的种种现象。我曾经希望击球手汉克的影响可以超越体育场，扩大到教室，但令人大失所望。

午餐后，“贝弗利山庄 90210”所有的孩子们都小跑着来到教室。他们身上的校服和运动衫告诉我，他们有的是水球运动员，有的是啦啦队队员，还有学生会成员。他们的教室都挂着写有“杰出学者之家”的标语，还有刚出版的教科书和崭新的电脑。相比之下，我的教室却破旧而可怜，什么标语也没有，更不用说电脑了，每天我要面对的都是涂得不知所云的半旧教科书。

在那些“杰出学者”的班级里，桌子排列得整整齐齐，他们当中大部分都是白人学生，中间偶尔插进一个黑人或亚裔学生。我明显感到有一个由种族决定的系统在隐隐作祟。

我班里的那几个白人学生被“杰出学者计划”中的老友遗弃了，流放到了我们班，大概是因为他们没能达到那个计划的标准，或者学习有障碍，又或者刚从康复中心回来。从表面上看，他们中有些人正在努力回到“杰出学者”中去。

学校南边的富人区对学校有这么一种看法，认为近年来进入威尔森高中的学生水准骤降。曾几何时，威尔森高中被认为是最有吸引力的公立中学，但此后因为学校实行“区内公车计划”而引发了著名的殴打白人事件。在二十世纪九十年代初，学校的白人学生数量下降到百分之二十五以下。有些人推测，这个“杰出学者计划”可能是为挽

①著名黑人职业棒球运动员。

救学校日渐衰落的名声，以及挽留那些准备从威尔森转学的邻区学生。而我只希望能从我的学生身上发现一些“与众不同”的东西。

第一天快要结束的时候，保安把头伸进我的教室看了看。早上，他就在走廊上拦住我，一只手里拿着无线话机，另一只手里拿着金属探测棒。“绝不允许把任何武器带进校园。”他这样警告我，然后要求看我的身份证。我把我的大学学生证递给他。“我是这里的实习老师，”我结结巴巴地说，“来教中级英语的。”“对不起，”他说，“你看上去像学生。”

此时保安对我说：“有位警官找你。”

“为什么？”我问道，“我的车被偷了？”

“不，”他笑着说，“他说他认识你。”

我径直去了办公室，惊讶地发现我的老邻居马克穿着一身警察制服站在那里。

“马克，你怎么来了？”我问他。

“是你哥哥让我来看看你。”他说。从我七岁起，马克就开始照看我。六年级的时候，因为街区里的男孩对我无礼，他用双节棍威胁他们。

马克和我在一个社区长大，但我总觉得他想把人们挡在社区外，而我却总想把人引进来。高中之后我们就分道扬镳了。我继续读大学，而马克进了警官学校。巧合的是，我们最终都来到了长滩。马克来长滩并不是出于道德义务，他显然是来执行任务的。

“你的身上没有子弹孔的痕迹，所以我猜第一天你幸免于难了。”他说。

“死里逃生！”我嘴里嘟囔着，笑着说，“我家人现在有一点小小的妄想症，今早我父亲给我打电话说：‘艾琳，不管怎样都别吃苹果！’他坚信苹果一定涂了士的宁或者埋了刀片。”

“他可能是对的！”他咯咯地笑着说。

“噢，拜托！没那么糟！”我说。

“不要告诉我这里没那么糟。我是警察，你知道吗？我专门负责逮捕这些孩子。特别是‘罗德尼·金暴动’之后，长滩有些地方就像战场。今年这里已经发生了大概一百起与黑帮有关的凶杀案。”

在过去的成长经历中，新闻媒体和电影是我了解黑帮的唯一途径。我“嬉皮”的高中英语老师曾经要求我们观看《西区故事》这部电影，以了解《罗密欧与朱丽叶》中蒙太古和凯普莱特家族与现代黑帮的相似之处。《西区故事》里，两大帮派“火箭”和“鲨鱼”在导演设计的隆隆声中搏斗，相互扔莴苣头。现实生活里，《西区故事》的导演杰洛姆·罗宾斯不会在长滩这个地方拍周五夜战，真正的黑社会人士也不会相互扔蔬菜。

“我真的不希望看到你在战火中受伤，”马克说，“小心点。”

“我会的。”我回答，以拥抱的方式向他告别。

一直站在旁边听我们谈话的保安语重心长地对我说：“他是对的，要知道，长滩变了很多。”

那一刻，我很想一走了之。这一天有太多负面消极的东西，让我想一个人躲在教师休息室里寻求一丝慰藉。可我刚踏进休息室，里面所有的谈话都停止了。老师们上上下下打量着我，相顾无言。他们甚至不给我坐椅、咖啡或者一句鼓励的话。无意中，我低头一看，发现他们穿着勃肯的露趾凉鞋，与我的一身“戎装”形成极为鲜明的对比。显然我今天穿得太正式了，就像品牌女装产品目录上的模特。

人们否定的眼神让我萌生了一种从未有过的不安全感。很明显，我给他们的第一印象并不好。也许是因为这条圆点布裙，或者我的蔻驰公文包，又或是因为这条蒂凡尼珍珠项链太扎眼。不管我心里多么渴望得到他们的认可，但事实摆在眼前，这些老师并不想让我加入他们的小圈子，甚至不愿让我走进这间休息室。也许因为我太年轻，太学生气，或者在他们心目中，我是含着银匙出生的大小姐。这令人尴尬的沉默显然在提醒我，我不属于这里。

我靠墙站着，听他们谈论对那些新生的不满。谈话中，他们戏谑地称呼这些孩子为次品。看来出乱子的不只有我一个班。很多老师自威尔森高中无限风光时就在这里执教，他们谈论着威尔森是如何败落到今天这般光景的。

“自从校车把居民村里的那些孩子运来以后，这个学校就开始走下坡路了。”一位老师说道。

“他们根本不在乎这个学校。”另一位老师这样说。

“他们什么也不在乎！”又一位老师说。

老师们若无其事地开着关于那些孩子的玩笑，让人大吃一惊。更让我困惑的是，他们竟然对自己作出的这些轻蔑评论无动于衷。经过一番抽象的讨论，他们把话题转移到一些具体的问题上来。

“你们听说最近被勒令从理工中学转过来的那个学生了吗？”一位老师问道。

我立即想到了沙罗德，因为今天早上他就是穿着一件理工中学运动衫走进我的教室的。

“我听说去年他带枪进入理工中学，准备把休息室里所有的人都毙了。”那位老师继续说。

“不,我听说他只是想杀了他的英语老师而已。”另一位老师接口道。

“他们竟然让他来我们这儿，简直难以置信。那孩子一定会送哪个人上西天的，这是迟早的事。”又一位老师说。

我像一个隐形人般被忽视，更听够了那些关于沙罗德如何单枪匹马将所有制度都毁于一旦的故事。我决定逃走。我一把抓住自己的包，冲向休息室的门。没有人对我说再见，是啊，他们连招呼都懒得打，为什么还要对我说“再见”呢？

我冲向车子，匆忙摸出汽车钥匙。沙罗德的事迹使我胆战心惊，一种恐惧感萦绕在心头。如果我是下一个惹恼他的人，事情会怎么样？（百老汇图书公司，二〇〇七年一月出版）

※ 关于自由写作协会

二〇三教室并不是故事的终结。艾琳·格鲁维尔和自由写手们创立了“自由写作协会”，通过推广和改进自由写作教学法，降低了学校的辍学率，给整个学校和社区带来了良好影响。自由写作协会的最终目标是给所有学生带来发挥学习潜力的希望和机会。

协会的核心项目包括“超越自己”“课程学习”和“奖学金”。“超越自己”项目主要是通过公开发言，宣传自由写手们的故事，并训练老师们将二〇三班的自由写作教学法运用到其他班级，以促进教学。自由写作协会正在建设一个课程资源图书馆，详细讲解自由写作教学法，包括教师手册、学生指南，以及一些互动的 DVD，这些都能在协会网站上买到。“奖学金”项目旨在资助高中毕业后继续获得教育机会的学生解决学费问题。自由写作协会保留对此书的版权，所有版税用于自由写作协会的活动经费。

如果您想支持自由写手们和自由写作协会，请将邮件或汇款寄到：

Freedom Writers Foundation

P.O.Box 41505

Long Beach, CA90853

www.freedomwritersfoundation.org

自由写作协会是一个免税非盈利性公益组织，是按照美国特拉华州法律建立的合法组织，并根据美国《国内税收法案》501(c)(3) 的规定实行免税（联邦雇主号码 EIN 为 #04-3678807）。

如果想了解更多关于自由写手、艾琳·格鲁维尔或者自由写作协会的信息，请登陆 www.freedomwritersfoundation.org。

图书在版编目（CIP）数据

街头日记 /（美）艾琳·格鲁维尔，（美）自由写手著；李燕译. --
2版. -- 海口：南海出版公司，2017.10

ISBN 978-7-5442-8892-7

Ⅰ. ①街… Ⅱ. ①艾… ②李… Ⅲ. ①日记体小说－
美国－现代 Ⅳ. ①I712.45

中国版本图书馆CIP数据核字（2017）第095735号

著作权合同登记号　图字：30-2016-152

THE FREEDOM WRITERS DIARY by The Freedom Writers with Erin Gruwell
Copyright ©1999 by The Tolerance Education Foundation
Simplified Chinese language edition 2017 by Thinkingdom Media Group Ltd.
This translation published by arrangement with Broadway Books, an imprint
of the Crown Publishing Group, a division of Penguin Random House LLC,
through Andrew Nurnberg Associates International Limited.
All rights reserved.

街头日记

〔美〕艾琳·格鲁维尔　自由写手 著

李燕 译

出　　版　南海出版公司　(0898)66568511
　　　　　海口市海秀中路51号星华大厦五楼　　邮编 570206
发　　行　新经典发行有限公司
　　　　　电话(010)68423599　　邮箱 editor@readinglife.com
经　　销　新华书店

责任编辑　翟明明
特邀编辑　李怡霏　敬雁飞
装帧设计　朱　琳
内文制作　王春雪

印　　刷　保定市中画美凯印刷有限公司
开　　本　850毫米×1168毫米　1/32
印　　张　9.5
字　　数　220千
版　　次　2017年10月第2版
印　　次　2017年10月第3次印刷
书　　号　ISBN 978-7-5442-8892-7
定　　价　39.50元

版权所有，侵权必究
如有印装质量问题，请发邮件至zhiliang@readinglife.com